Re:ゼロ
Re: Life in a different world from zero
から始める異世界生活
短編集 7

「貴重なお話、ありがとうございました。
あとは……最後の対立候補、目の前の相手のことを
どう思っているか聞かせていただければ……！」
「――手ずから手折る」

『――蹴散らしたるよ』

ベアトリスがソファに座った
スバルの膝の上に乗る。
隣り合って座るエミリアも、二人の様子に
何も言わないので平常運転のようだ。
「——まずは、お話を聞きにきてくれてありがとう。
私も、ちゃんと話を聞こうって
してくれる人と話せるのは嬉しいから、
よろしくお願いします」

『それにしても、珍客がおいでになったものでござりんすなぁ』

「それは、竜の質問に対する答え？」
「――タンザ、動くでないでありんす」
その小さな頭に大きな角を生やした
鹿人の少女――瞳に涙を溜めた
彼女の頭が、両翼を畳んだ巨大な飛竜の
口にすっぽりと収められているのだ。

Re: Life in a different world from zero

The only ability I got in a different world "Returns by Death"
I die again and again to save her.

CONTENTS

Re：ゼロから始める
異世界生活
短編集7

長月達平

MF文庫J

口絵・本文イラスト●福きつね

『Lugunican Papers』

1

「ショーティ！　ショーティ！　ショーティ・メイガン!!」

けたたましい声を上げながら、一人の男が猛然と廊下を突き進む。

音高く、豪快な靴音を立てる男。周囲の人々はその足音と太い声に、「また始まったか」とばかりに顔を見合わせ、すぐに興味を失っていく。

日常茶飯事、当然の光景、取り立てて話題にするようなことでもない。

そんな周囲の反応を一顧だにせず、件《くだん》の男が目的の部屋に到達する。そして、壁を突き破りそうな勢いのままに扉を開け放ち――、

「――ショーティ・メイガン！　ここにいるのか！」

「うえ!?　えぁ、はいはいはいはい、おりますおります、おりますよ！　ショーティ・メイガン、ここに健在でございます！」

扉の開かれた室内、男の声に文字通り飛び上がったのは小柄な少年だった。

頭をすっぽりと覆う大きな丸い帽子を被《かぶ》り、伸びた前髪でその両目は隠れている。着古《きふる》

したダボダボの作業着と頑丈な古い靴は、着た切りと一目でわかる代物だ。

　個人的な美意識や、世間の流行に迎合しない独自性の発露——ではない。興味と財産、何より時間といったあらゆる要素の枯渇が原因だった。それは自宅に帰らず、雑多に資料が山積みされた仕事部屋で寝泊まりしていることからも明らかだろう。

　少年——ショーティ・メイガンは口の端の涎《よだれ》を袖で拭い、慌てて相手に向き直る。

「も、も、も、モーガン編集長!?　なんでここに!?」

「そうだ、そうだとも！　私はこの『親竜報文《しんりゅうほうぶん》』の編集長、モーガン・フランツだ！　そしてショーティ、お前は私の部下、記者、手足、いったいどれだ!?」

「もちろん、部下で記者で手足の全部です！」

「そうだろうとも！　ただし！　お前はせいぜい足の小指だ！　こんな記事を上げてくるようでは、とてもとても他の指の役割など危なっかしくて任せられん！」

鷲鼻《わしばな》の特徴的な顔を真っ赤にして怒るのは、ショーティの上司であるモーガン・フランツ編集長だ。『親竜報文』——ルグニカ王国の国内で流通する報道紙の編集責任者であり、妥協というものを知らない恐るべき仕事人でもある。

　背丈だけでなく、声や態度も大きいその編集長は、王国で起こるありとあらゆる変事に目を光らせ、日々その変化に垂涎《すいぜん》している生粋の報道中毒だった。

　その報道中毒の編集長が、わざわざ木っ端記者であるショーティの下へ足を運んだ理由なんて一つしかない。ショーティの書いた記事を読んだのだ。

「それでわざわざ……はい！　お褒めいただけて光栄です！」

「今の文脈が褒める流れだったか!?　この私の顔を見ろ！　鷲鼻の七割……いや、八割まで赤くなっているだろう。これが私の怒りの目安だ！」

「編集長！　十割真っ赤です！」

「なら、私は私が思っている以上に怒っているようだ、この記事でな！」

吠《ほ》えながら、赤黒い顔をしたモーガンが手にした紙束をショーティに投げつける。胸に当たって床に落ちたそれは、ショーティが徹夜で書き上げた取材記事だった。

　その血と涙の結晶がこの言いよう、この扱いだ。つまり――、

「もしかして、直しですか!?」

「お馬鹿、全ボツだ！　何をちょっと欲を出している！　第一、王都の地下で大鼠《おおねずみ》が大量発生しているなんて内容、誰の胸を躍らせるつもりだ!?　途中で何か驚きの展開があるのかと思いきや、〆《しめ》の言葉がまた最悪だ！　言ってみろ！」

「――続報は、君の目で確かめてみろ！」

「うるさい！　好奇心旺盛な読者を危険な地下に誘導するな！　素直に衛兵にでも連絡して駆除させろ！　大鼠に挑んで死んだり病気になる読者が増えたらどうする！」

「その場合、責任問題ですか!?」

「お馬鹿！『親竜報文』の購読者が減るのが問題なのだ！」

　床の記事を拾うショーティ、その鼻面に指を突き付けてモーガンが言い切る。

まさしく報道中毒としか言いようがない価値観だが、ショーティはモーガンのそうした考えが好きだった。何故《なぜ》ならショーティもまた、報道中毒の一人であるからだ。

だから、今回の記事も自分の体を張った体当たり取材の成果だったのだが。

「貧民街を中心に聞き込みして、王都の地下で大量に繁殖する大鼠《おおねずみ》の群れの様子を子細に捉えた力作だったんですよ！　それが全ボツですか⁉　どうして⁉」

「当然だろう！　背筋を正せ！　顎《あご》を引け！　――『親竜報文《しんりゅうほうぶん》』のモットーは！」

「――心を震わせる記事以外、掲載しない！」

「それが全部だ！」

ビシッと直立したショーティの前で、モーガンが唾を飛ばしながら言い放つ。顔に唾の飛沫《しぶき》を大量に浴びながら、ショーティは悔しさに歯軋《はぎし》りした。

正直、取材中にショーティも、これでいいのか自問自答しなかったわけではないのだ。

「でも、一度始めたことを途中でやめると損した気持ちになるから……！」

「お前のその諦めの悪さは買っているが、今回は悪い方向に発揮されたな。悪い方向に発揮されたといえば、この記事の報道絵にも同じ印象を抱いているぞ！」

「ええ⁉　絵もダメですか⁉　ものすごいよく描けてません？」

「よく描けすぎている！　まるで今にも動き出しそうだ……鼠の大群がな！」

ショーティの手から記事をひったくり、モーガンが問題の報道絵を大開きにする。

眼前《がんぜん》、ショーティの目に飛び込んでくるのは鼠の大群――それを写実的に描いた凄《すさ》まじい画力の絵だった。真に迫った出来栄《できば》えで、鼠の獣臭まで漂ってきそうだ。

　というか、実際に地下で鼠の大群と遭遇したときの記憶と恐怖、それが視覚的にも嗅覚的にも蘇《よみがえ》ってくる感覚があり、ショーティは崩れ落ちた。

「う、おえええ……ッ」

「自分の記事を見て吐くな！　だが、お前の記事を見た大勢の読者が同じ反応をすることになるのだ、わかるか？　この絵を描いたのはルルラだな！　彼女は！」

「か、彼女でしたらそこに……」

　吐き気を堪《こら》えながら、ショーティがふらふらと指を部屋の隅へ向ける。

　その指の動きを辿《たど》り、「うん？」とモーガンが目を凝らす。すると、山積みにされた資料の山脈の中、もそもそと蠢《うごめ》く影——一心不乱に絵筆を走らせる少女の姿があった。

「おおおおう!?　そんなところにいたのか、ルルラ!?」

「……ました」

「こんな汚い部屋で何をしている!?　……というか、くさっ！　臭い！　さてはお前、地下から戻って水も浴びていないな!?　おえ、おえええっ！」

　鷲鼻《わしばな》を摘《つ》まみ、嘔吐《おうと》感と戦うモーガン。それを少女——ルルラは一瞥《いちべつ》し、無言だ。ただし動きのない表情と違い、その手は膝の上の画帳に絵を描き続けている。

　それが『親竜報文』の記事に掲載する挿絵を描く、報道絵描きたる彼女の役目だった。

　とはいえ——、

「あらゆる事象を絵に起こせる彼女なら、どんな奇想天外な出来事にも説得力を持たせられるというのに……実に宝の持ち腐れだ！　嘆かわしいとは思わないか、ショーティ！」

「え！　ええと、それは、その……」

「――へらへら顔をするな、ショーティ・メイガン！」

とっさの矛先の転換に、驚いたショーティは思わず愛想笑いを浮かべた。しかし、それを見たモーガンは鷲鼻《わしばな》だけでなく、頬《ほお》も赤くしてショーティに詰め寄る。

「我々は読者の、相手の本気の感情を震わせなくてはならない。その我々が、自分の感情にすら素直になれず、どうしてその役目を果たせる？　違うだろう！」

「う……」

「ショーティ！　いったいお前は何のために『親竜報文《しんりゅうほうぶん》』に入ったのだ!?　鼠《ねずみ》の尻尾を追いかけ回し、王都の購読者たちの眉間に皺《しわ》を刻むためか？　どうなのだ？」

「そ、そんなことありません！」

哀れみさえ交えたモーガンの言葉に、ショーティは力強く食ってかかった。

勢いに圧倒された事実も忘れ、上背が四十センチも違う上司を睨《にら》みつける。カッと頭が燃えたように熱くなり、ショーティは愛想笑いを掻《か》き消《け》し、本心を舌に乗せた。

そう、何のために『親竜報文』に入ったのかと問われれば――、

「僕だって、人の心を……世界を変えるような、そんな記事を書きたいですよ！　鼠嫌いの人を苦しめるために記者になったわけじゃない！」

「だったらどうする！　組んでいるルルララの貴重な時間と才能を浪費させ、資料の山に埋もれてうたた寝しているような身でそれを為《な》せるのか？」

「それは……だったら、だったら……」

上司の言葉に歯を食い縛り、ショーティは寝食を忘れて絵に没頭する相棒の姿を見る。

ルルララに相応《ふさわ》しくない仕事をさせていると、その指摘は図星だった。

何よりショーティ自身、情熱に見合った仕事ができていない自覚があった。

「――」

そんな情熱の滾《たぎ》りを感じながら、ショーティが息を詰める。

視界の端、仕事部屋の壁に貼られた一枚の記事が目に入った。それはショーティが書いた記事ではないが、まるで大手柄か記念のように貼られたものだった。

何故《なぜ》なら、その記事の内容こそが、まさしくショーティが思い描いた『世界を変えるような記事』のお手本のようなものだったからだ。

そして、そんな記事を書きたいとショーティが心の底から望むのならば――、

「――王選」

「なに？」

ショーティの呟《つぶや》きを聞きつけ、モーガンが片眉《かたまゆ》をピクリと動かした。そのモーガンの声音に表れた変化、それをショーティは手繰り寄せる。

誰よりも先に記事を見る編集長、その『最初の読者』の心を震わせるために。

「王選……その候補者たちを取材します！　この親竜王国を揺るがす、王国民最大の関心事である王選候補者、彼女たちの生の声を聞き、素顔に迫る！」

「――――」

「ど、どうでしょう？」

勢いで題材を選んだショーティは、押し黙ったモーガンの反応を不安に思う。

無謀《むぼう》な選択だと、そう叱責されるやもしれない。だが、そんなショーティの不安は、しばし黙考したモーガンの大笑によって粉々に打ち砕かれた。

その勢いに目を剥《む》くショーティ、その肩をモーガンの巨大な掌《てのひら》が鷲掴《わしづか》みにする。

「いい！　いいぞ、ショーティ！　それでこそだ！」

「ぎゃああ！　肩がぁぁ！」

肩の軋《きし》む痛みに絶叫するショーティ、その悲鳴を余所《よそ》にモーガンが目を輝かせた。

「王国民最大の関心事、王選！　すでに開始が宣言されて数ヶ月、最初のうちこそ皆が話題にしていたが、次第に話題性は薄れてきている。ここいらで一つ、我々の手で再び民衆の興味を王選へ向けようと……悪くない！　悪くないぞ！」

「あ、ありがとうございます！」

「黙れ、お馬鹿！　まだ何もやってない！　喜ぶな！」

「ま、まったくです！　僕の馬鹿！」

持ち上げられてすぐ落とされ、感情を振り回されるショーティ。そのショーティにモー

ガンは「よろしい！」と唾を飛ばして指を突き付け、

「そうと決まれば急げ、ショーティ！　他の誰かに出し抜かれるな！　王選候補者へと取材を申し入れ、なんとしても記事にしろ！　鼠《ねずみ》の記事はこっちで差し替えておく！」

　それだけ言い残し、モーガンが大鼠の記事を掴んで猛然と部屋を飛び出していった。彼の巻き起こす風が室内の資料を巻き上げ、ショーティの長い前髪も揺らされる。

　だが、嵐の去ったあとの室内で、ショーティは熱い思いに拳を握りしめていた。

　勢いで口走った感はあるが、それでもこの胸の情熱の産声は本物だ。

「やるぞ、やってやるぞ！　僕は世界を変えてみせる！　ルルララ、君も忙しくなるぞ！」

「……ん」

「え？　僕に？」

　小鼻を膨らませて意気込むショーティ、その傍《かたわ》らにいつの間にか立ったルルララが、画帳のページを一枚切り離して渡してくる。

　――そこに、興奮して鼻からボタボタと血を流すショーティが描かれていた。

「いや、これぐらい口で言ってよ!!」

　自分の鼻に布を突っ込み、ショーティは丁寧に絵を畳んでポケットへ。それから埋もれた取材道具を引っ張り出し、次なる取材へ打って出る準備が整う。

「大鼠の次は王選候補……どの方も一筋縄じゃいかないって話だけど、なんとしても体当たり取材を成功させるんだ！　いこう、ルルララ！」

「……ってら」

「いってらっしゃいじゃなくて、君もくるんだよ⁉」

丸くなり、引きこもる構えを見せたルルラをショーティが背負う。一緒に彼女の画材も腹に抱え、不格好な状態で二人は『親竜報文《しんりゅうほうぶん》』の本社から旅立った。

「……るい」

「だるくない！　ほら、候補者の方々は美人って話だから、きっと君の創作意欲もバリバリに湧くよ！　大盛り上がりだよ！」

無気力な相棒に必死で呼びかけながら、ショーティの冒険が始まった。

その足取りは重く、相棒は無気力で、しかしショーティの目は輝いていた。世界を動かすような記事を書く、その始まりに相応《ふさわ》しい一日だ。

「見えるよ、ルルラ……青空が、僕たちの前途を祝福してる！」

「……ら、曇ってる」

「心の目で見るんだよ！」

2

『親竜報文』は、ルグニカ王国ではちょっとした報道紙として知られている。

報道紙が伝えるのは、ルグニカ国内で起こった喜怒哀楽の感情を揺さぶる出来事――そ

れは穏やかな日常を飾るめでたい知らせであったり、あるいはどこかで誰かの命が失われたなんて辛《つら》く悲しい事件であったりと多岐にわたる。

ただ、それがどんな感情を刺激するものであれ、『親竜報文《しんりゅうほうぶん》』には絶対に譲ることのできない芯がある。それが――、

「心を震わせない記事は載せない！　我が社の社訓だよ、ルルララ」

「……ぶくぶく」

「水ぶくぶくさせてないで聞いてくれる⁉　あと、君の癖だって知ってるけど、それこの先の取材してる場所で絶対やっちゃダメだからね⁉」

拳を掲げて意気込むショーティ、その正面でルルララの顔にやる気はない。

本社を出て、王都の食事処《しょくじどころ》で二人は取材計画を打ち合わせている。もっとも、計画を立てるのも説明するのもショーティの役目で、ルルララはもっぱら相槌《あいづち》役だ。

「これから、僕たちは王選に参加している王選候補者の方々の下を巡ることになる。いくらルルララでも、王選のことは知ってるよね？」

「……うせん？」

「知らなそうな顔だ！　怖い！　報道紙と関わってる立場なのに、世間の関心に全く関心のない姿勢が怖い！　その怯《おび》える僕の顔をガリガリ描き始める姿勢も怖い！」

素早い動きでルルララが画帳に描くのは、顔を蒼白《そうはく》にしたショーティだった。

この通り、ルルララは報道紙に掲載する絵を描くのを生業《なりわい》とした『報道絵描き』だ。彼女の画力は天才の域にあり、そしてそれ以外に関心を示さない変人でもある。

ショーティには、この付き合いの長い厄介な相棒をうまく導く必要があった。

「その大事な相棒である君に、この先の取材対象の話をするよ。あくまで、僕が自分の思考を整理するための説明だって割り切ってくれてていいから」

「……あい」

とりあえず、相槌があったことで良しとしつつ、ショーティは小さく咳払《せきばら》い。それからルルララ相手に、王選と参加者の説明を始める。

「まず王選だけど、これは今から約半年前、王城で宣言された次の王様決めの儀式だ。三年後、選ばれた五人の候補者の中から王様を選出する……今は、誰が王様になるのか競い合ってる真っ最中ってわけだね」

国王と、その血族が一斉に病に侵された話は、近年のルグニカ王国における揺るがし難《がた》い大災厄の一件として数えられる出来事だろう。

結果、王国は王不在の状況となり、賢人会が代わりに国家の運営を行っている。だが、やはりそれは不健全な状態だ。それを解決するための――、

「――王位選抜戦、略して王選だ。王選候補者は五名、クルシュ・カルステン公爵とアナスタシア・ホーシン商会長、プリシラ・バーリエル男爵夫人に、フェルト様とエミリア様ということになっている」

「……おくない？」

「いや、少ないくらいだよ。……決着までに、候補者が減る可能性だってあるんだし」

首を傾《かし》げるルルララは、ショーティの言葉の真意がわからない様子だ。

次なる王位を決める争いで、候補者には限《かぎ》られた資質が必要となれば、暗殺を含めた暗闘が繰り広げられることは容易に想像がつく、ということが。

「並大抵の覚悟じゃ、王選候補者なんて名乗れないってことさ。選ばれた五名の候補者の方々は、きっと全員とんでもない覚悟をしているはず」

空位となった王座を奪い合う候補者たちだ。全員、極まった野心の持ち主だろう。

「その上、全員が女性……この場合、女傑というべきかな。『戦乙女』と呼ばれるクルシュ様や、カララギ都市国家で成り上がったアナスタシア様……フェルト様は貧民街を支配していたと聞くし、何より『剣聖《けんせい》』を従えているそうだから」

「……んせいって、『騎士の中の騎士』？」

「そうだよ……そう言えば、騎士ラインハルトの絵は前にルルララが描いてたね」

ルルララの反応から、ショーティは彼女が以前描いた絵の一枚を思い出す。

といっても、取材ではない。たまたま休日の王都を散策する『剣聖』と遭遇し、絵を描きたいとごねるルルララの頼みを快く聞いてもらったのだ。

実際、ルルララも大層筆が乗ったらしく、完成した一枚は素晴らしい出来《でき》だった。

その一枚もしっかりと、仕事場にあるショーティの綴込《とじこ》みにまとめてある。

それはともかく――、

「あの騎士ラインハルトが忠誠を誓うぐらいだから、フェルト様はさぞとんでもない方なんだと思うよ。そして……」

「……して？」

「エミリア、様、は……」

次の候補者の名前を口にしようとして、ショーティの全身を怖気《おぞけ》が包み込む。

顔から血の気が引き、がくがくと肩を震えさせるショーティ。その様子にルルラは不思議そうな顔だが、理由を知れば彼女だって同じように怯《おび》えるはずだ。

王選候補者の一人であるエミリア――彼女は銀髪に紫紺の瞳《ひとみ》を持つハーフエルフであるとされ、かつて世界を滅亡寸前へ追《い》いやった『嫉妬《しっと》の魔女』と同じ特徴の持ち主だ。

あらゆるものを凍てつかせる冷気を纏《まと》い、恐ろしく獰猛《どうもう》な精霊を従えた魔性の存在と噂《うわさ》されている。未確認だが、王国の北部の土地を永久に氷漬けにした上、戯れに吹雪を招いては土地の人々の生活を破綻させることを愉《たの》しんでいるのだとか。

もちろん、彼女は『嫉妬の魔女』そのものではない。――だが、『嫉妬の魔女』の再来であると、そう噂されるほどには危険な人物だ。

――これまで、ショーティ以外にも同じ題材を記事にしようとした記者はいただろう。

そのいずれの取材も実を結ばなかった最大の理由が、他ならぬ『エミリア』だった。王選候補者に対する取材と銘打つなら、当然五人全員から話を聞かなくては企画が成り立たない。しかし、誰もがエミリア相手の取材に二の足を踏んだ。

ショーティも、この取材最大の壁こそがエミリアへの恐怖だと考えている。

「――――」

しかし、怯《おび》えるショーティを見て、ルルララは画帳に絵筆を走らせている。描かれている事実、それが力になるわけではないし、全然心配してくれていないことに驚きを隠せないが、それでもショーティに我を取り戻させる切っ掛けにはなるのだ。

「世界を、変えるんだ……」

モーガン編集長に切った啖呵《たんか》を思い出し、ショーティは奥歯を噛《か》みしめる。

あの言葉を嘘《うそ》にしない。噛みしめたのは奥歯だけでなく、自分の夢でもあるのだから。

「怖気《おじけ》づいてる場合じゃない。やるよ、ルルララ。僕は、僕の仕事を全《まっと》うする！」

「……と、一人は？」

「うえ？　あ、ああ、そっかそっか、そうだよね」

決意するショーティへと、ルルララが描き終えた絵を手渡してくる。蒼白《そうはく》に描かれた自分の姿に苦笑し、ショーティはその絵も大事に鞄《かばん》に仕舞《しま》うと、

「最後の一人は、バーリエル男爵夫人ことプリシラ様だね。彼女は『血染めの花嫁』なんて言われるぐらい不幸な結婚を繰り返した人なんだ。まだ若く美しくて、結果的に何度も結婚してるけど、その全部が死別に終わってる……悲劇の女性だよ」

「……げき」

「領地での評判も高くて、『太陽姫』なんて慕われてるみたいなんだ。きっと、周りの人を前向きな笑顔にさせる、そういう温かい魅力のある人なんだろうね」

色々な前評判を耳に入れた立場からすると、ショーティが個人的に一番応援したいと考える境遇にあるのがプリシラ・バーリエルである。

不幸な身の上の女性が、その降りかかる不条理を打ち払って栄光を掴《つか》む。

それはきっと、万人が胸を熱くする英雄譚《えいゆうたん》や立身伝と言えるだろう。

「おっとっと、いけないいけない。あくまで、僕たちは公平な目を持たなくちゃだ。何より、最初の取材を引き受けてくれたお相手に失礼になる」

「……いしょの相手は？」

「——クルシュ・カルステン公爵」

そう言って、本格的な取材の始まりを予感するショーティが身震いする。

王国の重鎮であり、現状の王選において最有力とされている候補者だ。

「正直、心情的な問題を抜きにしたら、一番の難敵だと思ってた方だよ。まず、取材の申し込みを受けてもらえると思ってなかったから」

なにせ、相手は爵位において王国随一の地位にあるやんごとなき御方《おかた》なのだ。

平民の、それも好んで大衆に読ませることを目的とした報道紙の取材など、門前払いされて当然だと思っていた。その場合、何十回何百回でも取材を申し込み、相手が根負けするのを待つつもりでいたのだが——、

「……なせる人？」

「どうかな……クルシュ様は男性顔負けの武闘派で知られているんだ。年齢的にも、まだまだ隠居する必要のなかった御父上《おちちうえ》を退かせて当主についた。野心家だよ」

そうでなくては、『戦乙女』なんて肩書きで呼ばれる女公爵は務まらない。

きっと、今回の取材を受けたのも、彼女なりの思惑や算段あってのことだろう。ショーティは利用される。――だが、ただ利用されて終わるつもりはない。

「たとえ相手が百戦錬磨の、貴族の中の貴族でも……やられないぞ」

まずは最初の王選候補者、クルシュ・カルステンの知られざる素顔を暴くのだ。

たとえ、最初の一人が最後の取材になるかもしれなかったとしても、ショーティ・メイガンは最後まで戦ったのだと。――そんな、悲壮な覚悟を決めて。

3

しかし、結果的にショーティの悲壮な覚悟は杞憂《きゆう》に終わった。

クルシュ・カルステン公爵が『親竜報文《しんりゆうほうぶん》』の取材を受けた理由が、昨今の報道関係者に対する敵意や、業界への見せしめが目的ではなかったとわかったからだ。

それどころか――、

「そうですか。ショーティさんとルルラさんが『親竜報文』で働き始めて二年……まだお若いのに、立派にお仕事されていらっしゃるんですね」

「い、いやぁ、そんなそんな！　大したことはないですよ、あははは……」

思いがけない称賛に、顔を赤くしたショーティが帽子を深く被《かぶ》り直す。

そのショーティを見ながら「まあ、ご謙遜を」と口元に手を当てて微笑《ほほえ》むのは、たおやかで上品な仕草が恐ろしく似合う緑髪の美女だった。

その何気ない仕草に見惚《みほ》れながら、ショーティは自分が場の――否《いな》、相手の空気に呑《の》まれていることを自覚し、何とかしなければと内心慌てふためいていた。

ショーティたちが迎えられたのは、王都の貴族街にあるカルステン家の別邸だ。その広い広い応接間に通され、尻を柔らかすぎるソファに乗せて間抜け面を晒《さら》している。

目の前には天女もかくやと言わんばかりの美女がおり、夢現《ゆめうつつ》さえも曖昧な心地だ。

そう、天女。まさしくそんな形容が似合う女性だった。長く豊かな緑髪をゆったりと背に長し、女性的な起伏に富んだ体を品のいいドレスに包んだ彼女――クルシュ・カルステン公爵の美しさは、ショーティの脳を焼くのに十分だった。

「～～っ」

「ええと、お隣のルルラさんは大丈夫でしょうか？」

「ご、ご心配いただきまして光栄の至りです、はい。でも、これは彼女の平常運転ですのでお目こぼしいただければ……っ」

小首を傾《かし》げ、こちらを気遣うクルシュにショーティも平常心ではない。が、隣で鼻息荒く絵筆を走らせているルルラはその比ではなかった。

元々、自分の感受性に正直に従うのがルルラだ。有体に言えば、素晴らしい題材を見つけたときの彼女は誰にも止められない。ショーティも、止める気がなかった。

だって、そういうときのルルラの絵は本当に素晴らしいものだから。

「……うそ」

「まあ、いただけるんですか？　これは……私、でしょうか」

おずおずとルルラが差し出した絵を受け取り、クルシュが目を丸くする。

それは、ルルラの絵を見慣れたショーティをして、完璧と称賛するに値する一枚だ。

目の前のものを写実的に描き出すルルラ、その手腕が遺憾なく発揮された力作。

「僕の部屋に飾っておきたい……」

思わず、そんな素直な感想が唇からこぼれ出してしまう始末だった。

当然、そのショーティの呟《つぶや》きを拾われ、クルシュに「え？」と聞き返されてしまう。

とっさに取り繕わなくてはと、ショーティは慌てて言葉を探したが、

「——うんうん、わかるわかる。これだけ上手に描いてくれたんだったら、フェリちゃんだってお部屋に飾っておきたくにゃっちゃうしネ」

「ですよね、わかります！　……わかって大丈夫でしたか⁉」

欲望を肯定され、思わず賛同したショーティが目を見開く。すると、悪魔の囁《ささや》きの張本

人は「にゃふふ」と笑い、クルシュの隣にそっと腰を下ろした。

そうして新たに場に加わった人物も、恐ろしく見目の整った人物だ。

クルシュに似合う形容が『美しい』なら、こちらの人物へは『可憐《かれん》』が似合うだろう。仕草や視線の送り方、端々に洗練された愛嬌《あいきょう》があり、目が離せなくなる。

だが、侮るなかれ、こちらも報道紙の記者なのだ。この少女——否《いな》、少女風の人物が何者なのか、きっちりと調べはついている。

「き、騎士の、フェリックス・アーガイル殿、ですよね？」

「そうだけど、その呼ばれ方ってフェリちゃんきらーい。どうせ呼ぶなら、フェリスって呼んでネ。フェリちゃんでも歓迎だけど」

「あう、ええと……フェリス殿、ということでお願いします」

「くふふ、かーわゆーいの」

唇に指を当てて、そう嫣然《えんぜん》と微笑《ほほえ》むフェリックス——否、フェリス。その悪戯《いたずら》っぽい表情や仕草に惑わされかけるが、れっきとした男性とのことだ。

王選候補者であるクルシュ・カルステンと、その一の騎士たるフェリス。

主従関係にある目の前の二人が、今回のショーティたちの取材対象だった。

「フェリス、記者のお二人をあまりからかうものではありませんよ」

「はーい、ごめんにゃさい、クルシュ様。でも、ホントによく描けてますネ。……クルシュ様、こんなにじっくりとあの子にご自分を見せたんですか？」

「そう言われると、なんだか恥ずかしいことをしたような気になりますが……いいえ。きっと、彼女はとてもモノを見るのが上手なんでしょう」

フェリスの態度を窘《たしな》めながら、クルシュの琥珀色《こはくいろ》の瞳《ひとみ》がルルララの方を見る。

途端、その瞳の美しさに魅せられたルルララが二枚目に着手し始めてしまった。その様子に負けてはいられないと、ショーティは小さく咳払《せきばら》いし、

「で、では、栄えある王選候補のクルシュ様と、その一の騎士であるフェリス殿が揃《そろ》われましたので、取材のための質問よろしいですか？」

「ええ、このたびはわざわざ私のお話をお聞きになりたいとのことで、光栄です。ご期待に添えるかわかりませんが、何卒《なにとぞ》よろしくお願いいたします」

言葉を選んで質問したショーティに、クルシュが洗練された姿勢で一礼する。

美女はそのお辞儀さえも美しいと感心してしまうが、感心以上の畏れ多さがショーティの全身を襲い、「おうふ」と妙な息《おび》が漏れてしまった。

「もう、クルシュ様が丁寧すぎて怯えちゃってますよぅ。もっとふんぞり返りましょう」

「ふんぞり返る……難しいですね。自然体、ということですか？」

「ん～、ちょっち違いますけどぉ、でもそれでよしってことにしておきますネ。記者くんも、もっとどしっと構えてくれにゃいと困っちゃう」

「り、了解です……」

クルシュとショーティの二人が、フェリスに言われるがままにそう頷《うなず》く。

　どうやら、この場で最も実権を握っているのがフェリスらしい。なお、最も自由にしているルルララは、二枚目の絵に主従を一緒に描くことを決めたようだ。

「ええと、王選の候補者で最有力であらせられるクルシュ様ですが、王選が始まって数ヶ月が経過し、現在の手応えなどお聞かせ願えますれば」

「もっと自然体で接していただいて構いませんよ？」

「い、今はこれが精一杯……」

　淑《しと》やかなクルシュの態度、それにショーティがたじたじになっている理由は、もちろん彼女が美しいこともあるが、事前情報と食い違う彼女の振る舞いだった。

『戦乙女』とも呼ばれる武人であり、父親すら追いやった野心家な女公爵。そんな評判と目の前の美女とが一致しない。噂《うわさ》通りなのは美しさぐらいなものだ。

　そんな印象を抱くショーティの前で、クルシュはわずかに目尻を下げると、

「王選最有力なんて、もったいない評価だと思います。少なくとも、今の私には学ぶべきことが多くあり、国王という椅子に相応《ふさわ》しい身であるとはとても」

「クルシュ様!?」

「ええ!?　その意見は、ええ!?　まさか、ご辞退されるつもりとか!?」

　自信がなく、相応しくないというクルシュからのまさかの自己評価を聞いて、ショーティは思わず耳を疑ってしまう。フェリスも大いに驚いていた。

　王選候補者の取材が最初の最初で番狂わせだ。王選最有力の候補者であったクルシュ・

カルステンが、記者に打ち明けたその心の内――、

「――いいえ、誤解なさらないでください」

　しかし、そんな記者と従者の混乱を、クルシュの凛《りん》とした声が引き止めた。途端、ショーティは自分の心が水を打ったように静まったことに驚かされる。

　息を呑《の》み、目の前の女性の纏《まと》った空気に魅せられ、心が囚《とら》われた事実に。

「私はまだまだ、多くを学んでいる最中……他の候補者の皆様に勝っている点があるとすれば、それは家柄ぐらいのものでしょう。それだけでは到底、国王という責務を全《まっと》うすることは敵《かな》いません。ですから、努力し続けます」

「努力……」

「未熟なこの身が、国王という責務を担う器とならんことを。そして、なお足りない手を最も身近な従者が、臣下が貸してくれることを」

「――。クルシュ、様」

　そっと、微笑《ほほえ》むクルシュの手が隣のフェリスの肩にかかる。フェリスはその手の感触に感激した様子で瞳《ひとみ》を潤ませ、クルシュを見つめ返していた。

　その主従の美しい姿に、思わずショーティも目頭が熱くなる思いを味わう。

「……ご立派な、お考えと思います。で、では話を変えまして、白鯨《はくげい》討伐の件をお聞かせ願えませんか？　あの偉業は、他の王選候補者の方と協力して為《な》されたと」

「ああ、その件でしたら……」

「――にゃんと言っても、その偉業に欠かせない白鯨《はくげい》討伐最大の功労者！　あのヴィルヘルム・ヴァン・アストレアがうちにいるんだよネ！」

クルシュの返答に被《かぶ》せて、目を輝かせたフェリスがそう言い放った。その彼の勢いに驚かされるものの、まさしくそれはショーティの聞きたかった話だ。

「そう、それもお聞きしたかったんです！　あの、『剣鬼恋歌《けんきれんか》』に語られる主役のお二人と白鯨とは浅からぬ縁と……」

「実際それ！　ちょっと待ってて！　今すぐヴィル爺《じい》連れてくるからーっ！」

そう言って、フェリスがぴょんとテーブルを飛び越えて部屋の外へ飛び出していく。どうやら件《くだん》の『剣鬼』に直接取材できるらしく、ショーティもそわそわしてしまう。

すると、そんなショーティの様子に「ふふ」とクルシュが笑った。

「あ、いや、その、すみません！　クルシュ様の取材なのはわかっているんですが」

「いいえ、構いません。私の従者や臣下へのものなら、それは私への取材と同義であると考えています。それに、ヴィルヘルムの話は広く知れ渡るべきだと思いますから」

「そ、そう言っていただけると……あ、それなら、もう一個だけ」

お言葉に甘えて、と図々《ずうずう》しさを表明しつつもクルシュに尋ねる。

ちょうどフェリスもいない場面なら、純粋なクルシュの意見が聞けるはずだ。数ヶ月が経過した王選、色々と王国を騒がせる事態が起こっていたが――、

「今、クルシュ様が最も注目している陣営は？」

「それは……」

その問いかけに、クルシュは一瞬言葉を切った。しかし、思案と逡巡《しゅんじゅん》は本当に一瞬のもので、彼女の中ですぐに答えは出たらしい。

ただし、敵のことを語るというのに、彼女は微笑《ほほえ》みを絶やさないままだった。

そして——、

「——エミリア様の陣営が、一番注目すべきかと思っています」

と、そう答えたのだった。

4

「ううん……前評判と全然違って、終始和やかな取材だった……」

取材を終えて、カルステン家の別邸を離れたショーティは疲労困憊《ひろうこんぱい》でそう呟《つぶや》いた。

この場合、疲れの原因は肉体ではなく、精神的な消耗の方にあるだろう。当初の不安は杞憂《きゆう》だったが、それでも畏れ多さというものは想像以上に残ったものだ。

ただし、その心身の消耗に見合った収穫はあったと、そうはっきり答えられる。

「まさか、ヴィルヘルム殿の話があんなに長引くとは思わなかったけど……」

白鯨討伐について知りたがるショーティに、主《あるじ》の許しを得たヴィルヘルムの語り口は非常に滑らかだった。が、話の大半が生前の彼の妻——白鯨に敗れ、命を落とした先代『剣《けん》聖《せい》』との惚気《のろけ》話、それに終始したのが意外ではあった。

「〜〜っ」

平民街に戻り、広場の噴水前で小休止するショーティの傍《かたわ》ら、猛然と絵筆を走らせるルルララは興奮に顔を赤くし、新品の画帳のページを使い切る勢いだ。

どうやら、クルシュやフェリスの存在は彼女にも大いに好影響を与えたらしい。

「でも、わかるよ。……やっぱり、実際に見聞きしたことと噂《うわさ》は全然違うんだ」

剣術に傾倒する男勝りで野心家な女公爵――極端な前評判でクルシュを分析すれば、家柄に相応《ふさわ》しい能力はあるものの、どこか鼻につく貴族体質といった印象だった。

しかし、実際のクルシュは常に物腰柔らかく、自らの不勉強をしっかりと意識し、向上心を損なわず、相手を立てられる理想的な人物だった。

「どうせ王になるなら、ああいう方になってもらいたいなぁ……」

「……れ、私情？」

「えあ⁉　ち、違う違う、全然違う！　記者は公平！　報文は平等！」

独り言を拾われ、ショーティは大慌てでそれを否定する。だが、こちらを慌てさせたルルララはどこ吹く風、知らん顔で絵を描く作業への没頭を続けていた。

その様子に嘆息し、ショーティは帽子を深く被《かぶ》り直すと、

「とにかく、取材した内容をまとめるよ。クルシュ様を取り巻く風評から生じる誤解……そういう風聞と現実の溝を解消するのも、僕たちの役目だからね」

「……ん」

鼻の下を指でこすり、そう力説したショーティにルルラが絵を渡してくる。受け取ったそれを見て、ショーティは「お」と眉《まゆ》を上げた。

さすがはルルラ、報道絵を描く天才、読者に見せたいものを描いてくれる。

――それは二人で寄り添い、手を取り合う美しい主従の姿だった。

「うん、これはいい一枚だ。さすがだよ、ルルラ！」

「……れいな女の子同士で、嬉《うれ》しい？」

「そういう目で見てないし、フェリス殿は男性だからね!?」

何やら穿《うが》った目で見られた上、記者魂を歪《ゆが》められて釈然としないが、取材の内容と報道絵の出来《でき》栄《ば》えには何の不満もない。――ただし、まだ取材は一人目だ。

「まだまだ先は長い……特に、次の取材対象も警戒は欠かせないよ」

「……たなの？」

「呆《あき》れた風に言わない！　本当にそうなんだよ！　……だって、次の取材対象はこの国の出身じゃない、別の国からきた候補者なんだからさ」

そのショーティの話に、「……つの国」とルルラが初耳みたいな顔をする。一応、事前の説明をしているので初耳のはずがないのだが、そこはいい。

ただ、今度ばかりはルルラにも、しっかり危機意識を共有してもらわなくては。

「次の取材対象であるアナスタシア・ホーシン様は、カララギ都市国家で大きな力を持ってるホーシン商会の会長なんだ。カララギきっての有力者の一人……そんな人がわざわざ国を跨《また》いで、ルグニカ王国の王座を争うなんて……匂わないかい？」

「……やんと、水浴びした」

「ルルララの匂いじゃなくてね！　そもそも、ルルララが匂ったら、クルシュ様のところでものすごい失礼なことになってたからね！」

そもそも、絵の染料で鼻が馬鹿になっている可能性のあるルルララに聞いたのが間違いだった。キナ臭いものへの嗅覚は、ショーティが磨くべき感覚だ。

それが相棒同士の役割分担、ショーティが担うべき役目なのだから。

「これまでは、他国からの干渉って言えば南のヴォラキア帝国ばっかりだった。事実、王選が始まる前、秘密裏に賢人会の代表が帝国と不可侵条約を結んだって話もあるんだ」

警戒すべきは南の帝国と、誰もがそう思い込んでいた。そこへきて、王選候補者となったアナスタシアは西からの刺客、予想外の脅威と言えるのではないか。

そして――、

「そのアナスタシア様の支持を表明している『最優の騎士』、ユリウス・ユークリウス。彼にも色々とキナ臭いものを感じざるを得ないよ」

「……の人も、水浴びしない？」

「『最優』なんて呼ばれてる人が、水浴びしてなかったらガッカリするよ！　もしも腹黒だったとしても水浴びはしててほしいよ！」

もちろん、腹に一物だって抱えていないでいてくれるのが一番だ。

だが、騎士団でも信頼の篤《あつ》いとされる将来有望な人材が、何の目的で他国の有力者を国王の座に据えようとするのか、その真意はわからない。

　ユークリウス家は代々続く騎士の家系で、ルグニカ王国にその在り方を軽視された記録も見当たらなかった。ならば、考えられる可能性は一つ――、

「騎士ユリウスが途方もない野心家か、売国奴《ばいこくど》……」

「……たつある」

「だったら嫌だなって話だから、一個みたいなものだよ。……いずれにせよ、何を企《たくら》んでいるのか。それを今回の取材で糸口だけでも掴《つか》みたいんだ」

　ぐっと拳を固めて、ショーティは決意を新たにする。

　クルシュへの体当たり取材を経て、ショーティの中には自信と、新たな使命感のようなものが目覚めていた。それは、王選の真実をつまびらかにすること。

　クルシュに対する風評が、その実際の人柄と大きく食い違っていたのは言うまでもない。これでは、次代の王を決めようとしても指針が定まるまい。

　ならば、その惑わされかねない指針を、『親竜報文《しんりゅうほうぶん》』が務めよう。

「――いいや、『親竜報文』じゃなく、僕たちが務めるんだ」

「……おきく出た」

「そりゃそうさ！　もう僕たちは走り始めたんだ。だったら、どこかに辿《たど》り着《つ》くまで走り

続けるしかない。やってやるさ。そのために……」

ショーティは取材用の鞄《かばん》から新しい画帳を出し、それをルルラへ渡す。彼女は小鼻を膨らませ、目を輝かせながらそれを受け取った。

ルルラも気合い十分、ショーティも使命感が満タンの状態だ。

この勢いで――、

「――アナスタシア様が何を企《たくら》んで、どんな計画を隠していようと関係ない。耳心地のいい言葉に騙《だま》されないで、その本音を聞き出してみせる！」

5

「ウチの目的？　そんなん、ルグニカ王国を手に入れることに決まっとるやん？」

「うええあ!?」

テーブルに両肘を置いて、頬杖《ほおづえ》をつく女性の言葉にショーティが目を剥《む》く。

はんなりと、穏やかな雰囲気の女性だ。どこか高貴な猫を思わせる悪戯《いたずら》っぽい表情と、直前の彼女の言葉がショーティの決意を真正面から打ち砕く。

よもや、相手の腹の内を暴かんとする決死行を満面の笑みで肯定されるなんて。

「なになに？　えらい大仰な反応やねえ。嬉《うれ》しくなるやないの」

「アナスタシア様、お戯れも程々に。先の言いようはいささか不適切でしょう」

「あらら、怒られてしもた。ウチの騎士様は真面目なんやから」

そう言って小さく舌を出すのが、可憐《かれん》という文字に服を着せたような女性――大商会であるホーシン商会の若き会長、アナスタシア・ホーシンその人だ。

波打つ薄紫色の髪を長く伸ばし、温かな陽気の中でもふわふわした毛皮の服を着こなしている。背丈は低く、外見からは儚《はかな》げな印象を受けるが、その浅葱色《あさぎいろ》の瞳《ひとみ》には強い反骨心が溢《あふ》れていて、一筋縄ではいかない人間性に思わず魅せられる。

目を離せなくなる魅力は、彼女自身の可憐な容姿も理由だ。クルシュに劣らぬ美貌《びぼう》の持ち主たるアナスタシアに、ショーティは王選候補者の選出理由に疑問を抱いた。

まさか、候補者を容姿で篩《ふるい》にかけているなんてことはないと思うが。

「ん？　なんや、ウチの顔じっと見て考え事？　なんかあるなら聞かせてほしいわぁ」

「いえ、アナスタシア様もクルシュ様もお美しいので、どうなってるのかなぁって」

「あらま」

口に手を当て、目を丸くするアナスタシア。その彼女の反応に、ショーティは「うあ」と、またしても不用意な発言をした自分の悪癖を大いに呪った。

しかし、そのショーティの言葉にアナスタシアは笑い、彼女の隣に座る人物は頷《うなず》く。

「なるほど、私も同意見だ。アナスタシア様は優れた知性と商才をお持ちだが、一人の女性としても大変魅力的であらせられる」

「そない真面目に受け答えせんと、せっかく場ぁを和ませよてしてくれた記者さんの気遣いが無駄になってまうやないの。なあ？」

「む……それは、すまなかった。私の方で気を回すべきだったね」

「え!?　あ、ええと、こ、こちらこそわかりづらくてすみません！　ははは……」

流れで謝罪されてしまい、ショーティは帽子を撫《な》でながら苦笑いで誤魔化《ごまか》す。

それ以外、いったい自分に何ができようか。——第二の王選候補者の主従、アナスタシアとその騎士、ユリウス・ユークリウスを前にしながら。

——王選候補者取材行脚は、当初の想定よりずっと順調に進んでいる。

謎のベールに包まれた王選候補者は、こうした取材を嫌っているに違いない。そんなショーティの先入観を嘲笑《あざわら》うように、取材の申し込みは立て続けに快諾された。

もちろん、この先の三人との交渉が大いに難航する可能性は十分あるが。

「今は、この幸運を最大限に活《い》かさなきゃ……！」

幸い、王都に商談が目的できていたアナスタシアは取材に応じてくれて、一の騎士であるユリウスも同席させてくれている。ショーティとしては万々歳《ばんばんざい》の状態だ。

なお、二人を前に鼻息荒く画帳へ臨むルルララも、きっと自分と同意見だろう。

「それにしても、こんな開けたところで取材なんて……よかったんですか？」

「ん〜、別にウチの店でお迎えしてもよかったんやけど、それやと記者さんらが緊張してまうやろ？　ウチに都合のいい記事を書けなんて、脅しに思われても嫌やったし」

そう言いながら、微笑《ほほえ》むアナスタシアが王都の往来に目を向ける。

　すぐ目の前を人々が行き交うこの場所は、大通りに面した喫茶店のテラス席だ。こうした人目につく場所での取材、それはアナスタシアの希望だった。

　ショーティに望まぬ記事を強要する意図はないと、そうした意思表示である。

　その、あえて人目の多いところで取材を受けるやり口は、正道を往《ゆ》くクルシュにはない強《したた》かさが感じられ、アナスタシアの抜け目のなさの一端を知れた気がする。

「でも、だとしたら、王国を手に入れる発言の真意は……」

「ウチの本音、別に隠してへんし、他の候補者やら賢人会の人らの前でも言うたことやよ？　……あと、ちょっと過激なこと聞かせたら、その子がこっち見るかなぁて」

「その子……あ、ルルララですか!?」

　アナスタシアの視線の先、椅子の上に行儀悪く膝を抱えたルルララが、取材内容そっちのけで絵筆を走らせている姿がある。

　とはいえ、これがルルララの仕事に取り組む最善の姿勢ではあるのだ。

「実はルルララはこの格好が一番仕事ができる状態でして……もしもご不快でないなら、このままにさせてもらえると……」

「ご不快やねえ」

「ルルララ！　今すぐ僕と一緒に謝ろう！　謝って……首硬っ!!」

「――って、言ったらどないする？　って続けようと思うたんやけど、俊敏すぎて口挟む暇がなかったわぁ」

とっさにルルララの首を掴《つか》んで頭を下げさせようとしたが、尋常でない首の力に阻まれて失敗。そうして焦るショーティに、アナスタシアはそう苦笑した。

　ともあれ――、

「それにしても、彼女の集中力は大したものだ。ショーティ殿、彼女の仕事ぶりだが、少し拝見させてもらっても？　実は私の弟も絵を描くんだ」

「弟さんが……あ、ルルララなら、話しかけなければ大丈夫かなと思います」

「やはり、声をかけたら集中力が乱れてしまうか」

「いえ、話しかけても無視されるので、心が荒《すさ》んでいきます」

　仕事に必要とはいえ、数時間どころか数日単位で無視されるとかなり辛《つら》い。

　そのショーティの返答をルルララの職業意識とみなしたのか、「心得たよ」とユリウスはルルララの後ろに回り、声をかけずに仕事ぶりの見学を始めた。

　それを純粋な好奇心と受け取っていいのか、あるいは主《あるじ》であるアナスタシアを貶《おとし》める可能性を憂慮しての牽制《けんせい》と思うべきなのか。時々、「なるほど……」と感嘆の吐息をこぼしているのも、ショーティを油断させるための演技かもしれない。

「想像力豊かな子ぉやねえ。いっそ作家にでもなった方がええのと違う？」

「何を仰《おっしゃ》います。僕は記者、聞いた話や見たものをありのまま伝えるのが仕事です。突飛な発想や空想を思い描く作家には向いていませんよ」

「そぉ？　まぁ、本人がそう言うんならそういうことにしとこか」

含みのある答えに、ショーティは一挙手一投足を弄ばれている気分になる。このまま彼女の術中に嵌《は》まっては、おちおち取材もおぼつかない。

この分だと、王国を手に入れるという発言もショーティを翻弄するための方便か。

「なんて、嘘《うそ》やと思うてる？　でも、嘘やないよ」

「え……」

「せっかく、勇気出して取材の申し込みしてくれたやろ？　それやのに、ウチが嘘やら建前なんかで誤魔化《ごまか》したら、それこそ記者さんらの心意気に失礼やないの」

「――――」

顔の前で両手を合わせ、自分を見つめるアナスタシアにショーティは息を呑《の》む。相も変わらず、呑まれている。だが、嘘八百を並べたとも思えず、そう思わされたこと自体が、ショーティにとっては驚きであり、感動でもあった。

クルシュは積み上げる道の途上だと、自らの未熟を語ってショーティを引きつけた。それとは異なる、何か壮大なものを目にする感動をアナスタシアはショーティに与えた。

もっと彼女の話を聞きたいと、個人としても記者としても思わされる魅力だ。

「じ、じゃあ、今日は赤裸々に質問に答えていただけると……！」

「赤裸々やなんて、ちょっと恥ずかしいけどな？　それにせっかくの機会、ええ記事書いてもらいたいし……それやから、ウチもちょっとした趣向を凝らしたんよ」

「ちょっとした趣向、ですか？　いったい、何を……」

してくれるというのか、というショーティの質問は途中で遮られた。

音高く、堂々とした靴音がやけに鮮明に聞こえたからだ。――時に、存在感というものは人の靴音にすら作用するのだと、初めてショーティは知ることとなった。

もっとも、その感慨は靴音の主の姿が見えて、完全に彼方《かなた》へ消え去ることになる。

「――妾《わらわ》を呼びつけるなどと、ずいぶんとつけ上がったものよな、女狐《めぎつね》」

形容し難《がた》い熱に鼓膜を焼かれ、ショーティは思わず喉を引きつらせた。

通りに現れ、店先のショーティたちを覗《のぞ》き込《こ》む美貌《びぼう》、その唇から紡がれた声は聴衆の心を搦《から》め捕る魔性に満《み》ち溢《あふ》れており、事実ショーティは搦め捕られた。

硬直するショーティの様子に、その美貌は形のいい眉《まゆ》を顰《ひそ》めると、

「なんじゃ、童。妾の顔をじろじろと眺めるなどと、無礼であろう」

「うえう⁉ す、すみません……! そんなつもりでは……」

「見るなら堂々と目を向けよ。妾の美貌に余人が魅せられるのは当然のことじゃ」

そう言って、手にした扇で自らを示すのは紅の瞳《ひとみ》をした豪奢《ごうしゃ》な美女だ。眩《まばゆ》い橙色《だいだいいろ》の髪を宝石で飾り、美しく豊満な体を血の色をしたドレスに包んだ暴力的な美貌の持ち主。その容姿の特徴と、纏《まと》った絶対者の空気――それが、この美女の素性をショーティに焦げつく匂いと共に教えてくれる。

そして――、

「紹介するわ、記者さんら。――ウチと同じ、王選候補者のお姫さん」

気安い調子でそう述べるアナスタシア、彼女の言葉にショーティは「存じ上げております」と、心の中で答えるのが精一杯だった。

「――――」

そうして、ショーティの心が音を立てて渇き、ひび割れていく錯覚の最中も、夢中で絵筆を走らせるルルラの描画の音だけがひっきりなしに響いていて。

――自分の世界に没頭できるルルラが、今だけ本気で心底羨ましかった。

6

「こ、このたびは大変お日柄もよく、お集まりいただいた皆様にはなんとお礼を申し上げたらよいのか頭を悩ませる次第で、目がチカチカしてきました、はい……！」

懸命に絞り出した挨拶の言葉、後半にショーティの心からの本音が混じったが、そのぐらいの粗相で済んだならご愛敬《あいきょう》だ。

『親竜《しんりゅう》報文《ほうぶん》』関係者として百戦錬磨のモーガン編集長でさえ、この状況に置かれれば緊張感と無縁ではいられまい。まして、ショーティはまだまだ新米記者。

もちろん、それを言い訳にしない心構えで立ち上げた企画だが――、

「――記者さん、ええ反応するわぁ。姫さんも、そう思わん？」

「童に可愛《かわい》げがあることは認めるが、貴様と同意見など虫唾《むしず》が走る」

「ま、つれないお人やこと。そんな感じの態度なんは予想しとったけど」

　そう言ってアナスタシアが口元に手を当てて笑うと、その対面に座る美女が不服そうに目を細め、小さく鼻を鳴らして豊満な胸を揺すった。

　その両者の対峙《たいじ》を前に、ショーティは自分の心構えが音を立てて砕けるのを感じる。

　当然だろう。アナスタシアと対峙する美女、彼女の名前はプリシラ・バーリエル――ルグニカ王国の王位を競う、ご存知《ぞんじ》王選候補者の一人なのだ。

　つまり、この場には二人の王選候補者が顔を合わせていることになる。

　それも――、

「ぼ、僕への相談なしで、突然の、この衝撃……」

「すまない、アナスタシア様の奇策だが、騙《だま》し討《う》ちのような形になってしまった。ショーティ殿とルルララ嬢にはお詫《わ》びのしようもない」

「騎士ユリウスに謝られるのも恐縮……！　ねえ、ルルララ。ルルララ？」

　主《あるじ》に代わって謝罪してくれるユリウスだが、それさえ畏れ多いのが本音だ。

　激しい動悸《どうき》に苦しむショーティは、せめてこの心痛を分け合いたいと相棒を頼る。が、ルルララは言葉ではなく、画帳から切り離した一枚の絵で応じてくれた。

　そこに描かれていたのは、泡を食って顔面蒼白《そうはく》になっているショーティだった。

「楽しんでくれてるみたいで何よりだよ！」

「なになに？　わ、お上手やん。これ、今日の記念にウチがもらっても構わん？」

「ど、どうぞ……こんな有様の僕の顔でよろしければ」

予想外の高評価に、ショーティはアナスタシアへとその絵を献上した。

自分の慌て顔がアナスタシアの手元に残るというのも妙な気分だが、ルルララの絵が気に入られたのは相棒として誇らしい。

ともあれ——、

「あれだろ？　いわゆる合同インタビューの開始ってわけだ。いやぁ、囲み取材と姫さんって絶対相性悪《わり》ぃから、そうじゃねぇってのは安心したぜ」

そう笑い、肩をすくめるのはプリシラの後ろの席に座った奇妙な風体の男性だ。

すでに紹介は受けているが、アナスタシアやプリシラの美貌《びぼう》とは別の理由で印象的な見た目をしている。ユリウスのような美形、というわけでもない。

漆黒の兜《かぶと》で顔を隠し、山賊風の装いをしたアルという人物だ。アナスタシアに仕えるユリウスと同じく、プリシラの騎士——もっとも、当の主従はそれを否定している。

「オレは姫さんの道化さ。昔から騎士ってのが嫌いでね。おっと、別に『最優』さんの悪口言ってるわけじゃねぇぜ？　概念的な話」

「挑発されたとは思っていないとも。生憎《あいにく》と、私は騎士が好きなのだが。これも、アル殿の言うところの概念的な話だ」

互いに主人の後ろに控えながら、ユリウスとアルがそんな言葉を交わしている。

ショーティの見る限《かぎ》り、主人同士はかなりバチバチやり合っている印象だが、この二人はそうでもないらしい。

「それが助かる……騎士のお二人も険悪だったら、僕の心臓がもたない……！」

正直、アナスタシアからの騙《だま》し討《う》ちに等しい状況だが、最低限それぐらいの配慮はしてくれたのかもしれない。

「――王選候補者への取材に、先行したものと違った趣向を試みるのは理解できよう」

と、そんなショーティの心中を余所《よそ》に、腕を組むプリシラが静かに口火を切った。

彼女はその細い腕で自らの胸を誇示し、この場の全員を順繰りに見回していく。ショーティ、ルルララ、アルにユリウス、その最後にアナスタシアを見て、

「ただ、この取り合わせは解せぬ。女狐《めぎつね》、何故《なにゆえ》に妾《わらわ》と貴様との合同とした？」

「ん～、そうやねえ。確かに他の二人でもおんなじことはできたと思うわ。フェルトさんもエミリアさんも、提案したら断らんかったと思うし。でも」

「――――」

「姫さんが一番、ウチの提案の意図がわかると思うたから、やね」

立てた指を唇に当てて、アナスタシアがはんなりと微笑《ほほえ》む。その答えを聞いて、プリシラはしばし黙考、その沈黙にショーティは緊張に強張《こわば》る頬《ほお》をどうにかほぐす。

――この逆境を、何とか好機に変えるのだ、ショーティ・メイガン。

「――まあよい。小細工を弄することを卑小、悪道と否定するものもいるが、妾はそうした頑迷の輩《やから》とは違う。女狐の謀《はかりごと》にも、相応の意味はあろう」

「おお、すげぇ。姫さんが折れるたぁ、そっちの商会主さんもやるねえ」

追及の手を緩めたプリシラに、アルが口笛を吹いてアナスタシアを称賛する。その反応に「おおきに」とアナスタシアが答え、ユリウスが自分の胸に手を当てた。

「ご承諾いただき、お礼を申し上げます。では、ショーティ殿。少々予定と違ってしまったと思うが、取材を続けていただけるだろうか？」

「え？　あ、ええ！　ええ、お任せください！　最初こそ驚きと緊張で足腰ガタついてましたが、ここで退《ひ》いては記者魂が腐って爆《は》ぜます！　よろしくお願いします！」

「はいはい、よろしゅうな」

「懸命さとは童の美徳よ。せいぜい励むがいい」

その両陣営の快諾を受けて、ショーティもようやく取材態勢に心を立て直せた。

そうした心境に至れば、聞くべき質問もすぐに浮かぶ。まずは遅れて参加したプリシラに、先にアナスタシアへさせてもらった質問を。

「では、先にプリシラ様に。すでにアナスタシア様にもお伺いした内容なんですが、ズバリ、プリシラ様は王となって、何を為《な》されるおつもりなのか」

「ほう、女狐はなんと答えた」

「ウチの答えは城とおんなじ。姫さんが忘れてへんかったら、やけど」

「貴様自身が欲得に従順とあれば、あの大言が変わる余地はあるまいよ」

ひらひらと手を振るアナスタシアに、プリシラが胸元から抜いた扇を開く。

そのプリシラの答えから察するに、どうやらアナスタシアが城で主張したという参加の理由――ルグニカ王国を手に入れるという宣言は事実であったようだ。

疑ってはいなかったが、それでもなんと壮大な強欲《ごうよく》さかと開いた口が塞がらない。

「アナスタシア様の壮大なお考えには驚かされましたが、プリシラ様は何を。王選候補者の皆様がどんな思いで王選へ臨まれるのか、国民も知りたがっています」

王選の開始が宣言され、次代の王を決めるための戦いはすでに始まっている。

しかし、ショーティを含めた王国民の多くは、その王選に参加する候補者たちの心構えや人となり、王国の未来をどう導くつもりなのかさえ満足に知らない。

情報は容易《たやす》く移ろい、その形を変え、色や香りさえも塗り替えられてしまう。

こうして取材のために接触した王選候補者は三人――すでに全員、前評判とその人柄の違いに、ショーティは大いに自分を恥じていた。

プリシラは、悲劇と悲運に彩られた儚《はかな》い乙女ではない。

赫炎《かくえん》と鮮血の両方を思わせる赤を纏《まと》った、壮麗な気性と魔性を持つ破格の存在だった。

そんな彼女が思い描く王国の未来、それは果たして――、

「――何もせぬ」

「え？」

如何《いか》なる答えが返ってくるのか、身構えていたショーティが呆気《あっけ》に取られた。

思わず思考停止する頭の中、プリシラの返答が繰り返し繰り返し反芻《はんすう》される。

「な、何もしない？　何もしないというのは……」

「言葉通りに受け取って構わん。妾《わらわ》は特段、王国も民草もどうこうしようとは思っておらぬ。この世の全てのものは、最初から妾のものである」

「――」

「わざわざ、自然の調和を乱そうとは思わぬ。無論、手入れはしよう。剪定《せんてい》もいい。じゃが、世界はあるがままで美しい。――この世界は妾にとって、都合のよいようにできておる。故に、妾が玉座にあれば、繁栄もまた共にある」

頬杖《ほおづえ》をつきながら、淡々と発されたプリシラの答えがショーティの脳に染み込む。

それはあまりにも馬鹿げた論理で、笑い飛ばされて当然の冗句に思えた。何故《なぜ》ならそんな傲慢《ごうまん》な発想、真に王国の頂点ですら抱けるはずのない空想だ。

しかし、冗句に思えるその言葉が、ショーティには冗句に聞こえなかった。

それを笑い飛ばさせないのは、プリシラが恐ろしいからではない。彼女の発する言葉が嘘偽《うそいつわ》りではないと、ショーティの魂が受け止めているからだ。

「相変わらず、お姫さんの理屈は怖いわぁ。……それが本当なら、ウチ以外のだぁれも姫さんには逆らう理由がなくなってまうもん」

「であろうな。他の奴輩《しゃつばら》の望みは、それこそ王座へ就かずとも叶《かな》えられよう。だが、貴様の強欲だけは妥協の余地がない。――故に貴様は、妾の敵だ」

「あら、高評価、おおきに。ウチも、姫さんのことは敵やと思ってるから」

のほほんとした顔ながら、アナスタシアの切り返しもまた鋭いものだった。

　王選候補者同士、同時取材なんて不意打ち気味に企画したのだから、多少なり和やかな話が聞けるのかと思いきや、そんな期待は切って捨てる展開だ。

「だけど、だからこそ切り込んでいく価値がある……！」

　先のプリシラの発言も、誤った伝わり方のないよう言葉を選ぶ必要はある。だが、あくまで正誤の問題であって、事実を脚色する必要はない。

　紛《まぎ》れもない王選候補者の発言、その真意を余すところなく伝えるまでだ。

「他の候補者に対して、どのような印象を抱いていますか？」

「現状、一番期待されとるんはクルシュさんやろ？　立場的にも固いと思われとったけど、その方針がどれだけ支持されるかが問題やろね」

「貧民街の小娘は、大言壮語の塊であったな。あれは志ばかりが肥大化し、自身の足下の見えぬ愚者の極みよ。あのまま愚かに留《とど》まり続ければ、見るべき点もない」

　ショーティの質問に対して、アナスタシアとプリシラが言葉を並べる。

　相手の言い分に口を挟まないのは、そこに異議を差し挟む余地がない証《あかし》か。頭の回転の速い二人の返答を、ショーティは必死に頭の中に書き留める。

「――五人目の、エミリア様に対してはどう思われていますか？」

「「――論外」」

深く切り込む覚悟の問いは、端的な一言で切り返された。

その短い言葉の強さに息を呑《の》み、鼻白むショーティは口をパクパクさせて、

「そ、それは、どういった考えから？」

「言うまでもないことやけど、エミリアさんはそもそも出自が足を引っ張っとるやろ。銀髪に紫紺の瞳《ひとみ》のハーフエルフ……あったらあかん特徴の完全網羅」

「当人の資質を問うどころの話ではあるまい。その本質がどうあれ、民草の多くは無《む》知蒙《ちもう》昧《まい》なものよ。見たいモノ、聞きたいモノでしか判断できぬ」

並べる言葉に違いはあれど、二人の話の核は同じだ。

王選候補者の最後の一人、エミリアを取り巻く状況は厳しく、もはや彼女自身の在り様を問うべきところにない。

そしてそれは他ならぬ、ショーティ自身も抱いていた感覚だった。

「エミリア様には、アナスタシア様やクルシュ様同様、三大魔獣であった白鯨《はくげい》の討伐と、大罪司教の討伐に貢献されたという話もありましたが……」

「あれも厳密には、エミリアさん自身やなくて騎士の子ぉの手柄やし。それにそれで払拭できるほど、『嫉妬《しっと》の魔女』の傷は浅いもんやない。な、ユリウス」

「悲しいことではありますが」

アナスタシアに水を向けられたユリウスが、睫毛《まつげ》の長い目を伏せて首を振る。

「白鯨のことも大罪司教との戦いも、どれほど聞くものの胸を打つかはわかりません。た

だ、アナスタシア様の仰《おっしゃ》る通り、過度の期待はできないでしょう」

「浮かばれねぇもんだ。それだけやってても評価されねぇってんじゃ、何のために挑むんだか知れたもんじゃねぇ。負けるためにやんのかね？」

「アル殿、そういった言い方は……」

「よくないって？　そりゃ建前はそうだろうよ。けど、オレとあんたで言ってることがそんなに違うかね？　姫さんたちとも同意見だろ？」

　ユリウスは眉間に皺《しわ》を刻み、アルはどこか偽悪的に振る舞う。彼は隻腕——右手で兜《かぶと》の継ぎ目に指で触れ、カチカチと金属音を奏でた。

　その渇いた音が、エミリアの前に横たわる変えられない現実を表しているようにも感じられ、ショーティもどこか沈鬱な気持ちになる。

　しかし——、

「全ての物事に勝敗はついて回る。じゃが、そのものの勝利条件はそのもののもの。外から推し量り、容易に決めつける事柄ではない」

「姫さん？」

「王選において、あの半魔が対立候補として論ずるに値せぬ輩《やから》なのは間違いない。それを解せぬほど、関わる全てのものが愚かか？　妾《わらわ》はそうは思わぬな」

　従者であるアルの意見を、主人であるプリシラがそう上書きする。

　さすがにその言われように、アルも「おいおい」と首を傾《かし》げ、

「まさか後ろから撃たれるとは思わなかったぜ。姫さんはオレと同じ意見じゃねぇの？」

「過程は同じでも帰結が違う。あの半魔の心構えも、同じことが言えよう」

「じゃあ、姫さんはあの子は王様になりたがってねぇって？　別のゴールを設定してるって言うのかよ」

「でなくば、筋が通らん。もっとも――」

わずかに熱を増したアルの口調には、どこか必死の色が混じっていた。

そのことをショーティは訝《いぶか》しむが、口を挟む暇がない。ただ、それはショーティの場合の話だ。――プリシラに匹敵する大器はそうではない。

「――今のままなら、って前置きが必要になるやろね」

「ふん」

そう続けたアナスタシアに、プリシラが目を細めて鼻を鳴らす。

見当違いだと言い捨てなかったところを見ると、同じ意見であったらしい。それはそのまま、両者のエミリアに対する認識の共通を意味する。

「面白いし、楽しみやと思わん？　最初から大敗必至の勝負やのに、それでもエミリアさんらは挑んできた。この状況を覆す算段がある。そう言うてるように思えん？」

「数合わせの参戦が本意であれば、妾の眼《まなこ》に入る価値もない。自らに価値があると証明するなら、おのずからこの眼に映り込んでこよう」

微笑と嘲弄、相反する二人の反応だが、ショーティは不思議な感慨を抱く。

何故《なぜ》か、アナスタシアとプリシラの二人が話題の相手へ向ける感情、それがどちらも期待の類《たぐい》に思えてならなかったからだ。

「ちっ、なーんか踏み台にされた気分。どうせなら気分じゃなく、本当に姫さんに踏まれた方がまだマシってもんだ」

「アル殿、お互い記者の前だ。騎士ならば、発言には注意された方がいい」

「ご忠告どうも。けど、言ったろ？　オレは騎士じゃねぇし、なりたいとも思わねぇ」

「残念だ。本心からね」

瞑目《めいもく》したユリウスの答えに、アルは兜《かぶと》の継ぎ目を鳴らしておどけてみせる。その仕草の裏側には、先ほどの必死さはどこにも見えない。

あるいはそれも、ショーティの見間違いだったのかと錯覚するほどだったが――、

「貴重なお話、ありがとうございました。あとは……最後の対立候補、目の前の相手のことをどう思っているか聞かせていただければ……！」

「……すげぇ勇気だな、記者さん」

ダメ元で質問したショーティに、アルが本心からの感嘆をこぼした。思わずユリウスも苦笑する質問だったが、これを聞かない手はないだろう。

お互い、目の前に当人がいるのだ。忖度《そんたく》なしの本音をぶつける絶好の機会。

実際、アナスタシアとプリシラも、される質問と考えていたのだろう。

アナスタシアとプリシラは互いに目を向けると、同時に口を開いた。

そして――、

「――蹴散《けち》らしたるよ」

「――手ずから手折る」

と、目下最大の称賛とも取れる敵意を交換し合ったのだった。

7

「じ、じ、じ、寿命が縮んだ……」

「……つかれ」

ぐったりと椅子にもたれ、顔を土気色にしたショーティをルルララがねぎらう。

椅子の上で膝を抱え、珍しくショーティを気遣ったルルララ。彼女も、ショーティがどれだけの心労の果てに取材をやり切ったか、少しはわかってくれたのだろう。

実際、奇跡の対談だったことは、ルルララの溢《あふ》れんばかりの創作意欲にも表れていた。

アナスタシアとプリシラを様々な角度から描いた報道絵の数々は、モーガン編集長も納得の出来《でき》で、過去最高の枚数と言える。中には従者であるユリウスとアルを切り取ったものもあり、取材記録として申し分のない仕事ぶりだ。

「ただ、この偏り……今さらだけど、ルルラってわりと面食いだよね」

「……れは、誤解」

「王選候補のお二人と騎士ユリウス、それとアル殿の枚数を比べたら説得力ないよ！　っていうか、アル殿一枚しか描いてない！」

「……ころ、震えるのしか、描かない。ショーティも、言ってた」

ショーティの追及を、ルルラが『親竜報文《しんりゅうほうぶん》』の社訓を小癪《こしゃく》に使って躱《かわ》した。そう言われると、ショーティも強くは出られない。

ただ一枚、アルにもルルラの心が震える瞬間があったということになる。

「……んけんな感じだったから、描いた」

「アル殿が真剣……そう、だね。確かに、真剣な様子だった」

ルルラが切り取ったアルの一枚は、プリシラと意見を違《たが》えた一瞬のものだ。

ちょうど、他の候補者――エミリアに対する所見を質問したときだったが、あのアルの受け答えにはショーティも引っかかりを覚えたものだ。

「――。この取材が終わったら、今度は王選候補者の騎士について深掘りしてもいいかもしれないね。エミリア様の陣営、その騎士のことも興味深いし」

「……も、次の方が大事」

描き終えた題材から次の題材へ、早くも気持ちが移ろっているルルラ。その彼女の現金な姿勢に、ショーティは苦笑した。

「やっぱり、ルルララは面食いだと思う。次の取材の対象にご執心じゃないか」

「……ぎの、取材相手は？」

「知ってるくせに白々しい！　……いや、もしかしてルルララがご執心なのは騎士様の方だから、まさか本気で忘れてる!?」

「……いてなかっただけ」

「なんだ……ってならないよ！　聞いてなかったのも問題だよ！」

　手元でペンを走らせ、取材内容の鮮度が落ちぬうちにまとめながら、ショーティは頼れる相棒の頼りにならない記憶力をそう嘆く。

　が、思いがけない形でプリシラの取材も同時にこなせて、これで話を聞けた王選候補者は三人となった。残りは二人、そして次なる取材対象は――、

「――フェルト様、彼女も異色の経歴の持ち主だよ。エミリア様の陰に隠れてるけどね」

「……色！」

「絵画とは関係ない、珍しいって意味の異色ね！　……実はフェルト様は、王都の貧民街で育った孤児なんだ。――つまり、僕たちと一緒なんだよ、ルルララ」

　膝の上で画帳を抱いているルルララ、彼女の目を見据えてショーティはそう語る。

　ショーティもルルララも、今でこそ『親竜報文』の記者と報道絵描きとして働いているが、元々は親に捨てられ、貧民街でゴミ漁《あさ》りをするみなし子の一人だった。

　大抵のみなし子はその環境から抜け出せず、悪事に手を染めるか、あるいは悪人に食い

物にされて命を落とすことになる。幸い、ショーティたちはそうならずに済んだ。

それぞれ、持ち合わせた才能と情熱を認められ、今の立場を勝ち取ったのだ。

フェルトも、同じと言える。——ただし、彼女の現状は想像の埒外《らちがい》にある高みだ。

「フェルト様にはそれ以外にも、真偽不明の色んな噂《うわさ》が飛び交ってる。それについても質問したいし……でも、一番注目を集めてるのは彼女の騎士だよ！」

「……んせい！」

「そう！　『剣聖《けんせい》』ラインハルト・ヴァン・アストレア！　……彼が一の騎士としてフェルト様を支える、そう表明してることの影響は絶大だよ」

『親竜報文《しんりゅうほうぶん》』の読者でもある国民の多くにとって、王城で暮らすことになる王選候補者は雲の上の存在だ。それは王が健在だった頃の、王族に対しても変わらない。故に、民草が関心を寄せる有名人となれば、名前を聞く機会の多い相手の方となる。その点、今代の『剣聖』たるラインハルトの持つ影響力は王国随一と言えるだろう。

王都の民ですら、国王よりも『剣聖』への関心の方が強い。王族を目にする機会も、王城を仰ぎ見ることもない王都の外の民となれば、その差は歴然だ。

「当然、フェルト様も王選で勝つために、この騎士ラインハルトの影響力をバシバシ利用していくはずさ。『剣聖』の威光に大勢の目が眩《くら》む……だから！」

「……から？」

「僕たちはその威光に負けず、真にフェルト様の器を見極めてみせよう！」

拳を固めたショーティの決意に、ルルラがどこまでわかってくれたのか、やる気のない顔つきとゆったりした動きで画帳を掲げた。

　ここまでの取材、幸いにして上手《うま》く回っているが、取材計画通りに進んだとは到底言い難《がた》く、全ては結果論に過ぎない。だから、ここから挽回《ばんかい》していくのだ。

　たとえ『剣聖』がどれほど眩《まばゆ》かろうと、ショーティの鋼の記者魂は慄《おのの》くまいと——。

8

「——ようこそ、アストレア領へ。歓迎します、記者のお二方」

と、そうショーティたちを出迎えてくれたのは、炎のような青年だった。

　燃えるように眩い赤毛と、澄んだ空を瞳《ひとみ》に閉じ込めた慮外の美青年だ。以前、ルルラが彼を描いた一枚の出来《でき》に惚《ほ》れ惚《ぼ》れとしたものだが、その被写体そのものが取材にやってきたショーティたちを笑顔で迎えてくれている。

『騎士の中の騎士』の出迎え——ただし、その格好は騎士らしさとかけ離れていた。

「き、騎士ラインハルト……です、よね？」

「ええ、そうです。わざわざ王都から出向いていただいて、ご苦労様です」

　緊張を忘れ、驚きでたどたどしくなるショーティに、青年——ラインハルトが頷《うなず》く。

　その格好は近衛《このえ》の所属や騎士の立場を示す制服を脱いで、白いシャツと黒いズボンの町人めいた軽装だ。首にタオルをかけて微笑《ほほえ》む彼は、『剣聖《けんせい》』の代名詞である『龍剣《りゅうけん》』すらも腰に下げていない。よく見たら、傍《かたわ》らに立てかけてある始末だ。

それはとりもなおさず、彼が『剣聖』らしさを手放していることの証《あかし》だった。

その証拠に、ショーティたちを迎える彼が直前までしていたのは――、

「……れ、庭いじり？」

「ああ、そうなんですよ。今、屋敷の庭と花壇は僕が手入れをしているんです。今朝、ようやく蕾《つぼみ》が花開いてくれたところで……」

「……れい」

首を傾《かし》げたルルララの疑問に、ラインハルトが花壇を手で示してそう答える。心持ち自慢げなラインハルト、彼の背後の花壇はそれはそれは見事なものだった。

咲き誇るのは赤と白、それから黄色い花弁を付けた花々だ。目を引くのは色とりどりの花が咲く花壇だが、丁寧に手入れされた庭木も素人目には職人技に思えた。

さすが、『剣聖』ともなれば庭木の剪定《せんてい》、そのための鋏《はさみ》使いも鮮やかというわけ――、

「いやいやいや！　思わず感心したけど普通やらせる⁉　『剣聖』に庭いじり！」

「……んせいに、文句？」

「そんな命知らずな真似《まね》しないしできないんだけども！」

『剣聖』の無駄遣いと思える使い道に、ショーティは目を回して物申してしまう。途端、ルルララお得意の梯子《はしご》外しに遭い、慌てて自分で梯子を引き戻した。

そんな二人のやり取りに小さく笑い、ラインハルトは嵌《は》めていた軍手を外して、

「なるほど、『剣聖』に庭いじりは似合わないか。君なら、どうするべきだと思う?」

「そりゃ、騎士ラインハルトは王国で知らない人がいないくらいの有名人ですから、一緒に各地を巡って顔と名前を売って、有力貴族の支援を得るとかが常道……!」

「――だ、そうですよ。フェルト様」

ラインハルト本人にラインハルトの有効利用の方法を聞かれ、ショーティがパッと思いつく方策を並べる。が、その後のラインハルトの言葉は寝耳に水だった。

思わず、ショーティは「ほえ?」と呆《ほう》けた声をこぼし、ラインハルトの意味深な視線を辿《たど》る。――視線が行き着く先は、ショーティたちの後ろに立った人物だ。

最寄りの町で二人を出迎え、アストレア邸までの道案内をしてくれた小間使いの少女。その厚意に甘え、道中、あれこれと話をしながら屋敷を訪れて。

その、眩《まばゆ》い金色の髪に黒いリボン、意志の強い赤い瞳《ひとみ》と、口元から覗《のぞ》く八重歯が特徴的な少女を、ラインハルトは、今、なんと呼んだのか――。

「あ、い、う、え、お……?」

「おーおー、混乱してる混乱してる。ははっ、見ろよ、こいつの顔」

パクパクと口を開閉し、目を白黒させるショーティを指差して少女が我慢し切れずに笑い出す。その仕草に、ルルラもショーティの方を見て、

「……もしろい」

「全然！　面白くないよ!?」

心無さすぎるルルララの発言に、ショーティが声高にそう言い返す。その様子に、少女は笑いすぎて目尻に涙を溜《た》めている。そこへラインハルトが嘆息し、

「フェルト様、そろそろ悪ふざけも切り上げてください。これ以上はショーティ殿とルルララさんに呆《あき》れられてしまいますから」

「わーったわーった。ったく、ちっとは話がわかるようになってきたかと思ったのに、口うるせーのは変わらねーじゃねーか」

「柔軟にはなったつもりですよ。ですから、お出迎えは止めませんでした」

「目付けにフラムとグラシスをつけさせてたろ。まだ十分ガチガチだっつーの」

微苦笑のラインハルトに、少女が舌を出して応じる。——否《いな》、もう少女なんて現実逃避は通じない。ラインハルトをぞんざいに扱い、なお敬意を払われる立場。

何より、聞き間違いようのないぐらい何度も呼ばれるその名前は——。

「——、お目にかかれて光栄です、フェルト様！」

「へっ、耳が痒《かゆ》くなる挨拶ありがとーよ」

何とか驚きを噛《か》み殺《ころ》してお辞儀したショーティに、フェルトは耳を掻《か》きながら答える。

一見、ただの町娘にしか見えない彼女こそが、四人目の王選候補者だ。

またしても出鼻を挫《くじ》かれる取材、しかし、同時取材と比べればこのぐらいは——、

「……れ、あげる」

「ルルララ⁉」

緊張に息を呑《の》むショーティの傍《かたわ》ら、不意にルルララが画帳の一枚をフェルトに差し出した。それをフェルトは「あん？」と眉《まゆ》を上げて受け取り、渡された絵を見る。

そして——、

「ぶはっ！　あっはっは！　これ見ろよ、ラインハルト！」

「これは……ふ」

噴き出したフェルトに呼ばれ、後ろから絵を覗《のぞ》き込《こ》んだラインハルトが喉を鳴らす。

その主従の反応に、ショーティは口をパクパクとさせて、

「騎士ラインハルトまで……ルルララ⁉　いったい、何渡したの⁉」

「だはははは！」

大笑いするフェルトと、笑みを堪《こら》え切れなかったラインハルト。

その二人とルルララとで視線を彷徨《さまよ》わせるショーティに、ラインハルトが頬《ほお》を緩ませながら問題の一枚を見せてくれた。描かれていたのは、他ならぬショーティだ。

目を見開いて口を開け、呆然《ぼうぜん》自失でフェルトを眺めていた間抜け面のショーティ。

「……れ、力作」

「ええい、いつもありがとう！」

と、自慢げに絵筆を立てるルルララに、ショーティがヤケクソ気味にそう叫んだ。

9

「改めまして、本日はお時間を作ってくださり、ありがとうございます……」

「不服そうな面しやがって。まぁ、さっき笑わせてもらった分、気にしねーけどさ」

「アリガトウゴザイマス……」

アストレア邸の応接室に通され、歓待を受けるショーティの返事が片言になる。

それは直前の出来事に由来する、フェルトへの苦手意識が原因だ。無論、王選候補者を相手にする緊張感はあるが、これまでの三人と比べれば圧迫感はかなり薄い。

「——？　なんだよ」

「い、いえ、何でもないです」

「そんな風に人の面じろじろ見といて、何でもねーってこたねーだろ」

前のめりになり、ショーティの顔を覗《のぞ》き込《こ》んでくるフェルト。彼女の眼差《まなざ》しに頬《ほお》を強張《こわば》らせながら、ショーティは微《かす》かな落胆を抱いていた。

王位を目指す王選候補者であるなら、少なからず、只人《ただびと》と異なる王者の風格——国家の頂《いただき》に立つものとしての資質、それがなくてはならないように思える。

例えば、フェルトは使用人に扮《ふん》してショーティたちを迎えにきたが、仮にあの三人が同じことをしても、ショーティやルルラを騙《だま》し切ることはできなかっただろう。

そのぐらい、他の王選候補者には隠し切れない王の品格が感じられたのだ。

——生憎《あいにく》、それがフェルトには感じられない。それを仕方ないと言えばそれまでだが、ただ残念と思わざるを得なかった。

彼女にはまだ、これまでの三人と肩を並べて競い合うだけの準備が整っていない。

となれば、現時点でフェルトとエミリアの落選はほぼ確定となり、王座を競い合うのはクルシュとアナスタシア、プリシラたちということになる。

この瞬間も含め、最後の二人への取材が消化試合になってしまうわけで。

「——アタシの値踏みを終えるには、まだちょっと早いんじゃねーのか？」

「え」

「いや、見りゃわかるっつーんだよ。あからさまにガッカリした顔しやがって」

唇を尖《とが》らせ、視線を鋭くするフェルトにショーティはたじろぐ。

取材対象の胸の内を語らせるのが記者の役割だというのに、そんなあからさまな態度で信用を損ねるなんて言語道断だ。

「——っ」

とっさに謝罪が口をついて出そうになり、しかし、ショーティは思いとどまった。

今さら取り繕っても無意味だ。むしろ、切り出された話題に乗り込んでいく。

「その人を見る目は、貧民街での暮らしで培われたものですか？」

「へえ？　いきなり聞きづれーこと聞いてくるじゃねーか。けど、そういう目ぇしてる奴《やつ》の方がアタシは好きだぜ」

「恐縮です」

「で、貧民街暮らしがアタシを強くしたかって？　ああ、そうなんだろーよ」

自分の過去に無遠慮に踏み込まれたというのに、フェルトは怒らなかった。それどころか、ショーティの図々《ずうずう》しさを好意的に受け入れてくれた様子だ。

組んだ足の上に頬杖《ほおづえ》をついて、フェルトの視線が窓の外へと向けられる。――遠い空の下、はるか離れた場所に彼女の育った王都がある。

その紅の瞳《ひとみ》に過《よぎ》る複雑な感情、故郷を思うフェルトの横顔にショーティは俯《うつむ》いて、

「……王都を、貧民街を懐かしんでいるんですね」

「あ？　全然？　貧民街のことなんか思い出したくもねーよ。好きじゃねーし」

「あれえ!?」

「そりゃ雰囲気に流されすぎだろ。離れてみても恋しくなんかならねーよ。離れてせいせいすんのが貧民街ってもんだ。――お前らも、おんなじじゃねーの？」

ガシガシと乱暴に頭を掻《か》きながら、フェルトが唇を曲げて言い放つ。それを聞いて、ショーティも「それはそうですが」と答えかけ、息を詰めた。

「今の言い方だと、僕とルルラが貧民街出身だって……」

「見抜いた、なんて大層な話じゃねーぞ。貧民街暮らしで、人を見る癖がついてるってのはお前の言う通りだ。元々、アタシは間抜けの懐から小金抜くのが仕事だったからな」

「あの、僕とルルララは一応、記者なんですけど……」

「だから素直に話してやってんだろ。嘘《うそ》でも適当でも並べていいってんなら、そもそも取材なんて引き受けてねーよ。好きに書きゃいいじゃねーか」

堂々と、過去の犯罪行為について告白するフェルトにショーティが鼻白む。

間違いなく、この事実はフェルトの王選に悪い影響を与える。ただ、同じ貧民街出身のショーティには、彼女が進んで犯罪に加担していたとは思えない。

必要に駆られて、生きるために悪事に手を染める。それはショーティとルルララにもありえた未来で、現にフェルトだって今も続けているわけではない。

やむにやまれぬ事情まで暴き立て、事実だからと己の仕事を誇れるものか――。

「事実は書き留めておきます。記事にするかはあとで……あれ？　僕のペンは……」

「これか？　結構、いいもん使ってるじゃねーか。そこそこ高く売れんじゃねーか？」

「現役を引退したはずでは!?」

けらけらと笑うフェルトが、いつの間にかスリ取ったショーティ愛用のペンをこれ見よがしに揺すってみせる。その鮮やかな手並みに感心するやら、呆《あき》れるやら。

「――フェルト様、ショーティ殿たちが困っていますよ」

と、そこへ応接室の入口を開け、姿を見せたラインハルトが割って入る。

銀のお盆を手に、湯気の立つカップを運んできたラインハルトは、それをフェルトとショーティたちの間のテーブルに配膳しながら、

「あえて隠そうとされないのはフェルト様の美徳とは思いますが、わざわざ露悪的に言い触らす必要もないでしょう。さあ、ペンを」

「けっ、またお説教かよ。大体、アタシはな……」

「ロム殿とエッゾからの指示です」

「ぐ……っ」

付け加えられた一言が効果的だったのか、フェルトの表情から余裕が消えた。そのまま彼女は悔しげに、ショーティのペンをラインハルトへと手渡した。

その様子に苦笑し、振り向くラインハルトがショーティへとペンを返却する。

「どうぞ。それと、お茶もぜひ。僕の手習いではありますが……」

「い、いえいえ、とんでもない！　『剣聖《けんせい》』の淹《い》れてくださったお茶！　とても貴重な機会です、はい。持って帰って蒸発するのを見届けたいくらい！」

「……おばか？」

「場を和ますための冗句だよ！」

ルルララの一言に言い返し、それでショーティの正気が戻ってくる。やはり、大声を出すのは精神の安定にもってこいだ。

ともあれ、あまり何度も叫んでもいられないと、ショーティは小さく咳払《せきばら》いし、

「騎士ラインハルトの到着を待たず、勝手に話を始めてしまい、失礼しました」

「ああ、ご心配なく。ちゃんと内容は聞こえていましたから」

「そうでしたか。なら安心……え？　ここでの会話が？　厨房《ちゅうぼう》にいて？」

「あー、よせよせ。いちいちこいつの言ってること真に受けてっと、いつまで経《た》っても話が進まねーし終わらねーよ。今日はこのあと、アタシも用事があんだ」

　ラインハルトの一言への興味が尽きないが、後ろの予定があるとフェルトに言われては長話もできない。王選に向けた、フェルトの意気込みを知らなくては。

　先のやり取りを交わす前、ショーティの目には彼女は役者不足に見えたが、彼女自身は見限《みかぎ》るには早いと答えた。ならば、未来に何を見ているのか。

「――フェルト様は、この国の王になって、何をされるおつもりですか？」

「この国の、見えねーしきたりってもんをぶっ壊してやるつもりだ」

「……はい？」

　澱《よど》みなく返ってきた答えを聞いて、ショーティが手帳に書き留める作業をいったん止める。――今、フェルトは何を壊すと、そう宣言したのか。

「この国の、見えないしきたり……ですか？」

「当たり前になっちまってる理不尽やら、アタシが見て聞いて話して、それで気に入らねーって思ったもんの全部だよ。貧民街も、その気に入らねー一個だぜ」

「――――」

「そうするのが、そうなってんのが、そう考えちまうのが当たり前って風潮だ。貧民街の貧乏暮らしがつれーのは当然だよ。けど、上で生まれただけの奴《やつ》らが永遠に勝ち組で、下に生まれただけの奴《やつ》らが永遠に負け組ってのも気に入らねー」

言葉の意味を消化し切る前に、フェルトの口から次々と語られる彼女の意見。それを少しずつ消化しながら、ショーティはフェルトの真意に迫ろうとする。

言葉の上辺を切り取れば、それは貧民街で生まれ育ったみなし子が、それ以外の場所で生まれた相手をやっかみ、憎たらしいと昏《くら》い衝動を口にしただけの一幕だ。

だが、フェルトの瞳《ひとみ》と声音には、もっと大きく、重く、固い意志が宿っていた。

「どうせ、お前もアタシに大して期待しちゃいねーだろ？」

「――っ」

「へっ、適当並べると言葉が安くなるかんな。迂闊《うかつ》に誤魔化《ごまか》さなかったのはアタシ的にはいい判断だった。実際、アタシに期待してる奴なんてほとんどいねーよ。そりゃそーだ。アタシは貧民街育ちの小娘だ。他の候補者と比べて真っ当じゃねー」

そこでフェルトは言葉を切り、「いや」と頭《かぶり》を振って、

「さすがに半魔の姉ちゃんよかマシだろーけど、そういう次元の話だ。誰も、アタシに期待してる奴なんていない。――だったら、失うもんなんかねーだろ」

「それが、見えないしきたりに挑みかかる理由だと？」

「誰かが殴りかからねーことには、ムカつく奴の鼻血だって流させてやれねーんだ。どうせなら、アタシが最初にぶん殴ってやる。せっかく、アタシがその切符を手に入れたんだぜ。誰かがアタシの後ろに続くかは、やってみねーとわからねーよ」

乱暴でがさつな路地裏の流儀、それを用いてフェルトがそう結論付ける。

馬鹿馬鹿しく、具体性に欠けたフェルトの言い分は、しかし同じ貧民街出身のショーティには痛いほど理解できた。おそらく、聞いていたならルルラにも。

それと同時に、ショーティはフェルトの有するある可能性に行き当たった。

取材前に感じた、勝ち目がないと思われたフェルトへの失望と落胆――相変わらず、フェルトにはクルシュたちから感じられた王者の品格を感じない。

だが、何も持たない非力な少女に見えるかと言われれば、それは否《いな》だ。

――フェルトには挑戦者の覚悟、変わっていこうとする変革者の意志が感じられる。

すでに完成され、生まれながらに輝きを放っている才人たちと違い、フェルトの器はまだ形作られていく最中なのだ。

ひょっとしたら、その器は王選が決着しても焼き上がらないかもしれない。だが、もしも彼女の器が完成され、人々の目に触れることがあれば――、

「――見えない何かが壊される日がくる。そんな期待ができませんか？」

「騎士、ラインハルト……」

ショーティが至ったのと同じ結論を、先んじてラインハルトが口にする。

見れば、ラインハルトは青い瞳をショーティとルルラに向け、それから自分の前にいるフェルトの方を見やり、

「実際、フェルト様は今も様々なことを試みておられる最中です。例えば、僕もフェルト

様が壊そうとしているものの一環でしょうね」

「……んせいを、壊すの？」

「んな大それた話じゃねーよ。ラインハルト、妙なこと言ってんじゃねー」

「ですが、フェルト様が最初に壊そうとしてくれたものが僕であるということは、できれば隠さずに広く知ってもらいたいことでしたので」

「こわっ。何言ってんだ、お前」

微笑《ほほえ》むラインハルトの視線は優しく、応じるフェルトの声は本当に険しい。

ここまで見る限《かぎ》り、奇妙すぎる主従関係が結ばれた二人だ。これまで、王選候補者と騎士との関係は細かな違いはあれど、それぞれ良好という共通点があった。

しかし、フェルトとラインハルトの二人には、なかなか良好な関係と言い切れない溝が感じられる。険悪でも不仲でもないが、強風の中にいるような緊張感が。

「ショーティ殿、僕が庭や花壇の手入れをしているのも、フェルト様のお言いつけを守っているからなんですよ」

「そ、そうなんですか？」

「はい。花でも育ててみろと。生憎《あいにく》と、僕には『園芸の加護』があるので、試行錯誤というほど難しい挑戦をしているわけではないんですが……」

そこで言葉を区切り、ラインハルトが自分の掌《てのひら》を見る。

軍手を付け、庭いじりをしていた手だ。給仕をするため洗ったその手に、土汚れは見当たらないが、彼の目はその仕事の名残を晴れ晴れしく感じているようだった。

　ショーティには、『剣聖《けんせい》』ラインハルトの無駄遣いとしか思えなかった庭いじりが。

「実際、自分の心情が変わった気がするんです。もしかしたら世界の変革は、こんな小さなことの積み重ねからできるのかもしれない」

「大げさなヤローだ。……ちょっと花壇褒めたらすぐ調子乗りやがって」

「それは喜びますよ。フェルト様がくださったお言葉ですから」

　頬杖《ほおづえ》をついてぼやくフェルトに、ラインハルトが躊躇《ちゅうちょ》なくそう答える。

　聞いているショーティでも驚く一言だったので、それはフェルトも例外ではない。彼女は苦々しい顔をして、その顔を見られたことを悔やむようにショーティを睨《にら》む。

「僕を睨まれましても！」

「クソ、本当に意味あんだろーな、この取材。ただアタシがもやもやさせられるだけだってんなら、わりに合わねーにも限度ってもんがあるぞ」

「心配されずとも、『親竜報文《しんりゅうほうぶん》』の発行部数は王都でも指折りですよ。ロム殿やエッゾの戦略は間違っていないと思います」

「おい！　絶対にさっきの、このバカの言ったことは書くんじゃねーぞ！」

　鋭い八重歯を見せて、ラインハルトをバカ呼ばわりするフェルト。

『剣聖』に庭いじりをさせ、給仕の真似事《まねごと》をやらせ、挙句にバカ呼ばわりするなんて、いったいフェルトはラインハルトをなんだと思っているのか。

「フェルト様は、騎士ラインハルトをなんだと……」

「ああ？　寝ぼけたこと言ってんじゃねーよ。——こいつはラインハルトだ」

「——ぁ」

「それ以上でも以下でもねーよ。言うこと聞かねーくせに小言は多い。アタシにとっちゃ頭痛の種ってやつだ」

　腕を組み、鼻から大きく息を吐くフェルト。そんな彼女の受け答えに、後ろに控えるラインハルトは何も言わず、ただ微《かす》かに目尻を緩めている。

　そのラインハルトの反応を余所《よそ》に、ショーティは己を顧みて、自分もまたフェルトの語った『見えないしきたり』に毒された一人だったと、そう気付かされた。

　王国に蔓延《はびこ》る身分の差、貴族街や貧民街、貴族や平民や貧民といった括《くく》り、それらが生み出す偏見や先入観を、自分はわかったつもりでいた。

　だが、王選候補者への取材を重ねるうち、ショーティは自分が決して賢くも、物知りでもないことを痛感させられっ放しでいる。

　ついには同じ貧民街出身のフェルトにも、同じ気付きを与えられる始末だ。

　——ショーティや人々の持つ、『剣聖《けんせい》』ラインハルト・ヴァン・アストレアへの幻想も、フェルトが気に入らないから壊そうとしているモノの一つなのだと。

「フェルト様、王選の行く末をどう思われますか？」

「——」

赤い瞳《ひとみ》を細めて、フェルトが問いを放ったショーティを見つめる。

背筋を正し、その視線を真っ向からショーティは受け止めた。ここに至り、フェルトへ抱いた最初の失望はすでに消え、あとには妙な期待感だけがあった。

いったい、この貧民街出のみなし子が、未来に何を示すのか。そんな期待が。

それが、ラインハルトにフェルトを選ばせた決定的なひと押しなのかもしれないと。

「ま、他の連中は大したタマだと思うぜ。最初、城で面拝んだときはアタシが何にも知らなかったもんだから、どういう奴《やつ》らなのかわかんなかったんだが……」

貧民街で生まれ育ったフェルトにとって、まともな教育を受け始めたのは王選への参加を表明し、アストレア邸での生活を決断してからのことだ。

ショーティにも覚えがある。初めは読み書きさえもできず、知っていて当然のことを知らないという溝を埋めなくては同じ舞台にも立てない。

フェルトは悔しい思いを重ねながら、それで腐らず、戦い続けている。

「今のとこ、優勢なのはぶっちぎって公爵で、続いてるのが商人ってとこだろ。鯨狩りに参加しても、半魔の姉ちゃんのとこはしんどいだろーしな。あの赤女は知らねーが……」

「――――」

「アタシとどっこいか、向こうの方が評判じゃ勝ってる。先行きは暗くて、これを三年ぽっちで埋められるかってとこがアタシの勝負だな」

自分の現状を正しく把握した、的確な分析だとショーティは感心した。

戦況の把握はすなわち、彼女が勝負を投げていない証《あかし》であり、勝つために手を尽くすことを己に決めていることの証明だ。

しかし、前途は多難だ。それは紛《まぎ》れもなく、彼女も自覚している通りに。

「どう戦っていくか、決めていらっしゃるんですか？」

「ひとまずのとこ、他の連中の猿真似《さるまね》してても勝ちにはいけねー。アタシはアタシしかやれねーことをやらねーとだ。だから……」

「だから？」

「とりあえず、黒社会の連中を片っ端から口説いてるとこだ。このあとの用事ってのも、その幹部連中との会合なんだよ」

「斜め上の回答だなぁ!?」

ふてぶてしく笑い、予想外の回答を叩《たた》き出《だ》したフェルトにショーティが絶叫する。

そのショーティの反応に、フェルトは「わははは」と楽しげで、彼女の後ろに立つラインハルトは額に手を当てている。が、顔を覆いたいのはショーティの方だ。

王選候補者の一人が黒社会と癒着し、王選の勝ち抜きを狙っているなどと。

「と、特ダネすぎて誰も信じてくれなそう……！」

モーガン編集長に見せても、記事を捏造《ねつぞう》したと思われかねない内容だった。まさか、そこまで考えての大っぴらな告白と、そうは思わないが。

「――――」

頭を抱えるショーティの傍《かたわ》ら、ルルララは黙々と画帳に筆を走らせている。

その興味はラインハルトから離れない——と思いきや、ちゃんとフェルトの報道絵も枚数を重ねている。ようやく、彼女にも報道絵描きの自覚が芽生え、取材対象は全て描いておくべしという鉄則をわかってくれたのか。

残念だが、そうではない。フェルトの在り方が、ルルララの眼鏡に適《かな》ったのだ。

ショーティがフェルトへの認識を改めたように、ルルララにも同じことが起こった。彼女が絵を描いた事実と、その絵の出来栄《できば》えがフェルトの大器の片鱗《へんりん》の証明と言えよう。

あとは——、

「で？　アタシがなんで王選に参加して、何するつもりか……他に聞きてーことは？」

「……他の皆様にも聞いているんですが、フェルト様は他の王選候補者の方々にはどのような印象を抱いておいでですか？」

「他の連中か。そりゃさっきも言ったろ。大した奴《やつ》らだと思ってるって」

冷静に、侮れない自己分析を済ませているフェルトだ。

おそらく他の候補者に対しても、聞く価値のある評価を下している可能性が高い。この場に同席していないが、彼女に入れ知恵する参謀役の優秀さもあるのだろう。

可能なら、フェルトの陣営の人間にも話を聞きたいところだ。

ともあれ、考え込むフェルトは「そーだな」と頬《ほお》を掻《か》いて、

「大して話したわけじゃねーけど、公爵は手強《てごわ》いだろーな。城でアタシを見たとき、一人

だけ値踏みしてやがらなかった。元々大本命って話だってのに、油断がねーよ。……ま、アタシを見てた理由はそれだけじゃねーみてーだが」

「なるほど、クルシュ様が……では、アナスタシア様とプリシラ様は？」

「商人……アナスタシアは目端が利きやがる。この間、借りを作っちまったから、そいつがどう響くか。ただ、値段以上の価値があったとは思ってる。そこの取引で下手な欲は掻《か》かねーって信用はあんな。あと、あの赤女は……」

そこで言葉を区切り、フェルトが心底嫌そうに鼻面に皺《しわ》を寄せた。

「いいとか悪いとかじゃなく、ぜってーにぶっちめる」

「すごい個人的な感想だ！　……プリシラ様は、こう、強烈な方でしたからね」

「へっ、物は言いようだな。それと――」

舌を出し、それからフェルトが最後の人物――エミリア評をわずかに待たせる。

答えを出すのに時間がかかっている。ただ、プリシラへのものと違い、そこに敵愾心《てきがいしん》は薄い。ハーフエルフに対する悪意とも、違った心証のようで。

それが何なのか、前のめりになって待望するショーティにフェルトは笑い、

「半魔の姉ちゃんはあれだ。直接その目で見てこいよ。噂《うわさ》は当てになんねーってのが、他の連中のどの面見るよりはっきりわかるだろーぜ」

「も、もったいぶられた……!?」

「ま、アタシは嫌いじゃねーよ。あの姉ちゃんにも、借りがあるからな」

頭の後ろで手を組んで、フェルトは自分のエミリア評を胸に秘めた。少なくとも、彼女と関わりがあったと窺《うかが》える発言、それだけはしっかり胸に留め置く。

直接見てこいというフェルトの指摘に、ショーティは身の引き締まる思いを感じた。

この企画を立ち上げた当初から、心情的な最難関と考えられていたエミリア陣営――いよいよ、最後の彼女を残し、他の王選候補者への取材は終わったのだ。

そして――、

「……く描けた」

言いながら、ルルララがまた一枚、音を立てて画帳のページを破いた。

再び差し出される報道絵、それをフェルトが「見せろ見せろ」と愉快そうに受け取る。

さっきのショーティの絵で味を占めたのだろう。

今度はどんな笑いを提供してくれるのかと、フェルトが期待に目を輝かせ――、

「げ」

「これは……」

フェルトが顔をしかめ、後ろから絵を覗《のぞ》いたラインハルトが目を見張り、笑った。

どんな絵が描かれているのかと、ショーティもこっそりとそれを覗き見て、納得する。

そこに描かれていたのは、ソファでふんぞり返るフェルトと、その後ろで柔らかい表情のラインハルト――凸凹な主従の、主従らしいひと時を切り取ったものだったのだ。

10

――思いつきと勢いから始まった、王選候補者への取材行脚。

ショーティの心身に絶大な負担をかけながら進んだこの取材も、いよいよ最後の大詰めへと差し掛かる。

ついに挑むは最後の王選候補者にして、この企画最大の障壁と目される人物だ。

『嫉妬《しっと》の魔女』と呼ばれ、世界を滅ぼしかけた最悪の災厄――その再来と噂《うわさ》される容姿の持ち主であるエミリアは、享楽的で邪悪な振る舞いを辞さない魔女と聞く。

もちろん、先入観や事前情報が当てにならないことは、これまでの取材でショーティも十分以上に痛感している。それでも、如何《いかん》ともし難《がた》いのが『嫉妬の魔女』の風聞だ。

絵心以外に関心のないルルララも、さすがに『嫉妬の魔女』の名前を聞けば震え上がるのだから、王国民――否《いな》、世界中の人間に染みついた恐怖は筋金入りだ。

故に、王選においても圧倒的な不利を背負った状態で挑むことになる彼女は、いったいどんな思いと目的を抱いて、ルグニカの王座を目指すのか。

それを聞くために、ショーティとルルララの二人はメイザース領へ向かい――、

「――俺の名前はナツキ・スバル！　疾風迅雷にして、不撓不屈《ふとうふくつ》の案内役！」

ビシッと、そう叫んで右手の指を天に突き付け、左手を腰に当てて立つ少年。短い黒髪に凶悪な目つきをした人物の出迎えを受けて、ショーティはいったいどこの習俗で歓迎を受けたのかわからず、目を白黒とさせてしまった。

故に、目の前の少年が名乗った名前への反応が遅れる。――この時代を生きる報道記者として、決して聞き逃してはならない名前だったというのに。

「――」

唖然《あぜん》となるショーティ、その姿があるのは乗合竜車の停留所だ。

ルグニカ王国の五大都市の一つである『工業都市』コスツール。目的のロズワール・L・メイザース辺境伯の屋敷はその大都市に程近く、都市を中継して屋敷へ向かい、そこで件《くだん》のエミリアへの取材を敢行する予定だった。

その出鼻を、思わぬ形で挫《くじ》かれたことになるショーティだが――、

「あの、ナツキ・スバル殿と、そう仰《おっしゃ》られましたよね？」

「え？　あ、そうそう、俺がナツキ・スバルで間違いなし。一応、二人が取材しにきてくれたエミリアたん……いや、エミリア様の騎士をやらせてもらってて……」

「やっぱり！　あの白鯨《はくげい》や、『怠惰《たいだ》』の討伐に協力された方ですよね!?」

「うおう!?」

思わずショーティが前のめりになると、その勢いに少年――スバルがのけ反った。が、ショーティの興奮は収まらず、小鼻を膨らませながら詰め寄る。

「お噂《うわさ》はかねがねっ！　あの、お話を聞かせていただけませんか⁉」

「い、いや、もちろんこっちはそのつもりできてもらってんだけど、今回は俺の話よりもエミリアたんの話を……」

「聞いた話だと、陣営の壁を越えて協力を要請し、見事に大敵の討伐を成し遂げたとか！　それだけの信頼と交渉能力はどこで……あいた！」

　鼻息荒く距離を詰め、好奇心のまま突き進むショーティが後頭部を叩《たた》かれる。見れば、それをしたのは画帳を振りかぶったルルラだった。

　彼女は丸い目の目尻を下げ、ショーティを叩いた画帳を見せる。

「痛いと思ったら角で⁉」

「……うふん、しすぎ。困ってる」

　珍しすぎるルルラの叱責、それに目をぱちくりとさせたショーティは、自分がしでかしたことに思い至り、慌てて前を向く。と、そこに苦笑するスバルがいた。

　途端、首筋から熱が一気に持ち上がり、顔が熱くなる。

「た、大変な失礼を……！　すっかり！　すっかり我を忘れてしまって！」

「あー、平気平気。正直圧倒されたけど、逆に意気込みは感じたっていうか」

「ゆ、許していただけるんですか？　あ、ありがとうございます！　騎士ナツキ……」

　平身低頭謝罪するショーティが、そのスバルの優しい言葉に感極まる。そして、改めて腰を深々と折り、その手を取ろうとしたところで――、

「――お前、今すぐスバルから離れるかしら!!」

「ちょぉ――!?」

横合いからの高い声と不可視の衝撃波、それに殴られてショーティの体が軽々と空を舞った。その光景に仰天するスバルが振り向くと、小さな人影がそこに立っていた。

「まったく、油断も隙もあったもんじゃないのよ。ホント、スバルはベティーがいなかったら命がいくつあっても足りないかしら」

「べ、ベア子、お前……」

「ふふん。どうやら、驚きと感謝で言葉もないようなのよ。口が利けないなら、せめて行動と態度でベティーへの気持ちを表明するかしら」

そう言いながら、慌てふためくスバルに両手を差し伸べるドレス姿の少女。長い髪を豪《ごう》奢《しゃ》に巻いた彼女に、スバルは震える腕を伸ばし――その、赤いほっぺを摘《つま》み上げる。

「ふきゃ!? な、何のつもりなのよ、スバル! 今、助けてあげたベティーに、こんな仕打ちなんて許されないかしら!」

「このお馬鹿! 確かに俺の命がふわふわ綿毛みたいに頼りないのは事実だが、それでも今回は勇み足だよ! あれは取材スタッフのお二人!」

「……あらら? なのよ」

頬《ほお》を摘まれたまま、少女がスバル越しに吹き飛んだショーティを見やる。

為《な》す術《すべ》なく吹き飛ばされたショーティは生垣に突っ込み、突き出した足をルルララに

引っ張られているところだ。そこにスバルも大慌てで駆け寄り、

「だ、大丈夫か、ショーティさん！　悪い！　俺のベア子が飛んだ勘違いを！」

「へ、平気です、平気です……何かに頭から突っ込むなんて、『親竜報文《しんりゅうほうぶん》』の記者ならよくあることですから……」

「それはそれですげぇ話だな！　とにかく……よっと」

非力なルルララに代わり、スバルがショーティの体を生垣から引っこ抜いた。目が隠れる長い前髪に葉々を絡ませ、葉っぱ塗《まみ》れになっているショーティ。

「ほら、ベア子、勇み足を謝れ。ごめんなさいだ」

「で、でも、紛《まぎ》らわしいことをしてたこのチビッ子にも非があると思うかしら……」

「聞き分けのないこと言うんじゃありません！」

そのショーティの前で、意固地になる少女をスバルが叱りつける。しかし、ますます頑《かたく》なに顔を背ける少女を見て、ショーティは「ま、まあまあ」と仲裁に入った。

「そんなお気になされずに！　ほら、僕は平気ですから」

「いや、絶対謝らせるから！　これも教育だから！　ほら、ベア子！」

「ぬぐぐぐ……ベティーは絶対に謝らんのよ……！」

頭を押さえられた少女が、何としても謝らせようとするスバルに抵抗する。親子のような微笑《ほほえ》ましいやり取りだが、ショーティは置いてけぼりの心地だ。

手出しするのも躊躇《ためら》われ、途方に暮れていると――、

「――ナツキさんもベアトリスちゃんも、お客人の前で何をやってるんですか」

と、呆《あき》れを孕《はら》んだ柔和な声がして、膠着《こうちゃく》状態の場の空気が引き止められた。

一進一退の攻防を繰り広げるスバルと少女が、その声に振り向いて「お」と表情を変える。――視線の先、立っていたのは灰色の髪と緑の装いが特徴的な青年だった。

穏やかそうな雰囲気の青年、その登場にベアトリスと呼ばれた少女が目を伏せる。

「うぐ、違うかしら。これにはやむにやまれぬ事情ってものが……」

「その事情って、二人して葉っぱだらけのお客人を放っておくほどの理由に？」

「チクチクと容赦のない男かしら！　ぷいっ」

率直な指摘をされ、ベアトリスがむくれ顔でそっぽを向く。彼女の頭をポンポンと撫《な》でながら、スバルもバツの悪い顔だ。その手並みに、ショーティは感心する。

青年が現れた途端、スバルとベアトリスが揃《そろ》って大人しくなってしまった。

「二人がご迷惑をおかけしてすみません。僕からちゃんと言っておきますので」

「え、ええと、ありがとう、ございます？　その、あなたは？」

「僕はオットー・スーウェンと申します。まぁ、後ろの二人の身内……ですね」

肩をすくめ、自負と不本意が混ぜこぜになったような顔をする青年――オットー。その後ろでスバルとベアトリスが「なんだよー」と仲良く拗《す》ねている。

が、ショーティを襲った激震は、そんな二人の様子に気付かせてくれなかった。

「お、オットー・スーウェン殿、ですか？」

「――？　ええ、そうですが……」

「ひいい!?　も、申し訳ありません！」

　首を傾《かし》げるオットーに、ショーティは慌ててその場に跪《ひざまず》いた。そして、傍《かたわ》らでボーっと突っ立っているルルララの袖を引いて、同じく膝をつかせる。

「ルルララ！　ルルララ、跪いて！　機嫌を損ねたら頭から齧《かじ》られるよっ！」

「齧りませんけどねえ！　僕のこと、どういう風に伝わってんですか!?」

「こ、故郷のピックタットで権力者を脅かして指名手配され、ギネブ山に巣食った山賊を全滅させた上、辺境伯のお屋敷を燃やして賃上げ交渉をした武闘派内政官様……っ」

「物は言いようですが、この言われようはひどすぎやしませんか！」

　声を高くするオットーは、しかし、それらの評判を否定しない。つまり、心当たりがあるということだ。実物を見るまで、ショーティも眉唾《まゆつば》だと思っていた情報だった。

　だが、彼は白鯨《はくげい》と『怠惰《たいだ》』の討伐を成し遂げたナツキ・スバルを封殺し、完全に手懐《てなず》けていることは間違いないのだ。

「お、お命だけはご勘弁を……」

「おいおい、オットー、お前、まさか……」

「取りませんけど!?　というか、ナツキさんまで悪ノリしてないで、誤解を解くの手伝ってくださいよ！　収拾つきませんよ、これ！」

　小さくなって震えるショーティを挟み、スバルとオットーが言い合っている。そんな三者の姿に嘆息したベアトリスは、ふとしゃがむルルラの手元に気付いた。

地べたに膝をつくルルラは、そこで猛烈な速度で絵筆を動かしている。その絵筆の対象が自分と気付き、ベアトリスは自分の髪をかき上げると、

「せいぜい、ベティーの壮麗さを漏らさず描き出すことなのよ」

「……わいくは描く」

そう、絵筆を動かすルルラの答えに満足げに頷《うなず》くのだった。

11

――そんな、出だしで躓《つまず》く一幕はあったものの。

「改めて、ようこそおいでくださった、お二人さん。歓迎するぜ」

竜車の停留所を離れ、改まった歓迎の挨拶にスバルが手を差し出してくる。

求められた握手に恐々と応じながら、ショーティはスバルの気さくさに驚きっ放しだ。

新たな歴史の英雄、そんな前評判の壮大さとはかけ離れている。

常に手を繋《つな》いでいるベアトリスとの関係も、全く意味がわからなかった。

「いやぁ、取材申し込まれたって聞いたときはめちゃめちゃテンション上がったぜ。やっぱり、選挙活動ってのはイメージ戦略……広報が勝負を分けるもんな」

「てんしょん……いめえじ……？」

「ああ、ナツキさんがたまに口にする造語ですよ。ナツキ語と言ってもいいですね。本人は地元の言葉と言い張ってますが……」

「まぁ、気分とか考えって意味だよ。ふわっと聞き流してくれていいからさ」

と、笑いながら答えるスバルは、その歓迎ぶりからもわかる通り、この取材に対してかなり前向きな印象を持ってくれているようだ。その点は内政官であるオットーも同意見らしく、ショーティとルルララに対して敵愾心《てきがいしん》は感じられない。

「でも、まさかお迎えに……それも、重鎮の方々がきてくださるなんて」

「本当はエミリアたん本人がきたがってたんだけど、いきなり本人登場ってすると二人がビビるかなって、陣営でストップがかかったんだよ」

「ご、ご本人がですか⁉」

ショーティとしては、王選候補者の一の騎士であるスバルが迎えにきただけでも十分驚きだったのだが、それ以上の可能性があったと聞かされて驚きを禁じ得ない。

「あ、やっぱりビビるよな。エミリアたんは全然、怖い相手じゃないんだけど」

「それでも、権威や立場にひれ伏すのがニンゲンってもんかしら。そのあたりの考えが、スバルもエミリアもまだまだ足りてないのよ」

「それに関しては僕も同意見ですね。今回のことで学んでくださるといいんですが」

やれやれと眉間を指で揉《も》み、オットーが哀愁たっぷりにそう呟《つぶや》いた。

そのオットーの言い分もだが、スバルとベアトリスの言動にも注目だ。陣営の関係者なのだから当然と言えば当然なのかもしれないが――、

「お三方から見て、エミリア様はどういった御方《おかた》なんですか？」

その問いかけは、ある意味ではかなり不誠実なものだった。案内の最中、屋敷に辿《たど》り着《つ》く前の雑談として投げるには、それは核心に切り込みすぎている。

「――――」

案の定、沈黙した三者から厳しい返事があるものと、ショーティは息を呑《の》んだ。

「――まぁ、天使だな。可愛《かわい》くて一生懸命で、控えめに言って天使」

「うえ？」

しかし、一瞬の思案を経て、スバルの口から返ってきたのはそんな答えだった。

「スバル……記者の小僧が呆《あき》れてるかしら。そういう話じゃないと思うのよ」

「いや、そうだとは思ったけども。じゃあ、ベア子ならなんて答えるんだよ」

「決まっているかしら。エミリアは底抜けの楽観主義で、お間抜けさんなのよ」

「ちょっとベア子の中のエミリアたん、抜けすぎじゃない？」

スバルの袖を引いたベアトリス、彼女の意見もエミリアの前評判にそぐわぬものだ。その点にショーティが困惑していると、「あー」とオットーが指で頬《ほお》を掻《か》き、

「ショーティさんの質問の趣旨はわかりますよ。概《おおむ》ね、世間的にエミリア様がどういった評価を受けているかは把握していますから」

「ひい！　怒らないでくださいっ」

「怒ってませんけどねえ⁉　ともかく！　先行している印象の多くはまやかしです。今回は、それをわかってもらうための機会ですから」

　スバルほど積極的ではないが、この取材への期待は同意見らしいオットー。彼の言葉にスバルも「そうだな」と頷《うなず》いて、

「本当のエミリアたんをわかってもらうためにも、ここらでぐーんとイメージアップを図らなきゃだ。ってわけで、いい記事頼むぜ、ショーティさん」

「ぼ、僕はあくまで、この目で見て、この耳で聞いたものを記事にします。たとえ武闘派内政官殿に脅されようと、忖度《そんたく》は決して……」

「脅しませんから！　うう……王選が終わる頃、僕の評判ってどうなってんですかねえ」

「考えるだけ無駄なことは考えるだけ無駄かしら」

　この世の無常を嘆くオットーに、この世の無常を説くベアトリス。

　そんなやり取りを横目に、ショーティが三者から強く感じ取ったものがある。それは、三者共にエミリアに対する好感と、その境遇への不満を抱いていること。

　銀髪に紫紺の瞳《ひとみ》のハーフエルフ、そんな彼女を取り巻く環境への反発だった。

　彼らの抱く怒り、もしもそれが正当なものだとしたら——、

「——本当の、エミリア様」

　前評判と実態の違い、今回の企画でこれほどショーティが痛感したものはない。

クルシュにもアナスタシアにもプリシラにも、フェルトにも印象の激変があった。ならば、エミリアにも同じことが起こり得るのか。

そう考え、不安と期待が立ち込めれば立ち込めるほどに――、

「早く、ご本人にお会いしてみたいですね」

「……んなに、怯《おび》えてたのに」

拳を固めたショーティの呟《つぶや》きは、付き合いの長いルルラにだけ届いた。彼女にはそう呟いたショーティがどう映っていたのか。

絵筆を動かし始めた以上、ルルラの興味を引いたことは間違いなかった。

そうして、スバルたちの案内に従い、ショーティとルルラはエミリアの待つ辺境伯の屋敷へと向かう。しかし、その道中のことだ。

「――おォ？　てめエら、ちょォどいいとこッ通るじゃァねエか」

突然、荒々しい声がしたかと思えば、草むらから勢いよく人影が飛び出してくる。

それは金色の髪と、鋭い牙を剥《む》き出《だ》しにした猛々《たけだけ》しい雰囲気の人物だ。その唐突な出現に目を丸くして、ショーティが「え」と息を呑《の》む。

「うわあ、山賊だぁ！」

「これは、とんでもないことになったのよ……この世のおしまいかしら……」

「ええ!?　こんな、大きな街の近くの街道で!?」

一瞬、状況に置いてけぼりのショーティを余所《よそ》に、顔を青くしたスバルとベアトリスが

抱き合い、その場にへなへなとへたり込んでしまう。

そのスバルたちの様子を見て、金髪の山賊は「ヘッ」と上機嫌に鼻を鳴らした。

「どォやら状況ァわかってるみてェじゃァねェか。痛い目に遭わされたくなきゃァ、大人ッしく出すもん出すんだなァ」

「ひいぃ、命だけは、命だけはご勘弁をぉ……」

震え上がったスバルたちを見下ろし、山賊は残虐に舌なめずりする。とっさにルルラを背後に庇《かば》いながら、ショーティは救いを求めてオットーを振り返った。

そのときだった。

「——そこまでよ、悪党」

不意に響き渡った銀鈴の声音に、その場の空気が完全に持っていかれる。

何事かと目を見開いたショーティの眼前《がんぜん》、山賊が「あァ?」と不機嫌に振り向いた。そして、ガサガサと草むらが揺れる音がして、新たな人物が現れる。

煌《きら》めく銀色の髪に宝石のような紫紺の瞳《ひとみ》、一度見れば忘れられない外見をした美しい少女——思わず、その姿にショーティも呼吸を忘れた。

そんな一同の視線を浴びながら、少女はビシッと山賊に指を突き付ける。

「これ以上、悪事を働くのは見逃せないわ。スバルたちから離れなさい」

「ハッ！　言ってッくれんじゃァねェか。てめェ、どこのどいつ……ま！　まさか！」

「そう、そのまさかよ。私は……私は……」

「――？」

身構える山賊の前で、威勢のよかった少女の勢いが急速に萎《しぼ》んだ。彼女は形のいい眉《まゆ》を寄せながら、指を突き付けた姿勢のまま硬直する。

　そして、こっそりとスバルに近づき、

「……スバル、スバル、次はなんて言うんだったっけ？」

「……そこは『ルグニカ王国の次代の王位候補者、エミリア！』だよ、エミリアたん」

「……あ、そうよね。うん、わかったわ。ええと」

　ひそひそと、へたり込んでいるスバルと言葉を交わしたあと、少女は気を取り直したように元の位置に戻り、軽く咳払《せきばら》いしてから続ける。

「私はルグニカ王国の次代の王位候補者、エミリア。――月に代わって、お仕置きよ！」

「ぐ、ぐあああァ！　やベェ、王選候補者のエミリア様が相手じゃ、もォ無理だァ！」

　少女の口上を聞いて、恐れを為《な》した山賊がその場にひれ伏した。それを見て、少女は深々と頷《うなず》くと、呆然《ぼうぜん》としているショーティたちを見やり、

「これにて一件落着ね。みんな、どこもケガはしてない？」

　そう微笑《ほほえ》む少女――否《いな》、先ほどの名乗りが事実なら、その正体は疑うべくもない。何よりも、彼女の素性はその特徴的な外見からも明らかだった。

「え、エミリア様、ですか？」

「――！　ええ、そうなの。たまたま、すごーくたまたま通りかかったんだけど……」

胸を張り、少女——エミリアがそう答える。しかし、そう答えた直後、エミリアは「ううっ」とお腹《なか》を押さえて蹲《うずくま》った。

途端、「エミリアたん!?」とスバルが慌ててエミリアに駆け寄る。

「急にどうしたの、大丈夫!?」

「う、ううん、平気。ただ、嘘《うそ》をついたら急にお腹がしくしく痛んで……」

「これは……きっと向いてないことをさせたからなのよ。スバル、もう……」

「馬鹿、諦めるな！　せっかくここまでやったんだ。最後までやり切らなきゃ……」

エミリアを囲み、スバルとベアトリスがバタバタと慌てふためく。全部筒抜けなので、ショーティはどんな反応をすればいいのか本気で悩んだ。

しかし、そんなショーティの考えに最適解をくれたのが——、

「——いや、グダグダもいいとこじゃないですか、この茶番!!」

と、我慢できずに叫んだオットー・スーウェンだった。

彼はその場の全員の驚きを買いながら、つかつかとスバルに詰め寄り、

「ナツキさん！　この作戦は却下しましたよね!?　なんで強行してるんですか！」

「捨てるには惜しい案だっただろ！　ああしてチンピラに絡まれたところを、颯爽《さっそう》と通りがかったエミリアたんに助けられる！　俺とエミリアたんの出会いの再現だぞ！」

「ねえ、スバル。私、こんな風にスバルを助けた覚えなんてないんだけど……」

「当のエミリア様がこの調子じゃないですか！　夢の話するのやめてもらえます？」

「確かにエミリアたんとの出会いは夢みたいな出来事だったけど、夢じゃねぇよ!?」

オットーがスバルの胸倉を掴《つか》んで揺さぶり、そこにエミリアが横から口を挟む。

なおもショーティの置き去り状態は継続中だが、一つわかることがあった。それは、直前にスバルたちから聞かされたエミリアの人物像だ。

「二人とも、ケンカしないの！　オットーくん、スバルも一生懸命考えてくれた結果だから、そんな風にあんまり怒らないであげて！」

スバルを前後に揺すっているオットーの傍《かたわ》ら、声を上げているエミリア。その懸命な横顔からは、冷たく残酷な『魔女』の係累という印象は微塵《みじん》も感じられない。

目の前の事象に翻弄される、どこにでもいる普通の少女といった印象だ。

「よォ、ベアトリス……これ、もしかッして失敗してッかァ？」

「言わずもがなかしら。元々、エミリアに嘘《うそ》をつかせるのが無茶《むちゃ》な計画だったのよ。案の定、計画はハチャメチャかしら」

「ちっ、『練りすぎたガッツォルネ』ってことかよォ」

ひれ伏していた頭を上げ、自身の金髪を掻《か》きながら山賊——否《いな》、山賊役の少年がそうぼやく。その隣でベアトリスが嘆息し、短い腕を組んでいるところから見ても、

「あの、皆さんは同じ陣営の方々……ですよね？」

「今ッさら隠しても仕方ねェだろォな。そォだぜ。俺様ァ、『最強の盾』ガーフィール・ティンゼルだ。山賊崩れじゃァねェから覚えッとけや」

カチカチと鋭い牙を鳴らして、少年――ガーフィールが堂々とそう名乗る。

チンピラの演技は大したものだったが、纏《まと》った覇気が非凡なそれだったので、ショーティとしても自分の印象が間違いではなくて一安心だ。

ともあれ、これらはエミリアたちの計画した壮大な印象操作――、

「……しろ、茶番」

「しーっ！　しーっだよ、ルルララ！　僕も言いかけてやめたんだから！」

ルルララの率直な物言いに冷や冷やしながら、ショーティはちらと振り返る。すると、ちょうどエミリアたちの方も言い合いに一段落がついたらしい。

服の乱れたスバルが地面に投げ出され、エミリアが膝を貸してやっているところだ。それを尻目に、帽子の位置を直しながらオットーがショーティに頭を下げる。

「ええと、見苦しいところをお見せしました。これに関しては……」

「いや！　その、何も見てません！　……っていうのはいくら何でも無理なので、何がしかの反応はしなくてはと思ってるんですけど……」

「ですよね。もう、僕からは困惑させて申し訳ありませんとしか言いようが」

今日何度目になるか、眉間を指で揉《も》みながらオットーが大いに嘆く。

まだ短時間の付き合いなのに、この陣営における彼の立ち位置のようなものがショーティにも察せられてしまった。彼を取り巻く様々な武勇伝じみた風評も、周りのために声を大きくしている間に広まったものなのかもしれない。

「だとしても、指名手配や山賊の壊滅は事実なんですけど……っ」

「オットー兄ィもよォ、大将とエミリア様も反省してんだ。そろッそろ、ガミガミ言うのもやめていいんじゃァねエか？」

「勝手なことを……そもそも、付き合ったガーフィールもあとでお説教ですよ」

「がォ、藪蛇《やぶへび》……ッ」

歯を剥《む》いて、失言を悔いる表情のガーフィール。やはり、陣営にとってのオットーの立場はお目付け役や、ご意見番といったところでよさそうだ。

そして、そんな印象を固めるショーティの中、いまだに印象が固まらないのが――、

「あの、色々と混乱させちゃってごめんなさい。誰も悪気はなくって……」

「え、あ、はい。それはその、わかる、気がします」

「ホント？ よかった。すごーくホッとしちゃった」

微笑《ほほえ》み、そうして安堵《あんど》したように胸を撫《な》で下《お》ろすのはエミリアだ。

直接、本人と会って話してみたいと、そう思ったのはほんの数分前のこと。こうして実物を前にして、ショーティの心は大いに掻《か》き回《まわ》されたと言える。

故郷の森を凍らせ、気紛れにメイザース領にも雪を降らせた現代に蘇《よみがえ》りし『魔女』――そんな前評判だった当人は、どうだ。

「話した通りなのよ。……底抜けのお間抜けさんかしら」

ショーティの隣にやってきたベアトリスが、唇を尖《とが》らせながらそう言った。

今の意見だと、先ほどの人物評価よりも抜けている要素が多くなってしまっていたが、ショーティもそれには異論が浮かばない。

「――?」

自分の話をされているのに、不思議そうに首を傾《かし》げるエミリア。

彼女の纏《まと》ったのんびりとした雰囲気に中《あ》てられると、殊更にそう思われるのだった。

12

「お客様、誤解しないでちょうだい。あの茶番に関しては、ラムたちはやらないように止めたわ。だから、エミリア様やバルスの独断よ」

と、ひどく冷たい口調で念押ししたのは、紅茶を運んできたメイドの女性だった。

街道での茶番が片付いて、改めてエミリアの滞在する屋敷に案内されたショーティとルルララ。応接間に通された二人にお茶を運んできたのが、件《くだん》の桃髪のメイドだ。

冒頭の一言は、挨拶もそこそこにメイドがショーティたちへと投げかけた言葉だった。

一介のメイドとは思えない威圧感があり、ショーティは迂《う》闊《かつ》に何も言い返せなかった。

ルルララの絵筆が止まらずメイドを描いていたのが、彼女が単なる屋敷の使用人の器に収まらないことの証左だろう。

「す、すごい切れ味のメイドさんだったね……エミリア様があの調子だから、あっちのメイドさんの方がよっぽど魔女かと思ったよ」

「……けた」

「あ、描けた？　さすが、早いね。……すごい威圧感だ」

　退室したメイドを描いた一枚は、彼女の容姿の端麗さはもちろんだが、文章では表現しきれないその圧迫感までも明瞭に写し取っていた。今回の報道絵として使用される可能性は低かろうが、純粋に残しておくべき力量の一枚だ。

　そんな調子でショーティとルルラが歓待のひと時を堪能していると、

「お待たせしてごめんなさい。スバルも、ちゃんと着替えてきたから」

　言いながら、応接間にエミリアが姿を見せる。彼女は後ろに着替えたスバルと、手を繋《つな》いだベアトリスの二人を連れている。

　王選候補者と、その一の騎士が並び立った理想的な組み合わせだ。

「ただ、ベアトリス様は……」

「む、ベティーとスバルは一心同体の間柄なのよ。二人の縁は、誰にも切っても切らせない特別なものかしら」

「実際そう。冗談抜きに、ベア子と離れすぎてると、俺って弾《はじ》けて死ぬから。あ、これはオフレコで頼む。一応、俺の弱点……になるかもだから」

「お、おふれこ……言わないようにってことですね。わかりました」

　ぐいっと引き寄せられ、ベアトリスがソファに座ったスバルの膝の上に乗る。隣り合って座るエミリアも、二人の様子に何も言わないので平常運転のようだ。

ショーティの方も、それが普段通りであるなら何も言うまい。スバルの口調は軽々としているが、嘘《うそ》や冗談の類《たぐい》でないのは聞いていてわかった。

それを受け止め、場は整ったとショーティは改めてエミリアたちに頭を下げる。

「改めて、このたびは取材を受けてくださり、ありがとうございます。すでに、他の王選候補者の皆様にはお話は伺ってまして……」

「ええ、聞いてます。だから、私たちが最後ってことなのよね？」

「はい。取材の順番に他意はないので、誤解されたくないのですが――」

と、ここまでの経緯を説明しようとして、ショーティの言葉が中断した。

それは、目の前の光景に呆気《あっけ》に取られたからだ。

「――まずは、お話を聞きにきてくれてありがとう。私も、ちゃんと話を聞こうってしてくれる人と話せるのは嬉《うれ》しいから、よろしくお願いします」

「――――」

そう言って、対面に座るエミリアが深々と頭を下げていたのだ。

その隣ではスバルも、エミリアを諌《いさ》めるどころか、同じように頭を下げている。

他の王選候補者たちも、比較的前向きに、好意的にショーティの取材は受け入れてくれた。だが、感謝と共に頭まで下げられたのはこれが初めてだ。

それはエミリアたちの律義さや礼儀正しさの証明というよりは、彼女たちの置かれた状況の悪さと先入観の深さ、それをはっきり示していると言える。

　こうして、真っ当な取材を受けられることが、エミリアには例外的なことなのだと。

「エミリア様は……」

「ええ、なあに？」

「エミリア様は、どうして王選へ臨まれたのですか？」

　気付けば、口をついたようにショーティはそう質問していた。

　それは直前の、丁寧に礼儀を尽くして取材を受け入れてくれたエミリアに対して、あまりに率直で失礼に当たる問いかけだったかもしれない。

　ショーティの、その質問の意図は考えなくとも明白だろう。――エミリアの、ハーフエルフである彼女の置かれた状況は、あまりにも悪い。

　王選の候補者といえど、敗色濃厚であることは誰の目にも明らかだ。現に、こんな若く実績のない青二才の取材にも、礼を尽くして頭を下げなくてはならない始末。

　勝ち目なんて、ほとんどない。なのに、どうして挑んだのか。

　ショーティの問いかけには、そんな意図が見え隠れしていたはずだ。

　しかし――、

「――最初は、あまり深くは考えてなかったの」

　と、そう答えるエミリアは怒るどころか、その唇に微笑《ほほえ》みさえ浮かべていた。

　息を呑《の》むショーティの前で、エミリアはそっと自分の胸に手を当てながら、今しがた口

にした「最初」を思い返すように紫紺の瞳《ひとみ》を細め、

「森で暮らしていた私を、ロズワールが迎えにきた。王選のことも、王様がいなくなってしまったことも、そのときに初めて聞いて……最初は、そんなおっきな役目が私に務まるかなんてわからなくて、ただ、勝手な理由で引き受けただけで」

「勝手な理由、ですか？」

「家族のことで、ちょっと。全然、王国のこととか周りのためじゃなかったの」

小さく舌を出して、はにかむようにエミリアが答える。その素直すぎる回答は、聞くものが聞けば明確に彼女の王選への悪影響となるだろう。

すでにつつく隙がないぐらい、彼女にはつつくべき理由が多すぎるというのに。

だが、それは短慮なものの見方だ。今の彼女の物言いには、その先がある。

「つまり、今は違った考えを持たれていると？」

「ええ。……隣にいるスバルやベアトリス、他にもラムにオットーくん、ガーフィールとフレデリカ、ペトラちゃんにリューズさん、ロズワールもそう。こんな私に期待して、この頼りない背中を押してくれる人たちがいるから」

答えながら、エミリアが胸に当てた指を動かす。そこで初めて、ショーティはエミリアが触れているのが、首から下げた結晶石だと気付いた。

ひび割れ、光を失っている結晶石、それを愛《いと》おしむように触れているのだと。

「みんなが良くしてくれて、私なりにたくさんのことを勉強して、ショーティくんたちが心配してくれてるみたいに大変な立場なのはわかってる。でも」

「――――」

「でも、それを諦める理由にしたくないの。私がどう生まれて、どう育って、どう考えているのか、それがちゃんと見てもらえるように頑張りたい」

「――――」

「私や、私以外の誰かが、自分じゃない誰かのことが理由で、やりたいことやなりたいものがダメって言われることがないようにしたい。今は、そう思ってるの」

紫紺の瞳《ひとみ》が真《ま》っ直《す》ぐと、ショーティを見据えながらそう言い切った。

そのエミリアの、たどたどしい言葉で語られた決意に、ショーティは目を見張る。それと同時に、ショーティは自分の心中の偏見を恥じた。

可能な限《かぎ》り公平に、先入観のない目で彼女と接したいと、そう考えていたにも拘《かかわ》らず、それでもショーティは固まった考えから抜け出せていなかった。

ハーフエルフであり、銀髪に紫紺の瞳を持つエミリアは、ショーティが想像する以上の偏見と先入観、信じ難《がた》い障害に揉《も》まれて暮らしてきたはずだ。しかし、エミリアはそんな自分の事情を必要以上に嘆くことなく、噛《か》み砕《くだ》いている。

噛み砕き、顔を上げる理由としたのだ。――自分以外の、同じような苦しみを味わっている謂《いわ》れなき批判に晒《さら》されるものたち、それらの味方となって戦うと。

人が人を型に嵌《は》め込《こ》み、見下すための条件はいくらでもある。

かつて世界を滅ぼしかけた『嫉妬《しっと》の魔女』、それと瓜二《うりふた》つの特徴を持つなんて大げさなものでなくてもいい。曰《いわ》く付《つ》きの土地に生まれたものや、犯罪者の親を持つもの、単純に貧しい生まれであるだけでも、容易《たやす》く『弱者』の烙印《らくいん》は押される。

そして、人間は『弱者』に対して、驚くほど残酷になれるものだ。

貧民街育ちであるショーティも、そんなことは百も承知だったというのに。

「では、エミリア様はこう仰《おっしゃ》るんですか？　僕たちを救ってくれると」

それは『弱者』の代表面をした、ショーティのズルい問いかけだった。

一瞬前まで、王選へ挑むエミリアと無関係の他人面をしていたショーティが、彼女の掲げる救済の旗に真っ先に駆け寄ろうとする恥知らずな行いだ。

もしも、エミリアが胸を張り、それを肯定したならどうだっただろうか。

いずれにせよ、その場合の答えはわからない。何故《なぜ》なら――、

「私は、誰かの助けになれたらなってあげたい。でも、誰かを助けられるなんて、おっきなことは約束できないし、言っちゃいけないと思う」

「――――」

「何かを欲しがる人が二人いたら、それが分けられるものならいいけど、そうじゃなかったらどちらかしか手に入れられないでしょ？　どっちも助けてはあげられない」

「なら、僕たちはどうやって、救われたらいいんです？」

「ええと……絶対に助けては、あげられない。でも、欲しいって言えなかったり、その競

争に交ざれないのは変だと思う。だから、そうはさせない」

「――――」

「うん、そうね。私はきっと、可能性を残してあげたいの。誰のところにも、公平に」

縋《すが》るようなショーティの言葉に、エミリアが確かめるように頷《うなず》いた。

一度、自分の中で整理され、吐き出された言葉。それを撤回するようなことはせず、彼女はショーティの問いかけへと真《ま》っ直《す》ぐな答えを返した。

それを受け、ショーティは静かにエミリアへの印象をさらに書き換える。そして、頷いたエミリアの隣では――、

「え、エミリアたん、立派になって……」

「んなっ！　スバル！　ベティーのドレスの襟で涙を拭くんじゃないのよ！」

「馬鹿、拭いたのは涙じゃねぇよ。鼻水……だおっ⁉」

「余計悪いかしら‼」

感極まり、目元と鼻をドレスで拭ったスバルにベアトリスが頭突きをぶち込む。

雰囲気を台無しにする一の騎士とその付き人だが、ちょうどいい。エミリアからこの話が聞けたのなら、その一の騎士にも聞きたいことがあった。

「ナツキ・スバル殿、エミリア様の一の騎士となったのは何故《なぜ》ですか？　あなたも、エミリア様の今のお考えに共感して、でしょうか」

「俺？　……切っ掛けを振り返ると、下心だな」

「し、下心……？」

指を立てて、悪びれもしないでスバルがそう答えた。その思いがけない答えにショーティが目を丸くし、ベアトリスがやれやれと頭《かぶり》を振る。

だが、そのベアトリスも、スバルの言葉を訂正させたり、黙らせたりはしない。

「街道でチラ見せしたけど、俺はあんな塩梅《あんばい》でエミリアたんに一目惚《ひとめぼ》れしたんだ。で、エミリアたんの力になりたい一心で駆けずり回ってるうちに……」

「今の立場になったと？　で、でも、スバル殿は白鯨《はくげい》や『怠惰《たいだ》』を討伐してますよね？」

「それも、好きな子にカッコつけるための一環だったんだよな」

頬《ほお》を指で掻《か》きながら、スバルは照れ笑いなどしている。そこに嘘《うそ》が感じられず、冗談の素振りも見えない。つまり、スバルが一の騎士となり、これまで幾度も歴史的な功績を挙げ続けてきたのは、全てエミリアに対する恋心が原動力――、

「エミリア様の外見に、驚かれなかったんですか？」

「いや、可愛《かわい》くて驚いたって。今でも朝とか、心の準備なしで見るとビックリする」

「もう、またそうやって悪ふざけする」

言いながら、エミリアが伸ばした手でスバルの耳を軽く引っ張った。「痛い痛い」と苦笑するスバルに、エミリアはほんのりと頬を赤らめながら、

「今の悪ふざけ、記事には書かないでね。スバル、すぐに調子に乗っちゃうから」

「恋敵の牽制《けんせい》って意味だと、書かれた方がいい気がする……いや、でも今回はエミリアた

んのイメージアップが目的だし、俺といちゃついてるのはよくないか？」

「いちゃついてません。あと、私、スバルのこと助けたこともないと思うし……」

「その件に関しては、詳しく話すと俺の心臓が軋《きし》むから……」

耳を摘《つま》まれたまま、そう弁明するスバルにエミリアが唇を尖《とが》らせる。そんな二人のやり取りを、スバルの膝の上のベアトリスは呆《あき》れ顔で見守っていた。

その毒気を抜かれるような雰囲気と裏腹に、ショーティは衝撃に打たれていた。それと同時に、ショーティはもどかしさにぐっと強く拳を固める。

今、この場でエミリアの話が聞けてよかったと、そう思う反面、こうも思った。

――どうして、この場にいるのが自分だったのかと。

「――――」

真剣に自分の想《おも》いを語ったエミリア、彼女の言葉はショーティの胸を確かに打った。素晴らしい決意、考え、覚悟だと誇張なしに頷《うなず》ける。

だが、それはあくまで、エミリアと直接言葉を交わし、彼女の声と眼差《まなざ》しをこの身で受け止めたショーティの感じられた衝撃だ。

それと同じものを、『親竜報文《しんりゆうほうぶん》』の読み手にもたらすのは並大抵のことではない。

そしてそれはエミリアの責任ではなく、ショーティの力不足が原因なのだ。

もしもショーティの文章が、この目で見たものを記事を読んだ全ての人間に余さず伝えられるほど文才に優れたものなら、こんな苦悩は抱かなくて済んだ。

しかし、残念ながら今のショーティの文章にそこまでの力はない。ショーティ以外の、それこそ現役時代のモーガン編集長なら可能だったかもしれない。

自分の力不足で、正しい情報を伝え切れない。それこそ、記者として最も恐るべき事態と言えるだろう。記者生命を左右する事態だ。

ならば、ショーティ・メイガンには何ができるだろうか。

自らの力量不足を自覚し、それでもなお、目の前に伝えなくてはならない真実を抱えた『親竜《しんりゅう》報文《ほうぶん》』の記者は、何を――、

「――ぁ」

人知れず、人生の岐路に立たされていたショーティは、救いを求めるように自分の傍《かたわ》らを、絵筆に精魂を込めるルルラの方を見ていた。

相変わらず、取材そっちのけで報道絵を描き続けるルルラ。それが彼女の仕事の取り組み方で、ショーティも彼女からの援護や慰めなど期待してはいなかった。

ただ、ルルラは真剣に、目の前の光景に向き合い、絵筆を動かし続けている。

その、鮮明に描き出された報道絵を横目にして、ショーティは息を呑《の》む。

そして衝動的に、ルルラの膝からその画帳を奪い取っていた。

「……っ！」

「ごめん、ルルラ！　見せて！」

突然、自分の半身をもがれたような衝撃を受けるルルラ。噛《か》みつかんばかりに怒る彼

女の額を押さえながら、ショーティはこの取材が始まってからの——否《いな》、スバルたちと停留所で遭遇してから描かれた、十数枚の絵に目を通した。

そこに描き出された絵の一枚一枚を見て、「ああ、やっぱり」とショーティは呟《つぶや》く。

「この、エミリア様の表情だ」

報道絵の一枚を手に取って、ショーティは目尻を下げながら頷《うなず》いた。

それから、なおもぐいぐいと腕を伸ばし、自分の仕事道具を取り戻そうとしているルルラの方へ振り向くと、その小柄な体を正面から抱きしめる。

「……うい」

「ルルララ、ありがとうありがとう！　君のおかげだ！　君のおかげで光明が見えた！　やっぱり、君がいなくちゃ僕は全然ダメダメのダメのダメだ！」

目を丸くして固まったルルララに、ショーティは正面から感謝を伝える。

彼女のおかげで突破口が見えた。自分の力不足を散々呪う羽目になったのは変わらないが、ルルララという相方がいたことは天に感謝したい。

ショーティ・メイガンが記者として、何をすべきなのかがようやくわかった。

「エミリア様、スバル殿！　どうぞ、お二人の……いえ、お二人だけでなく、皆さんのことを色々と聞かせてください！」

「私たちのこと？　王選のことじゃなくて？」

振り向き、威勢よくそう言ったショーティにエミリアが小首を傾《かし》げる。スバルと、膝の上のベアトリスも同じように首を傾《かし》げていて、その微笑《ほほえ》ましい様相にもショーティは笑みを堪《こら》え、「はい！」と力強く頷《うなず》いた。

エミリアの、彼女の掲げる理想と信念はわかった。

だから、あとはそれをショーティ以外の人々にもわかってもらうために――、

「――まずは、皆さんのことを好きにならせてください！」

13

「――ショーティ！　ショーティ！　ショーティ・メイガンはいるか!!」

けたたましい声と豪快な足音が、乱暴に作業場の扉を開け放った。

途端、室内の資料が風に舞い上がり、その中で溺れていたショーティが跳ね起きる。跳ね起きて、辺りを見回して、入口に立つ鷲鼻《わしばな》の長身を見て仰天した。

「うわあ、モーガン編集長！　はい！　はいはいはい！　ショーティ・メイガン、ここにちゃんといます、おります、起きてます！」

「そうだとも、『親竜報文《しんりゅうほうぶん》』編集長のモーガン・フランツだ！　そしてこのお馬鹿！　起きてるのは当然だ！　始業の鐘は鳴った！　今は仕事中だぞ！」

「うひえ、すみません！」

身長差があるため、真上から怒鳴りつけられるショーティが帽子ごと頭を抱え込む。そ

の頭の中、眠気を慌てて追い払い、今日のすべき仕事を整理しようとして――、

「あれ？ 申し訳ありません！ 今日って、僕はどこに取材にいくんでしたっけ⁉」

「お馬鹿！ 今日のお前の仕事は休むことだ！ 大仕事のあとは休むものだ。何故《なぜ》なら」

と、目を白黒させるショーティの顔面にモーガンが何かを突き出す。思い切り鼻面を押され、のけ反って下がったショーティの視界、それが飛び込んできた。

「こ、こ、こ、これは……」

「無論、『親竜報文』だ！ そして、もっと言えば記事だとも！ 何が載っている？」

「僕の書いた、王選の記事が‼」

とっさにモーガンの手から『親竜報文』――自分の記事が載った掲載紙を奪い、ショーティは目を輝かせ、息を呑《の》み、膝から崩れ落ちる。

「忙しい動きだな、ショーティ・メイガン！」

「だ、だ、だって……やっと、やっと、僕の記事が……」

「ええい、そのぐらいでへこたれるんじゃない！ 我が『親竜報文』のモットーは！」

「――！ それは、心を震わせる記事以外、掲載しないです！」

鷲鼻を真っ赤にしたモーガンの言葉に、ショーティは条件反射でそう答える。その場にすくっと立ち上がり、背筋を正して直立までするおまけつきだ。

そのショーティの反応に、モーガンは鷲鼻を撫《な》でながらたっぷりと頷いて、

「――いい記事だった」

「あ……」

「それぞれの王選候補者の主張に触れながら、これまでは深く踏み込んでこなかった、彼女たちの人柄に着目した内容が目新しい。王選の動向を注意深く知りたいものにとっては物足りないかもしれないが……」

そこで言葉を切り、モーガンは固まったショーティの肩を力強く叩《たた》いた。

「そうした読者も、最後の一文に痺《しび》れるだろう！　王選候補者のさらなる情報は、次回以降にこうご期待と！　……つまり、続けるというわけだな？」

「は、はい、そのつもりです！　いえその、編集長の許可があればですが……うきゃ！」

「お馬鹿！　弱気なことを言うな！　誰が、この試みを邪魔できようか！」

感極まったモーガンに肩を張り飛ばされ、ショーティの矮躯《わいく》が軽々と吹っ飛んだ。そのまま資料の山に刺さるショーティに、しかしモーガンは目もくれない。

「いいぞ、ショーティ、よくぞ喰《く》らいついた！　実際、王選候補の方々からも丁寧な礼文をもらっている。今後も、彼女らへの取材はお前に委ねよう！」

「あ、ありがとうございます……ですが、編集長、この取材は……」

「む……そうだな、わかっているとも。お前と、ルルララに委ねるとしよう！」

直前の言葉をそう訂正して、モーガンが記事を部屋の壁に叩き付けるように貼る。それから記事をもう一度見て、それから部屋の隅に視線を向けると、

「いい報道絵だ。やはり、お前たちを拾い上げたのは正解だった！」

それだけ言い残し、モーガン編集長が大股で大きな足音を立てながら退室する。嵐のような、実に報道記者たちのまとめ役に相応《ふさわ》しい貫禄《かんろく》だと感心する人柄だ。

「やれやれ、敵《かな》わないや……あ、ルルラ、ありがとう」

「……つに、いい」

資料に埋もれたショーティを、ルルラが悪戦苦闘しつつも何とか引っ張り出す。そうして二人で山から這《は》い出《だ》すと、並んで壁に貼られた記事を見上げた。

――五人の王選候補者を巡り、見聞きしたことをまとめたショーティの取材記事。そこにはルルラの描いた報道絵から厳選されたものが掲載されている。

柔らかく微笑《ほほえ》むクルシュに、並び立つアナスタシアとプリシラの二人。『剣聖《けんせい》』を従えるフェルトと意欲作揃《ぞろ》いだが、ショーティの一番のお気に入りは――、

「……れ、反響あったって」

「ん、そっか。うん、そうだよね。そうなってくれてよかった」

隣に並んだルルラの言葉に、ショーティは誇らしい気持ちで笑う。

一番、反響があった一枚――それは、エミリアとスバル、それから集まってもらった彼女の陣営の人々を一緒くたに描いた集合絵だ。

皆が柔らかく笑い、穏やかな雰囲気の伝わってくる一枚――ショーティには絵画の価値はわからないが、これが掛け値なしの名画であるとは言い切れる。

そのぐらい、これはいい一枚だった。

「……んで、これ？」

「それは、僕が力不足だったからだよ」

「――？」

「僕の文章力じゃ、エミリア様の覚悟や決意、伝えたいことの全部を伝え切れなかった。それを受け止めるには、読む側の心に邪魔者が多かったんだ」

先入観や偏見、エミリアの人生でこれまでも邪魔してきた多くのものは、彼女本人ではなく、彼女を語る文章にすら悪い影響を与えようとしてくる。

それを払拭するだけの力が、悲しいがショーティの文章にはなかった。

だから、ショーティは考えたのだ。――どうすれば、その邪魔者を取り払えるのか。

「あの茶番は、本当にひどかった。でも、僕はアレで肩の力が抜けたんだ」

「……の、茶番」

「あれを大真面目にやって、そのあとも本気で……そういう、『嫉妬《しっと》の魔女』とは全然違う人がエミリア様なんだって、そこが出発点だと思ったんだよ」

「――」

ショーティの抱いていた、『嫉妬の魔女』と類する存在であるというエミリアへの偏見。

それを最初に打ち砕いたのが、あの街道で見せられた下手な茶番だった。

陣営で話し合い、エミリアについて回る先入観を払拭するために計画したのが、あの下手くそで練りの甘い茶番――でも、それが重要だった。

ああしたことを大真面目にやる。そんな素のエミリアこそが、王選と無関係でいられない王国の多くの人々が知らなくてはならない事実なのだ。

公平を求めたエミリア、彼女の主張を全面的に受け入れ、肯定するわけではない。

先入観や偏見、そうしたものが役立つ場面もある。判断を誤らせることと同じぐらい、判断を迷わせないことには価値があるはずだ。

だから、エミリアに全面的に味方するわけではない。ただ、彼女の主張にも聞く耳を持つ価値があると、公平性を訴えるのがショーティの記者性の答え。

そのために、まずはエミリアが『嫉妬の魔女』とは別人なのだとわからせる。

「だから、今回の記事は候補者の方々の目標と、そのお人柄に触れる方向だ。もちろん、今後の追跡取材ではもっと深くに切り込むけどね」

「……だ、やるってこと？」

「そうだよ。ルルララも、被写体向きの方々ばっかりで嬉《うれ》しいんじゃないかい？」

肩をすくめたショーティの言葉に、ルルララは無表情で黙り込む。その感情の見えづらい横顔に、しかし確かな情熱の一端を見取り、ショーティは笑った。

付き合いの長い相手だ。――貧民街から、もう十年以上の付き合いになる。

ルルララがいなかったら、ショーティは『親竜報文《しんりゅうほうぶん》』の記者になんてなれなかっただろうし、もっと貧相な生活を送り、あるいはとっくに死んでいた。

何の変哲もない白い石で、壁に大きな絵を描いたルルララ――その絵の迫力に魅せられて、ここで彼女を終わらせてはならないと、そう使命感に駆られたのが原動力。

もしかしたらそれは、恋心を理由に奔走するスバルに近い熱量なのかもしれない。

こうして記者になってみれば、世界にはショーティの背中に火をつけ、駆けずり回らせるだけのもったいないものが多すぎる。だから――、

「まだまだ、これから先も一緒に頑張ろう、ルルララ」

「……かたない」

「そう、仕方ないんだよ。君がいなきゃ、僕はまだまだ記者見習いなんだから」

肩を落としたルルララに、ショーティは帽子の位置を直しながら笑いかける。

そう、まだまだこれからだ。

幸い、王選候補者たちへの追跡取材は、今回の記事の反響がよかったことから当事者たちにも申し込みやすい。特に、エミリア陣営からはいい感触をもらっていた。

一の騎士のスバルが、『親竜《しんりゅう》報文《ほうぶん》』の価値に着目してくれていたのが大きい。

彼に関しては、今回、エミリアに関する記事の中でも非常に活躍してくれていた。それは彼の歴史に残るような功績の数々もそうだが、一番は――、

「それにしても、こんなに反響があると思わなかったなぁ、『幼女使い』」

「……う思うか、謎」

「お、怒ってはいないと思うんだけどね？」

王選候補者の一の騎士たちは、いずれも華々しい功績と共に肩書きを携えている。なの

で、スバルにも相応のものを用意したいと、色々考えた挙句の案だ。

　これにはスバルとベアトリスの関係――彼女の協力がなくては、騎士としての務めを果たせないとそう彼が断言したことも大きい。

　なので、ショーティが『幼女使い』と命名した結果、凄《すさ》まじい反響があった。

　おそらく今後、ナツキ・スバルと『幼女使い』の名前は切っても切れない関係になる。

「ど、どうしよう、これが理由で取材が断られたら……」

「……まさら、遅い」

「いや、そうなんだけど！　今さら人に譲りたくない仕事だし……」

　冷静に考えれば考えるほど、自分がマズいことをした気がして血の気が引く。そのまま青白い顔で悩み始めるショーティを見て、ルルララが絵筆を取った。

　そして、またいつもの調子でルルララがショーティの動転を描き始める。

「またルルラはそうやって……そもそも、君は自分の興味の向くものしか描かない主義のくせに、どうして僕のことは何枚も描くの!?」

「……んで、だろね」

「知らないよ！　自分で自分の描かれた絵、何枚も持ってるの変な気分なんだよ!?」

　首を傾《かし》げる気紛れな相方の態度に、ショーティは声を裏返らせる。

　その間も、彼女の絵筆は止まらない。そもそも、先の問題も解決していない。

「ああ、どうしよう……やっぱり、お詫《わ》びの品でも持っていった方がいいかな？　でも怒ってなかったら藪蛇《やぶへび》だし……うわぁ、先々が怖い！」

「……んば」

「ルルララも他人事《ひとごと》じゃないからね⁉」

小さく手を振るルルララ、それを見たショーティが悲鳴のように叫ぶ。

そんな二人の背後、山積みにされた資料には、ショーティが書き出した取材の内容が整理されないままになっていて、それがゆっくりと傾き始める。

この先、ルグニカ王国はもちろん、隣国も巻き込んで紛糾することとなる王選、その中核にいる王選候補者たちに最初に突撃取材を敢行したものとして、ショーティとルルララの二人の名前は長く長く、残ることとなるのだが――、

「わああ――っ⁉」

「……きゅう」

崩れてくる資料の山に押し潰され、仲良く社内で遭難する二人には、今しばらくはそれは縁遠い、また別の物語――。

余談だが、この記事の掲載された『親竜報文《しんりゅうほうぶん》』は歴代一位の売り上げを達成し、王選候補者たちの続報を、王国民の多くが首を長くして待つこととなるのだった。

《了》

『Sword Identity』

1

「――評定を始める」

重々しく、厳《いか》めしい宣言が会議場に響き渡る。

さほど大きな声ではなかったが、その声には張り詰めた空気を切り裂き、一堂に会したものたちの鼓膜を強《したた》かに打つ力があった。当然だろう。

誰あろう、その声の主こそは一国の頂点、弱肉強食の掟《おきて》が生きる帝国の長《おさ》――神聖ヴォラキア帝国第七十七代皇帝、ヴィンセント・ヴォラキアその人なのだから。

艶《つや》めいた黒髪と凛々《りり》しく切れ長な瞳《ひとみ》、ほっそりとした体を華美すぎない装飾で飾られた装束に包んだ美丈夫だ。黒い瞳に理知的な光を宿し、広い帝国の隅々にまで思慮を巡らせている智謀の持ち主と、そう称《たた》えられる賢帝である。

彼《か》の皇帝の統治により、ヴォラキア帝国は建国以来の平穏な時代を迎えている。

争いの絶えないヴォラキア帝国において、彼が皇帝の座に就いてからの七年間は、史上最も安寧な夜が続いた日々として民草の語り草となっていた。

ただし、為政者としての優れた手腕があることと、その性質が柔和であることとは比例しない。――今代の皇帝も、歴代のヴォラキア皇帝の例に漏れず、冷酷だ。

その事実が周知されていることは、会議場の空気からも察することができる。

「――――」

評定のために会議場に集められた『将』たち、強国ヴォラキアの『武』を様々な形で預かる彼らの表情は険しく、決して気を緩めまいと真剣そのものだ。

『将』たちは知っているのである。――他者の、ましてや皇帝の眼前《がんぜん》で惰弱な振る舞いを見せれば、それが自分の命取りとなることを。

故に集められた二将以下の『将』たちはいずれも、その顔に緊張を張り巡らせている。

「――さっそくですが、本日は議題が山積みとなっておりますなぁ」

と、そんな殺伐とした緊張感が張り詰める会議場で、ヴィンセントの言葉に続いたのはどことなく悠長な印象を受ける掠《かす》れ声だった。

広い会議場の中央に置かれる長机、その上座には皇帝が座り、皇帝に次ぐ立場のものから上座に近い席を順番に埋めていくのが通例となっている。

そして、その悠長な声を発した人物が座るのは、皇帝の左右の隣席の右方――チシャ・ゴールドの名で知られた、白い髪に白い顔、全身を白い装いに包んだ白ずくめの魔人は、そういう立場の人間だ。

その優れた智謀で皇帝の治世に貢献するチシャは、ヴィンセントの信頼篤《あつ》き参謀役であり、同時にヴォラキア帝国の武の頂点たる『九神将』の一人でもある。

ヴォラキア帝国における『将』制度の最高位、一将の座を与えられた九人の中の一人ということだ。当然、評定には他の『将』たちも呼びつけられているが――、

「まず最初の議題ですが……一将の集まりが史上最悪で困っております次第」

そうチシャが最初の議題に上げるほど、それは由々《ゆゆ》しき事態であった。

帝国で最も尊ばれるべき存在、ヴィンセントの周囲には空席が目立った。それは取りも直さず、帝国一将――『九神将』の出席率が悪いことの証拠だ。

「なんということだ！　将兵たちの規範となるべき我々がこれでは、『将』たちへの面目が立たないではないか！」

「私、時間厳守。当然のこと」

片方は猛々《たけだけ》しく、片方は機械的に遺憾の意を表明する。それぞれ、チシャ以外に空席を埋めている一将の二人――ゴズ・ラルフォンとモグロ・ハガネだ。

叩《たた》き上《あ》げの軍人であるゴズと、鋼人《はがねびと》と呼ばれる特殊な出自のモグロは、どちらも皇帝への忠誠心が高く、チシャ同様に評定への出席を当然の義務と弁《わきま》えている。

だが現実、この日の評定に出席している一将はチシャたち三人だけだった。

「遠征を指揮しているグルービーはまだしも、オルバルト翁《おう》はどうされたのだ！」

「オルバルト翁からは欠席の文をいただいております次第。……ですが、あの二人を最初から省くあたり、ゴズ一将もご理解いただけているご様子」

「セシルスとアラキア。期待、するだけ、無駄」

不在の面々に対して声を荒らげるゴズ、その弁《わきま》えた指摘にチシャが苦笑すれば、端的かつもっともな所見でモグロがそれを肯定した。

強者が尊ばれるヴォラキア帝国において、『九神将』に選出される条件は単純明快。そのものが武勇優れたる実力者である以上のことはない。そのため、他国と比べても比類ない戦力を有する帝国軍だったが、上にいくにつれて規律が緩む傾向があった。

ゴズが出席を期待しなかった二名――セシルス・セグムントとアラキア、それぞれ『九神将』の序列一位と二位が飛ばされたのも、さもありなんである。

ともあれ――、

「閣下の御時間《おじかん》をいただいて開かれる評定を、いずれも何と心得ている……！」

「――相も変わらず、ぴいぴいと騒がしく喚《わめ》き立《た》てる」

「閣下……！」

厳《いか》つい顔を赤くしていきり立つゴズを、上座の美丈夫――ヴィンセントが窘《たしな》める。皇帝はその切れ長な瞳《ひとみ》を細めて、不在の『九神将』の席を眺めると、

「もとより、これらの出席など期待しておらぬ。シャトランジ盤でも、それぞれの駒には決まった動かし方があろう。それらを無視して勝手に動かれれば、盤面は指し手の意図を無視して荒れ狂おうよ。何より――」

「――行儀の良さを求めるなら、閣下は九神将制度を復活させなどしなかった。私奴《わたくしめ》など

は、そう解釈しておりますが」

言葉を途中で引き取られ、ヴィンセントが「ふん」と小さく鼻を鳴らした。

皇帝の言葉を遮る不敬を怖《お》じずに断行したのは、そのヴィンセントの隣席――チシャと反対の左方を埋めた、灰色がかった髪を整えた老齢の男だ。

武官が力を持つ帝国において、文官の身でありながら皇帝に次ぐ要職である『宰相』に任じられた人物、文官の頂点たるベルステツ・フォンダルフォン。

閉じているかの如《ごと》く細い目の奥、様々な知略と計算を巡らせる帝国の賢人、その一声に不満を露《あら》わにするのは、ヴィンセントへの忠義に篤《あつ》いゴズだった。

「宰相、閣下の御言葉《おことば》を遮るなどと……」

「申し訳ありません。ただ、閣下も政務でお忙しい身の上。できる限《かぎ》り、評定を迅速に進めるのも忠臣の務めと、そう愚考したのですよ」

「貴公は、我々が閣下の御意思《ごいし》を邪魔しているとでも言うのか！」

「ゴズ一将、あまり熱くなられずに。閣下の視線が冷え込む一方とお見受けする次第」

「ぐ……っ」

出過ぎたベルステツの言動にゴズが噛《か》みつくも、老練な宰相に容易《たやす》く躱《かわ》される。

残念ながら、ゴズとベルステツでは舌戦における役者が違う。叩《たた》き上《あ》げの軍人として将兵の信頼篤いゴズだが、その真価が発揮されるのはやはり戦場だ。

そして、どこを戦場とするかは当人の気質次第――チシャも、どちらかと言えば矛を振るうより、頭を働かせる戦場の方が性に合う。

「セシルスたち、今さら、無意味」

「ええ、モグロ殿の仰《おっしゃ》る通りです。『壱《いち》』と『弐《に》』のお二人がご欠席されるのは織り込み済み……それより、評定の本題へ進むべきかと存じますが」

「……構わん。チシャ、始めよ」

結局、やり込められたゴズの挽回《ばんかい》は叶《かな》わぬまま、評定は先へ進められる。

チシャは吐息し、自身の黄金の鎧《よろい》の籠手《こて》を割り砕かんばかりに握りしめるゴズを横目にしつつも、「それでは」と本題へ入ることとした。

毎回のことだが、評定が始まる前から精神を浪費する。

――これも、現在の神聖ヴォラキア帝国首脳陣の在り方なのだった。

2

――『政変』という言葉は、ヴォラキア帝国の歴史書に頻繁に登場する単語だ。

前述の通り、弱肉強食の理《ことわり》が良しとされるヴォラキアでは、欲しいものを力ずくで手に入れようと餓《う》えることが推奨される。それは将兵としての地位の獲得であり、あるいは想《おも》い人の略奪であり、あるいは蓄えた財産の奪い合いであると例えに困らない。

無論、武力によるあらゆる略奪を許せば、それはもはや無法地帯だ。

現在の皇帝であり、賢帝と名高いヴィンセント・ヴォラキアは、帝国全土に法を敷き、力の在り方、示し方に分別を求めることを徹底し、地均《じなら》しを行った。

その結果、強者と弱者問わず、多くの帝国民がこの恩恵に与《あずか》り、誰もが死ににくく、生きやすい時代が形作られる土壌が出来《でき》上《あ》がった。

ただし、それをもたらしたヴィンセントが慈悲深い皇帝かといえば、それは誤りだ。

『――国旗に剣狼《けんろう》を掲げようと、狼《おおかみ》にも優劣がある。個々の違いなくして群れは成り立たん。だが、群れを滅ぼしかねん悪食の首を刎《は》ねる見せしめも、また必要である』

それこそがヴィンセントの方針であり、改めた帝国の在り方の目的だ。

盤面を自分の思い描く通り、綺麗《きれい》に整えておくのがヴィンセントの政治。そのためなら、帝国の流儀や古いしきたりを捻《ね》じ曲《ま》げ、踏《ふ》み躙《にじ》ることも厭《いと》わない。

ある種、最もヴォラキア皇帝らしくなく、ヴォラキアらしい皇帝が彼だった。

そんなヴィンセントが皇帝の座に就いてから七年――ヴォラキア帝国は建国以来の平穏な時代を迎えている。故に、『政変』という単語とも縁遠い。

ヴィンセント・ヴォラキアの統治が始まり、『政変』と呼ばれるような事態に見舞われたのは、皇帝継承直後を除けばたったの一度だけである。

それが――、

「――欠員の出た九神将、その空席を埋める必要がありましょう」

評定が進み、いくつかの議案を消化したところで、チシャはその話題に触れた。

途端、会議場の空気が冷え込み、張り詰める。

ゴズの眉間に岩肌のような皺《しわ》が刻まれ、表情のわからないモグロの空気も変化する。席のない二将以下の『将』たちの間にも緊張が走り、それらしい反応をしなかったのはチシャを除けば、ヴィンセントとベルステツの二人だけだった。

――武官の頂点である『九神将』の欠員、それは決してあってはならない事態だ。

強いことだけが『九神将』に求められる条件ということは、敗北が許されない立場であることと同義。欠けるということは、敗死したに他ならない。

そして、九番目の席次だった人物が欠けた理由は、ただの敗死に留《とど》まらなかった。

「バルロイめが、馬鹿な真似《まね》をしなければ」

太い腕を組み、苦々しい表情でゴズが呟《つぶや》く。誰も彼の言に続かないが、窘《たしな》めようとしない時点で、内心に秘めたる思いは同じなのだとわかる。

――バルロイ・テメグリフ。彼《か》の人物こそが欠けた『玖《きゅう》』の立場にあった一将であり、ヴォラキア帝国にもたらされた最新の『政変』の主要人物の一人だ。

隣国の使者を巻き込み、ヴィンセントの命を狙った『九神将』の謀反。それこそが、ヴィンセントの治世始まって以来の大政変の実態だった。結果、ヴィンセントは瀕死《ひんし》の重傷こそ負ったものの、主犯の男と実行犯のバルロイが討たれ、政変は決着した。

それが約二ヶ月前のことであり、以来、『九神将』の席は一つ空いたままとなっている。すでにヴィンセントが問題なく政務に復帰した以上、いつまでも一将の座に空席を作ったままにしておくわけにもいかない。それ故の提言だった。

「他の三国に睨《にら》みを利かせる必要もあります次第、そろそろと当方考えますが」

沈黙が落ちる会議場に、改めてチシャが一石を投じる。

各自の注目が集まるのは、当然ながらヴィンセントだ。それらの視線を受け、ヴィンセントがちらと視線を真の意味での空席へ向ける。

バルロイ・テメグリフが飄々《ひょうひょう》と、その背を預けていた空席へと。

「閣下」

「構わん。死者にかまけるほど余は暇ではない。疾《と》く、人選せよ」

「は。御裁可、ありがたく」

一瞬、その黒瞳を細めたのがヴィンセントの餞《はなむけ》だ。

続く言葉を受け、チシャは皇帝の判断に一礼する。それから、不機嫌に腕を組んでいるゴズの方へと振り向くと、

「ゴズ一将、いかがです？　貴方《あなた》の目に適《かな》う『将』に心当たりはございますか？」

「む、そうだな……軍略に長《た》けたものなら数名心当たりがあるが、九神将の位に就けられるものと言えば、カフマ・イルルクス二将ぐらいか」

「カフマ二将、ですか」

広く『将』たちと交流のあるゴズが出した名前は、当然ながらチシャも知るものだ。

カフマ・イルルクスは若くして二将の座に上り詰めた逸材で、多種多様な種族が住まうヴォラキア帝国でも珍しい『虫籠族《むしかごぞく》』の出身者だ。

虫籠族は体内に『虫』と呼ばれる寄生体を飼い、幼い頃からそれを使役し、有事においては虫の能力を借りる特殊な技術を持っている。

ただ、問題があるとすれば——、

「カフマの一族、バルロイと、共謀」

「モグロ一将の言う通り、その件でカフマ二将は謹慎中のはずでは？」

先のバルロイの起こした謀反、その企てに与《くみ》したものの中には虫籠族も含まれており、加えてそれはカフマの出身部族だった。カフマ自身は謀反に関係していなかったが、一族の多くが参戦したことの責を問われ、彼も身柄を拘留されている状態にある。

「その彼が次なる九神将の立場に相応《ふさわ》しいか、疑問を投げかけざるを得ませんなぁ」

「ならばこそ、奴《やつ》に挽回《ばんかい》の機会を与えるべきではないか！　奴自身、一族が謀反に与したことで責任を感じている！　このままでは自裁も辞さない覚悟だ」

「ふむ……」

「閣下！　出過ぎた真似《まね》は承知の上で言わせていただきたい！　カフマ・イルルクスは閣下への忠誠心も高く、失うには惜しい男です！　どうか、寛大な御判断《ごはんだん》を！」

椅子を蹴《け》って立ち上がり、ゴズが机に手をついて前のめりに直訴する。

彼以外がすれば不敬と正されそうな姿勢だが、ゴズ・ラルフォンの瞳《ひとみ》や胸に灯《とも》っているのは忠義や義憤以外の炎ではない。

「閣下！」

「だみ声で喚《わめ》くな、凡夫。貴様の声量は無駄に大きい。そうまで前のめりにならずとも、会議場のみならず城中に響いている」

故に、ヴィンセントも声の大きさ以外ではゴズを咎《とが》めない。

そのヴィンセントの指摘に、「申し訳ありません！」とゴズは大きな声で謝罪し、

「ですが！　改めて御考《おかんが》えいただきたい！　欠けた九神将の席と、忠誠心篤《あつ》い『将』の未来と、二つの問題を一挙に解決できるはず！」

「──。チシャ」

「は。当方の意見を述べまするに、ゴズ一将のお話は悪くないかと考える次第」

ヴィンセントに意見を求められ、チシャは自身の尖《とが》った顎《あご》に触れながら応じる。

周辺事情が悪く働いているが、カフマ・イルルクスの武勲はチシャも知るところだ。ゴズの言う通り、帝国の優れた『将』を失うのは痛手でしかない。

ましてや、帝国はすでにバルロイ・テメグリフを失っている。

先日の一件でルグニカ王国との休戦条約こそ結ばれているが、それも三年という期限付きの上、以降のことは誰にもわからない。

帝国が力を削《そ》いでいて許される時間など、いつ何時にもありえないのだ。

「カフマ二将ご本人の考えもあるかと思いますが、九神将への昇進を打診され、それを断るものが帝国にいるとは思えませんからなぁ」

「ふん。さすが、不本意に席を埋めている男が言うと説得力が違うな」

「……お戯れを。当方、すでに諦めております故」

皇帝の皮肉に肩をすくめ、チシャは静かに自嘲する。

もしもカフマに一将を目指す気構えがなかったなら、このような打診をされることにいたく同情する。その上で同類が増えることをチシャは喜ぶだろう。

チシャ自身、『九神将』などと過分な役職を与えられたことを重荷に思う一人だ。正直自分は武官より、文官の方が肌に合っているとも。

ともあれ、チシャからも肯定的な意見があり、ヴィンセントの思案の険も取れる。そのままつつがなく、カフマへの打診で話がまとまると思われた。

しかし――、

「――閣下、私奴《わたくしめ》からも推薦させていただきたい人材がおります」

「なんだと⁉」

そう発言し、会議場の空気に激震を呼び起こしたのはベルステッだ。

目を糸のように細め、その心中を窺《うかが》わせない帝国宰相の発言に、横合いから殴られたも同然のゴズが轟然《ごうぜん》と目を怒らせ、ベルステッを睨《にら》みつける。

「何のつもりだ、宰相！　貴公、文官が武官の、それも一将の任命に口出しするか！」

「恐れながら申し上げますが、私奴の役職は宰相……帝国のより良きに努めるため、粉骨砕身する義務を負っております。ならば、意見は致しましょう」

「大した発言だ。相応の覚悟あってのことと、そう受け取るぞ」

怒り心頭のゴズが、冷静なベルステッツの対応に静かな敵意を漲《みなぎ》らせる。それは獲物を前にした肉食獣の集中であり、『獅子《しし》騎士』ゴズ・ラルフォンの闘争心の現れだ。

そのまま、会議場の空気は一触即発を避けられないかと――、

「やめよ、凡夫。憤った貴様の声はなおさらやかましい」

だが、そのやり取りに待ったをかけたのは、他ならぬヴィンセントだった。その一声にゴズが息を呑《の》むと、ヴィンセントは視線をベルステッツへ向けた。

「ベルステッツ、推薦したいものがいると言ったな。申してみよ」

「閣下！　御再考を……」

「やめよと、余は言ったぞ」

重ねて口を閉じるよう言われ、ゴズが顔を赤くしたまま押し黙る。

そのやり取りを受け、ベルステッツは首肯し、

「寛大なご判断に敬意を」

「黙れ。貴様にも三度目は言わん。疾《と》く、申せ」

「は。私奴が推薦したき人物ですが、名をマデリン・エッシャルトと申します」

促されたベルステッツ、彼が満を持して出した名前に、ヴィンセントが微《かす》かに眉《まゆ》を寄せた。

それは彼にしては珍しい驚きであり、彼以外にはささやかすぎる反応だ。

現に、チシャもゴズも、列席する多くの『将』たちも一様に怪訝《けげん》な顔をしていた。

何故《なぜ》なら――、

「私、知らない名。宰相、それは何者か」

一同が抱いた疑問、それを代表して口数の少ないモグロが尋ねる。

発言の機会が少なく、言葉もたどたどしいモグロだが、評定への理解が低いわけでは決してない。冷静に状況を俯瞰《ふかん》して話せる、一将では少ない知恵者の一人だ。

そのモグロの当然の問いに、ベルステツは鼻の下に蓄えた髭《ひげ》に触れ、

「驚かれるのも当然かと。マデリン・エッシャルト……彼女は帝国兵ではありません。軍に所属した経験も、集団を率いた実績もないのですから」

「それは……いくら何でも」

「――話にならん!!」

聞き覚えもないはずだと、明かされる事情にチシャは納得し、ヴィンセントから沈黙を命じられたゴズが我慢できずに怒声を張り上げる。

だが、今回ばかりは誰もゴズを責められない。会議場にいる全ての『将』、それは一将も含めて例外なく、全員がベルステツの考えを疑問視していた。

従軍経験も集団を率いた実績もない。つまり、目に見える成果を何も上げていない人材ということだ。――誰が、そんな推薦に耳を貸すというのか。

「我ら、帝国兵の誉れを愚弄しているのか！」

「滅相もない。言ったはずです。帝国宰相として、国の未来を思えばこその意見を致しますと。その言に偽《いつわ》りはございません」

「どの口でそのようなことを……」

「待て」

額に青筋を浮かべ、爆発寸前のゴズをまたしてもヴィンセントが引き止めた。

椅子の肘掛けに頬杖《ほおづえ》をつき、ヴィンセントは試すような目をベルステッツに向ける。その視線を浴びて、ベルステッツは「閣下」と怯《おび》えのない声で主君を呼んだ。

「重ねて、私奴《わたくしめ》に謀《たばか》る意図や、九神将の位を軽んじる考えはございません。必ずや、マデリン・エッシャルトは閣下のご意向に沿う人材と確信しております」

「確信などと、気安く言い放つな。そのものに何ができる」

「――飛竜を、操ります」

「――――」

瞬間、ベルステッツの答えに会議場の空気が凍り付いた。

それが如何《いか》に命知らずな発言か、傍《はた》で聞いているチシャさえも息を呑《の》む。

獰猛《どうもう》な飛竜を従える『飛竜繰り』という技術は、ヴォラキアのみが有する特別な技だ。

その技術を駆使して飛竜を従えるには、才能と長い研鑽《けんさん》が必要となり、飛竜乗りとなれるものは極々わずかで重宝される。――だが、問題はそこではない。

問題は、謀反を起こしたバルロイ・テメグリフもまた、飛竜乗りだったということだ。

死したバルロイの席に、バルロイと同じ飛竜乗りを推薦する。

その意図の有無に拘《かかわ》らず、挑発行為としか思えない提言だ。『将』たちが絶句し、ヴィンセントも言葉が続かなかったのも当然と言える。

何を考えているのかと、ゴズあたりが噴火するのも目前と思われた。

だが——、

「貴様のことだ。ただ、飛竜乗りの代わりに飛竜乗りを推すわけではあるまい」

「ええ、ご慧眼《けいがん》です。無論、私奴《わたくしめ》も一介の飛竜乗り……それも貴重な技能の持ち主ですが、それだけのものに九神将という位が務まるとは考えません。それと」

「なんだ」

「一つだけ訂正が。——私奴はマデリン・エッシャルトを、飛竜乗りとご説明したわけではありません。飛竜を操ると、そうお伝えしたのです」

皇帝の疑問にそう答え、宰相が真意の見えない笑みを皺《しわ》だらけの顔に浮かべる。

この両者の間に張り詰める緊迫感、これは毎回の評定のお約束だ。腹に一物抱えた油断ならない相手、それでもベルステツが宰相の座にあるのは、その有能さの証《あかし》である。

——能力があれば取り立て、それを用いて盤面を作る。

決して自身が武勇に優れるわけではないヴィンセントの、剣狼《けんろう》の国たるヴォラキア帝国を治める絶対の方法がそれだった。

故に、今回もヴィンセントは自らの手腕を遺憾なく振るう。

「――カフマ・イルルクスとマデリン・エッシャルト、両名を呼べ」

「……当方は構いませんが、よろしいので？」

「構わん。カフマの力量は把握している。ならば、マデリンなる輩《やから》の見極めも必要だ。余の目に適《かな》わなければ、それはベルステッツの耄碌《もうろく》を意味する。老いた無能に席を用意しておくほど、余は慈悲深くない。わかるな？」

「承知してございます、閣下」

酷薄な目を向けられ、しかしベルステッツは怖《お》じる様子も見せずに一礼する。

ヴィンセントの慈悲に期待するわけでも、軽く見ているわけでもあるまい。自身の目に絶対の確信があるのか、いずれにせよ――、

「飛竜を操るだと……だからなんだという！　カフマも、虫を操るぞ！」

「ゴズ、それ、重要じゃない。私、思う」

「飛竜に頼らずとも、虫でも閣下をお運びできる！　違うか、モグロ！」

「違わない。ただし、私、虫嫌い」

ベルステッツの意見が採用され、苛立《いらだ》つゴズをモグロが抑えてくれている。

それを横目に、チシャは胸中で政務の優先順位を入れ替え、先々に思いを巡らせた。

「ようやく、先日の謀反の件がひと段落だというのに、先が思いやられますなぁ」

苦労の予感に肩を叩《たた》きながら、チシャはひとまずの議論の決着を受け入れる。

あとでゴズに一声かけるなり、ベルステツの思惑を探る等々も必要だ。それらの対処をヴィンセントに期待するのは、長い付き合いの忠臣として不誠実も極まろう。

何より、ヴィンセントはすでに十分すぎるほど、己の役目を果たしているのだから。

「……強いモノが自由に振る舞う帝国、その頂《いただき》が『皇帝』という役割で不自由を強いられるというのは、何とも皮肉な話と思う次第」

それも、望んで得た立場なのだから始末に負えないものだ。

本気でそれを拒むなら、逃れる方法などいくらでもあった。それこそ、実際にそうして不自由な鳥籠を逃れたモノにも心当たりが――、

「――あーあっと、皆さん、お揃《そろ》いでしたか。こーれは大変失礼しました」


それは評定を締めくくる直前、会議場の入口が開け放たれたと同時の声だった。

緊迫感を残した空気を軽々に揺らし、部屋に足を踏み入れたのは青いローブの優男だ。

フードを目深に被《かぶ》ったその男は、武官揃いの会議場とあまりに不釣り合い。

その雰囲気の違いとは別の理由で、チシャは微《かす》かな嫌悪を白い面に刻んだ。

「――『星詠み』殿ですか。いったい、何用で足を運ばれましたか」

「いーえいいえ、まさか評定の真っ最中だったとは。ほら、閣下のご厚意で水晶宮《すいしょうきゅう》に置いていただいてますが、ぼかぁ、どの派閥の方からも嫌われてますから」

へらへらと笑い、歓迎されていない空気の中で男――『星詠み』が軽薄に答える。その手応えのない態度に、チシャも「そうでしたか」と素っ気ない答えを返すのみだ。

――『星詠み』とは、帝国の武官である『将』でもなければ、ベルステツのような文官とも立場を違《たが》える異物であり、水晶宮でも唯一の立場にある存在だ。

チシャを含め、この場の誰からもその存在を歓迎されていないが――、

「貴様を呼んだ覚えはないぞ、道化」

彼をそう呼び、遠ざけようとしない皇帝の意向で、水晶宮の滞在を許されている。

周囲の警戒や嫌悪の眼差《まなざ》しを意に介さず、『星詠み』の意識はヴィンセントにだけ向く。

その視線に鼻を鳴らし、皇帝は小さく手を振ると、

「評定の最中だ。貴様の出る幕はない。疾《と》く、失《う》せよ」

「もーちろん、ぼかぁ、自分の立場を弁《わきま》えているつもりですよ。閣下のお慈悲に与《あずか》って置いてもらっている身ですから。だーから、その分、お役目は果たしませんと」

「――――」

命知らずな抗弁、それを聞いたヴィンセントの眉《まゆ》が微かに上がる。同時に、チシャとそれ以外の『将』たちも一斉に身を硬くした。

――誰一人、この『星詠み』を好意的に思ってはいない。信頼してもいない。

ただ、この『星詠み』がもたらす予言だけは、話が別だった。

「バルロイの謀反も見抜けなんだ貴様が、今度は何を見たという？　次こそ益のあること

を述べられねば、その首と胴とが分かたれると思え」

「そんな怖いこと仰《おっしゃ》らないでくださいよ。ぼかぁ見ての通り、棒切れも同然の儚《はかな》い存在でーすよ。そう脅されちゃ、震えて言葉が出てきません」

「ええい、御託はいい！　閣下が答えよと言っているのだ！　早々に答えろ!!」

　ヴィンセントに脅され、さらにゴズの怒声も浴びせられる『星詠み』が、フードの上から自分の頭を掻《か》いて、「やれやれ」と苦笑しながら、

「どうやらぼかぁ歓迎されていないご様子。なーので、言われた通りにお答えしますが、閣下、何かお悩みがあるなら、すーぐに憂いは晴れるようですよ」

「――。どういう意味だ」

「何かの優劣を競うなら、うってつけの機会が巡るのではと。毎度曖昧な物言いでとーても恐縮なんですが、ぼかぁ、言えそうなのはこのぐらいかなと……」

「そうか。モグロ、腕を尖《とが》らせろ」

「わかった」

　首をひねる『星詠み』の言葉に、頷《うなず》いたヴィンセントがそうモグロに命じた。

　指示されたモグロがその長大な腕を掲げると、その鉱石のような滑らかな腕がゆっくりと変形し、徐々に槍《やり》の穂先のように尖り始める。

　チシャも知っているが、ああなったモグロの腕は鋭い切れ味の刀剣同然だ。石壁も容易《たやす》く切り裂く腕ならば、『星詠み』の首など十でもまとめて落とせよう。

「閣下⁉　まーさか、ぽかぁ、処刑ですか⁉」

「たわけ、そのような真似《まね》をするか。──まずは指からだ」

「拷問して聞き出した情報に価値はないと、閣下はそうお考えのはずでは⁉」

「貴様のように口を噤《つぐ》む輩《やから》には、まず喋《しゃべ》らせることが肝要だ。喋らせたあとで内容は精査すればいい。違うか？」

苛烈で合理的なヴィンセントの判断に、後ずさる『星詠み』の背中が壁に当たる。追い込まれた『星詠み』へと、身の丈三メートル以上のモグロが迫る。

その圧迫感に、『星詠み』が救いを求めるように周囲を見る。

「ふむ、会議場を血で汚すわけにはいかんな。誰か、敷布を持ってこさせろ！」

だが、拷問を確定事項として扱うゴズを筆頭に、誰も助ける気配はない。当然だが、チシャも同じだ。ヴィンセントの意に逆らい、『星詠み』に味方する理由がない。

そのまま、『星詠み』の指が常人より少なく短くなる時が目前となり──、

「──評定中、失礼いたします！　ご報告すべきことが！」

そう、『星詠み』に続いて伝令が会議場に飛び込んできたことで、その血腥《ちなまぐさ》い事態はいったん棚上げということとなったのだった。

3

ひらひらと、目の前を白と黄色の蝶《ちょう》が舞っている。

「――――」

ぼんやりと、不規則な動きで羽ばたいている二匹の蝶を眺めながら、果たしてこの二匹の関係は何なのだろうかと思案した。

ひねらず考えたら家族だろうか。しかし、白と黄色の色違いの蝶に血縁関係が存在するのか。人間の髪の毛の色のように、両親の特徴がそれぞれ受け継がれたとかだろうか。

「でも、蝶って基本的におんなじ種同士でくっつく気がしますねえ」

これが人と亜人なら、言葉が通じる上に似た姿形なのだから、その間に愛が芽生え、子が生まれることもあるだろう。ただ不思議と、蝶は異なる種と交配する印象がない。

鳥も同じ鳥同士と番《つが》い、違う鳥とは子をなすことがないように。

「あれ、でも犬とか猫とかはそうでもないような……僕の思い過ごしですかね？」

不意の疑問に首をひねり、ひねり続けたところで答えの出ない難題を放り出す。考えるだけ無駄。ならば二匹の蝶は家族ではなく、宿敵同士という展開はどうだろうか。

そう配役すると、不規則に互いの位置を入れ替える蝶たちの舞も、一歩も引かない命懸けの攻防に見えてくるから不思議なものだ。蝶の用いる戦技も興味深い。

「そう言えば、虫籠族《むしかごぞく》の方々って自分の虫と意思疎通できるらしいですけど、蝶を飼ってらっしゃる方とかいないのかな。いると、僕の悩みがすっきりするんですが」

基本、虫籠族《むしかごぞく》が体に寄生させる虫は攻撃的なものが多いらしいが、殺人ならぬ殺虫武術の使い手たる蝶《ちょう》がいれば、十分強者の枠に含めても許されるのではないか。

いっそ、もっと近くで観察すれば見えてくるものも——、

——刹那、頭上から降り注いだ赤々とした炎が、一瞬で花畑を焼き尽くしていた。

「————」

直前の、牧歌的な光景は跡形もなく消え去り、炎の舌に舐《ねぶ》られる草花が灰と化す。

青や緑、黄色といった優しげな色合いが目立った世界は、全てを呑《の》み込《こ》む赤色によって塗り替えられ、地獄もかくやの惨状となっていた。

草花に限《かぎ》らず、蝶を始めとした様々な虫や生き物が、一瞬で灰燼《かいじん》に帰したろう。

そして、それを為《な》したのは——、

「相変わらず、乱暴な挨拶ですねぇ」

焼かれた花畑を眺め、青い髪の青年が細い肩をすくめる。その視線の先、燃える花畑の真ん中に立っているのは、灼熱《しゃくねつ》の炎をものともしていない半裸の少女だった。

褐色の肌の大半を露出した装い、垂れた犬耳と銀色の髪、眼帯で覆った左目が特徴的な美しい横顔の少女、彼女こそが花畑を焼き払った元凶だ。

炎に佇《たたず》む半裸の少女、彼女の名前は――、

「――アーニャ」

「……違う、アラキア。何度も言わせないで」

アーニャと呼ばれ、即座に不愉快そうな顔で少女――アラキアが反論する。

その答えに、言い返された青年は「いやいや」と首を横に振った。

「すみませんが、だいぶ子どもの頃からの呼び名でしょう？　今さら訂正しようにも、もうすっかり口の動きが覚えちゃってまして」

「だから、ずっと前から、ずっと言ってる……！」

「ええ、ええ、わかってますよ。だから、僕もずっと前から言ってますよね。――アーニャが僕に勝てたら、神妙に言い直してあげますよって。なのに」

「なのに？」

「なのに、ずっと僕に勝てないアーニャが悪いんじゃないですか。僕のせいみたいに言われちゃうと、強すぎてごめんなさいとしか言えないですよ？」

片目をつむり、茶目《ちゃめ》っ気《け》たっぷりに微笑《ほほえ》みかける。途端、アラキアの表情が怒りに染まり、その細い体から大気が怯《おび》えるほどの戦意が溢《あふ》れ出《だ》した。

それを見て、青年は「やれやれ」と胸の前で重ねていた両手を開き、

「ほら、ここは危ないからおいきなさい」

「……蝶々？」

ひらひらと、開かれた手から舞い上がるのは、白と黄色の二匹の蝶《ちょう》だ。

アラキアが炎と共に突っ込んできたとき、とっさに手で包んで守った二匹。見捨てていたら、今頃は草花と一緒に焼かれ、塵《ちり》になっていただろう。

「せっかくの一対一の決闘、それが横槍《よこやり》で台無しにされちゃ興醒《きょうざ》めです。これを恩に思ってくれるなら、ぜひ、どちらが勝ったかご報告いただきたいところですが……」

二匹の蝶の決着と、そもそもの戦いへ至った経緯。それらはきっと、聞くだに楽しい物語に違いなく、青年の興味と好奇心は尽きない。

しかし、その続きを聞くのは難しそうだと、青年は迫る炎弾を切り裂いて嘆息する。

「本当に、アーニャって子どもの頃から情緒がありませんよねえ」

「そもそも、アーニャだった頃がない」

「言いますねえ。むしろ自慢してくれてもいいんですよ？」

灼熱《しゃくねつ》の炎弾を切り裂いた刀、抜身のそれを見せながら、青年はアラキアに笑いかける。

その笑みと物言いにアラキアが微《かす》かに眉《まゆ》を寄せ、察しの悪さに笑みが深まる。

もう、何度となく聞かせてきただろうに。

「この世界の主演役者、花形たる僕――セシルス・セグムントが直々に付けてあげた渾名《あだな》なんですから。声を大にして、自分はアーニャと誇ってくれていいんですって！」

「セシルス、殺す」

「ははははは！　またそうやって、できもしないことを言う！」

端的な殺意を笑い飛ばし、凄《すさ》まじい勢いで降り注ぐ破壊の奔流へと、青年——セシルス・セグムントは怖《お》じず、猛然と地を蹴《け》って飛び込んでいく。

片や、腰に下げた二振りの刀を頼りに破壊へ斬り込む凶気の剣客。

片や、大自然を自在に操り、世界の在り方を歪《ゆが》める美しき逸脱者。

——それが、ヴォラキア帝国『九神将』の『壱《いち》』と『弐《に》』の二人であった。

4

「いやぁ、アーニャ、強くなりましたね！　ほら、僕のキモノがあちこち焦げちゃって！　これ、カララギから取り寄せるのもすごい大変なのに！」

「ぜえ、はあ……」

「なので、またいつもの通りに繕うのは任せますね！　自分で破いて燃やしたものを自分で直すんですから、文句は言いっこなしですよ！」

「……セシルス、死んで」

焼け野原に大の字になっているアラキアが、そうして呪いの言葉を吐く。が、肝心の呪いを向けられる側のセシルスは、何を言われても知らん顔だ。

呪い以上に効果があるだろう敵意や殺意、それを存分に浴びせられても平然としているのだから、呪いの言葉など物の数ではない。

「そもそも、死ねだのくたばれだの、三下っぽい台詞《せりふ》は言わぬが吉ですよ。自分で自分の役者としての価値を落とすと、退屈な配役ばかり回ってきかねない」

「……また、意味、わからない」

「そんな難しい話してないと思うんですけどねえ。大物は大物っぽいことしか言わない。小物は小物っぽいことしか言わない。世の中ってものはそういう風にできてますから、逆説的にカッコいいこと言える人はカッコいいって話ですよ！」

　指を立て、そう自分の哲学を語ってみせるセシルス。倒れたアラキアの隣にどっかりと胡坐《あぐら》を掻《か》いた彼は、服のあちこちを煤《すす》で汚しているが、目立った傷はない。

　周囲一帯、まるで魔石砲で絨毯《じゅうたん》爆撃されたような荒れ具合を見れば、その爆心地のど真ん中で暴れ回っていたとは到底信じられない姿だ。

「僕はほら、本気出したら雨でもよけますからね」

「……いくら何でも、嘘《うそ》」

「だーかーら！　それを嘘にするかどうかも自分次第なんですって。できないと思ってることはできませんよ。できないと思ってるうちは、雲も斬れません」

　弱々しい反論に十倍やかましく答え、セシルスは座ったまま腰の刀を抜き放った。音さえ置き去りにする稲妻の如《ごと》き一閃《いっせん》、その刃《やいば》から放たれた剣圧は空へ上がり、二人の頭上にある厚い雲が真ん中で二つに断たれる。

その光景を目の当たりにして、アラキアが隻眼の赤い瞳《ひとみ》を揺らめかせた。

「――雲切《くもきり》」

「まぁ、ちょっとビックリさせるくらいの技ですけどね。けど、雲に届かないとかあーだこーだ言ってたら、永遠に雲に届かなかったはずですよ」

「――――」

「だから、アーニャも僕を殺すだの死んでだのと言ってないで、もっと自分の目的を意識した方がいいんじゃないかなって。――目標があるでしょう？」

寝転んでいる顔を覗《のぞ》き込《こ》まれ、その視線を拒むようにアラキアが顔を背ける。その背けた顔をさらに覗いてやろうとすれば、ついにはうつ伏せに顔を隠された。

セシルスと見合うより土との接吻《せっぷん》を選ぶ、その極端な姿勢に呆《あき》れながらも唇が綻んだ。

――周囲にしてみれば、傍迷惑《はためいわく》でしかない『九神将』同士の激突。

セシルスとアラキアの間では頻繁に発生するそれだが、その目的は単純明快、序列だ。

強いものから順番に若い数字を与えられる『九神将』で、『弐《に》』であるアラキアの上にいるのはセシルス一人――すなわち、アラキアは『壱《いち》』の座を欲している。

その座を手に入れることで、彼女の叶《かな》えたい悲願が叶えられるのだとか。

「アーニャの願いが叶うよう、応援していますよ。手は抜きませんが」

「……やっぱり、嫌い」

「いやぁ、言われる言われる。でも、僕はそんな僕が嫌いじゃないです、むしろ好き」

　言いながら、セシルスは羽織っているキモノの上着を脱ぐと、それを倒れているアラキアの体にそっと被《かぶ》せた。

　彼女が嫌がるのは百も承知だが、戦いの中で着衣のことまで気遣ってはやれない。元々の薄着がさらに目の毒となっているので、隠してあげないと周りが気の毒だ。

「せっかくの美人さんなのに、アーニャは気遣いゼロですからね。変な気を起こした人たちが返り討ちに遭ったら、同じ男として目も当てられない！」

「……何言ってるか、わからない」

「わからないのも問題だと思うなぁ。心のご主人様に放っていかれて、誰にも何にも教わってないのがいけないんですかね？　僕が躾《しつ》けましょうか。わんわん、わんわん」

「――――」

　渡した上着を肩にかけながら、体を起こすアラキアに本気で睨《にら》まれる。

　親切心に噛《か》みつかれ、セシルスの方はお手上げだ。とはいえ、勝てない相手に情けをかけられるのが辛《つら》い気持ちは、わからないが、想像できなくもない。

「いやでも、『剣聖《けんせい》』殿に慰められて辛いとか思うかな……？　普通、好きな相手に優しくされたら嬉《うれ》しいもので、悔しいとかってならなくないですか？」

「セシルス、嫌い」

「うーん、頑《かたく》なですねえ。よし！　これはやっぱり、チシャに丸投げしましょう！」

　困ったときのチシャ頼みと、セシルスは自分が悩んだときの問題解決法として、全幅の信頼を置いている昔馴染《むかしなじ》みに任せることを決心した。

「さて、そうとなればアーニャを連れて……あれ？　そう言えば、今日は城に何か用事があったような？」

善は急げとチシャの下へ向かおうとして、セシルスは微《かす》かな引っかかりに首を傾《かし》げる。

すると、その答えが出る前に、答えの方から声をかけられた。

「せ、セシルス一将！　アラキア一将！　ご無事ですか！」

「ん？　ああ、こっちですこっち！　ちゃんと無事ですよ～」

振り向いたセシルスがひらひらと手を振ると、駆けてくる帝国兵の姿が目に入る。

焼け野原と化した一帯におっかなびっくり足を踏み入れたのは、まだ年若い青年だ。彼は恐々《こわごわ》と周りを見回し、「これは……」と呆然《ぼうぜん》としている。

「い、いったい何があったんですか？　お二人が襲われた……？」

「あんまり気にしなくて大丈夫ですよ。この辺りはアーニャの私有地で、手付かずで放っとかれてる場所を僕たちの果し合いに使っているだけなので」

「――――」

動揺する兵へのセシルスの説明に、アラキアは不満げに俯《うつむ》いて何も言わない。

天変地異に見舞われたような惨状だが、これはアラキアがセシルスにちょっかいをかけたときの毎回の被害だ。セシルスはともかく、アラキアの戦い方は自然破壊がすごい。

あんまり周囲に被害を撒《ま》き散《ち》らすものだから、戦場以外でアラキアには能力の使用が禁じられている。例外は、彼女が所有する私有地ぐらいのものだ。

「閣下から直々の命令なので、アーニャも渋々従ってますよ。僕までアーニャの私有地の掘っ立て小屋で暮らさせられてるのは、もう完全なとばっちりですけど」

「なるほど……え!?　掘っ立て小屋!?」

「ええ、ですです。ほら、あの辺が見えますか？　あれがそうですよ」

驚いている帝国兵に、セシルスは少し離れた位置を指差してみせる。森の近くを流れている川、その傍《そば》に建てられた掘っ立て小屋がセシルスの住まいだ。

なお、似たような掘っ立て小屋が同じ川の上流にあり、そこがアラキアの住まいとなっているので、『九神将』の頂点二人はそれぞれあばら家暮らしである。

「な、何故《なぜ》、帝国最強の二人がそんなところに……？」

「僕は古今東西の名刀やら宝剣やらを買《か》い漁《あさ》るのに、いただいた俸給を全部つぎ込んじゃうからですね。アーニャの場合は無頓着だからです」

「……一緒に暮らしてらっしゃるんですか？」

「違う……」

聞いていいことなのか迷いつつも、好奇心に負けた兵がそう尋ねる。すると、セシルスよりも早くアラキアがその疑惑を否定した。

実際、一緒の土地に住んではいるが、一緒に暮らしていないのでそれで正解だ。

「これも閣下のご命令なんですよ。ほら、僕が下手な場所で暮らしてて、そこでアーニャの癇癪《かんしゃく》が爆発したらいらない被害が出そうでしょう？　それならいっそ、アーニャの手の届く場所にいつもいれば、危ないのは僕だけだろうと……」

「すみませんすみません！　自分の理解力が低くて、意味がわかりません！」

「ははは、閣下検定が低いとそうでしょうね。たぶん、言葉以上の意味が閣下の中にはあるんだと思いますが、僕は詳しく聞いていないので不明です」

困惑を露《あら》わにする兵の肩を元気よく叩《たた》いて、セシルスは謝る彼に笑いかける。

正直、わかってもわからなくても許される話だ。ただ、セシルスにとっては何年も続けている生活なので、今さら引っかかるところがないだけの。

「……それで、何の用？」

と、困惑を極める兵が目を回し始めたところで、アラキアが来訪の理由を尋ねた。

その問いかけに、兵は「そうでした！」と救われたように生気を取り戻す。

そして――、

「セシルス・セグムント一将、アラキア一将両名に緊急の招集がかかりました！　至急、帝都の水晶宮《すいしょうきゅう》へお越しください！」

「水晶宮……あ！　そう言えば、今日って評定とかありました？　僕、いつも参加しても舟を漕《こ》いでるだけのことが多いから、最近、呼ばれもしなくなってるんですよ」

「わたしも……」

「あまり聞きたくない実態ですが、今回は違います！」

セシルスとアラキアの答えを聞き流し、姿勢を正す兵の表情が強張《こわば》る。その焦燥を目にして、セシルスは焦げ臭い予感に舌で唇を湿らせた。

同じ予感を感じただろうアラキア、彼女の横顔にセシルスは笑いかけ、

「ちょっと前にバルロイさんがあれこれやらかしたばっかりだっていうのに、急にどうしたんでしょうね、ヴォラキアは。もしかして、戦乱の始まりですか？」

「……『選帝の儀』で、十分」

「まぁ、アーニャの言い分もわかりますけど、僕は不完全燃焼でしたからね。その鬱憤は『剣聖《けんせい》』殿が晴らしてくれましたが……とと、すみません」

一将同士が会話を始めれば、一兵卒が割って入れるはずもない。

話の腰を折ってしまったことを詫《わ》びると、兵は「いえ」と首を横に振って、

「お二人の力を必要とする事態です」

「ほうほう、何がありました？」

「それが……」

そこで一度言葉を区切り、ごくりと唾を呑《の》み込《こ》んでから兵は続ける。

セシルスとアラキア、二人の力が必要だと前置きした事態、それは——、

「——『九神将』の『漆《しち》』、ヨルナ・ミシグレ一将が謀反を起こしました！」

5

──神聖ヴォラキア帝国『九神将』、ヨルナ・ミシグレには悪癖がある。

力あるものが取り立てられ、高い位に就くのがヴォラキアの習わし。

今代の皇帝、ヴィンセント・ヴォラキアが復活させた九神将制度はその象徴だが、選定条件が強さだけとなれば、当然ながら人間性は保証されない。

強者とは、他者におもねることがなく、弱者を顧みないからこそ強者たり得る。

そうした思想に則《のっと》れば、強者の究極である『九神将』に、まともな協調性や倫理観が備わる方が筋が通らないだろう。無論、ただ自儘《じまま》が許されるわけではない。

──彼らには、彼らにしか果たせない役割がある。

その役目を果たすことを前提に、『九神将』には度を越えた自由が許されているのだ。

そして当然、その特権に不適格とみなされれば、より強い力で以《もっ》てねじ伏せられる。

それが強者の理《ことわり》であり、剣狼《けんろう》の国たるヴォラキア帝国の習わしだ。

──その上で、前述の一節へと話は戻る。

神聖ヴォラキア帝国『九神将』の一人、ヨルナ・ミシグレ。

ヴォラキア帝国の強者の頂点であり、比類ない力とそれに見合った特権を有する魔都の支配者、彼女には度《ど》し難《がた》い悪癖があった。

それが――、

「――『九神将』の『漆《しち》』、ヨルナ・ミシグレ一将が謀反を起こしました！」

評定の開かれる会議場に駆け込んだ伝令、息を弾ませる兵の鋭い訴えを聞いて、刹那、会議場を沈黙が埋め尽くした。

それは放たれた言葉を鼓膜が受け止め、脳に浸透させるのに要した時間だ。

その後、情報が脳で咀嚼《そしやく》され、一拍を置いてそれぞれの反応が表に現れる。

評定に参加する『将』の多くが目を見開き、頬《ほお》を強張《こわば》らせる中、議場の中央に席を用意されたものたちの反応は、いずれも凡将たちとは違ったものだった。

あるものは眉《まゆ》を顰《ひそ》め、あるものは思案に耽《ふけ》り、あるものは微動だにしない。そして、最も苛烈な反応を示した一人は、その黄金の籠手《こて》に包まれた腕を振り上げ、

「ふざけるな、あの女狐《めぎつね》めが!!」

と、怒りのままに豪腕を振り下ろし、長大な机を木端《こっぱ》微塵《みじん》に粉砕していた。

一撃の威力が風を巻き起こし、荒れ狂う衝撃波が参加者たちの髪を、衣服をはためかせる。怒りに任せた一撃は大型の魔獣すら一発で殺害する威力を秘めており、『獅子《しし》騎士』と畏れられるゴズ・ラルフォンの力量の確かさを想起させた。

もっとも――、

「貴様の愚かしさは、そのやかましい口だけに留《とど》まらぬな、凡夫」

長机を粉砕され、巻き起こる風にその黒髪を揺らす皇帝の目は冷ややかだった。

そのヴィンセントの視線を受け、癇癪《かんしゃく》を起こしたゴズの顔から血の気が引く。報告に赤く染まった顔首の色が抜け、ゴズはその場に巨躯《きょく》を跪《ひざまず》かせた。

「閣下！　大変な失礼をいたしました！　どうか、何なりと罰を……」

「たわけ。貴様を罰している暇などどこにある。『将』の一人でありながら、そこまで状況の見えぬ愚か者か？　それとも、余を愚かと問うているのか？」

「滅相もございません！　仰《おっしゃ》ること、全てその通りにございます！」

平伏する勢いのゴズは、自分の失態を心底恥じている。

良くも悪くも感情的になりやすく、それが自身の力量にも大軍の指揮にも影響を与えやすいのが彼の特徴だ。あるいは、これも悪癖というべきか。

指摘すれば、直すためにゴズは粉骨砕身するだろう。だが、それは状況次第で『九神将』で最も強大な力を発揮する男を、ただの凡将に落とすという危険性を孕《はら》む。

故に、ヴィンセントは膝を折る男を一瞥《いちべつ》するにとどめ、それ以上の叱責をしなかった。

その代わりに――、

「これが貴様の予言の示したものか、『星詠み』」

「おそらくは。……たーだ、もっと早くにお教えできなくちゃ、予言もあんまり意味がないなぁって自分で思っちゃいますねえ、ぼかぁ」

ゴズの次に水を向けた先、細面をローブに隠した『星詠み』の答えを聞いて、ヴィンセントは感情の窺《うかが》えない顔で鼻を鳴らした。

帝都の水晶宮《すいしょうきゅう》で飼われている『星詠み』、それがもたらした予言と合致した謀反の報告。

それと評定で話題に上がった事情を踏まえると、やるべきことが見えてくる。

――ヴォラキア帝国の首脳たる皇帝の、やるべきことが。

「ベルステツ」

肘掛けに頬杖《ほおづえ》をつくヴィンセント、その呼びかけに細めの老人が「は」と静かに応じる。

恭しく頭《こうべ》を垂れる宰相、ベルステツにヴィンセントは黒瞳を向け、

「貴様が先ほど挙げた名前だが」

「――マデリン・エッシャルトです、閣下」

「そのもの、呼べば参じる意思があるのだな？」

試すような皇帝の問いに、ベルステツはその顔の皺《しわ》を不敵に深める。

ただし、その老宰相の答えがある前に、「閣下」とヴィンセントを呼ぶ声があった。ベルステツの対面の席、参謀としてヴィンセントに仕えるチシャだ。

チシャはその白い面に感情を覗《のぞ》かせぬまま、ちらと視線を向けるヴィンセントに、

「本当に、それでよろしいのですね？」

「構わぬ。期待にそぐわねば、老いぼれと道化、それぞれまとめて首を刎《は》ねるのみだ」

「……当方も、納得しました次第」

ヴィンセントの返答を受け、チシャは大人しく引き下がる。当の『星詠み』は首をすく

めて何か言いたげだが、ヴィンセントは取り合わない。

「聞こえたな、ベルステツ。余の意思は明確だ。貴様もそうせよ」

「もちろん、承知してございます、閣下。もとより、私奴《わたくしめ》はより良い帝国の未来のために粉骨惜しまぬ覚悟。――何を、恐れることがありましょう」

「――」

白々しささえ覚えるほど真摯なベルステツの答えに、ヴィンセントは何も言わない。

そのまま、ヴィンセントは視線を跪《ひざまず》く巨躯《きょく》の頭頂部に向けた。ゴズがなおも平身を貫いていて、頭頂部しか見えなかったためだ。

ともあれ――、

「凡夫、貴様が推したものも、すぐに動けるな」

「――っ！　もちろんにございます！　あれは現在、領地にて拘留中……閣下のお許しさえいただければ、この瞬間にも！」

「できぬことを口走るな。――軍の展開に間に合わせろ」

「ははぁ！」

ベルステツに提示したものと同等の条件を出され、ゴズが地鳴りのような声で応じる。

チシャも納得させた通り、帝国の首脳陣の行動は決まった。

「ヨルナ・ミシグレの謀反を鎮圧する。カフマ・イルルクスとマデリン・エッシャルト、両名の働きぶり如何《いかん》で九神将の『玖《きゅう》』の後釜も決まろう」

「閣下、次、『漆《しち》』が空くのでは？」

ヴィンセントの号令を受け、そう疑問を呈したのはモグロだ。

鋼人《はがねびと》たる彼の硬い声を聞いて、室内の『将』たちも同意見の色が濃い。当然、謀反を起こしたヨルナが処刑されれば、彼女に与えられた『漆』の地位は剥奪《はくだつ》となる。

「そのときはカフマ二将とマデリン殿が揃《そろ》って九神将入りされるやもですなぁ。無論、此《こ》度《たび》の戦いで当方含め、他の九神将が欠ける可能性もある次第」

「そんな恐ろしい事態は避けたいものです。ですが、モグロ殿のご懸念は尚早でしょう。ヨルナ殿の地位を剥奪するかは閣下の御心《みこころ》次第、でしょう？」

チシャの言葉を継いで、ベルステッツの細い視線がヴィンセントを射抜く。

瞼《まぶた》を閉じているかと思うほどの細目の老躯《ろうく》、その探る目つきに皇帝は片目をつむった。

余人に、その反応から受け取れるものなど何もなかろうが――、

「余は慈悲深くも、寛大でもない。だが、あれが己の役割を果たす限《かぎ》り、与えた地位を取り上げることもしない。もっとも」

と、そこで一拍空けて、ヴィンセントは議場の顔ぶれをぐるりと見渡し、続ける。

「盤面で駒が余の意に従わぬならば、その限りではない。――そしてそれは、この場にいる貴様らも同じだと、そう弁《わきま》えよ」

それが、此度の評定を締めくくる、ヴィンセント・ヴォラキアの言葉だった。

6

――『極彩色《ごくさいしき》』ヨルナ・ミシグレの謀反。

帝国内に瞬く間に広まった帝国一将造反の報だったが、その発端となったのは国土の南東部に位置する大都市――魔都カオスフレームでの一件だ。

元々、帝国の各都市は都市長が私兵を所有し、自治が行われるのが一般的である。

とはいえ、各都市を繋《つな》ぐ街道や要所には帝国兵の駐留する砦《とりで》があり、四大国で最も大きな国土を誇る帝国の治安維持のため、日夜精強な兵たちが目を光らせている。

故に、此度の一件で最初の火種となったのも、国土防衛の最前線たる兵たちの居留地であり、その砦で起こった出来事というのが――、

「――砦には三百人からの兵士がいたらしいが、全員漏れなく皆殺しだとよ。ヨルナ一将の悪評はこれまでに何度も聞いたが、さすがに今回はおしまいだろうぜ」

「へえ」

大衆食堂の賑《にぎ》やかな空気の中、同じテーブルについた同僚の話に気のない相槌《あいづち》。

当然だろう。視線は手元の皿の上、香草の香りを漂わせるこんがり焼かれた分厚い肉へと集中している。唾液腺が痺《しび》れて、胃が空腹に唸《うな》るのがわかった。

豪快にかぶりつける肉の宣伝文句通り、なかなかお目にかかれない代物だ。ただ、好み

としてはもう少し、焼き加減を抑えて赤身を残したものが理想だった。ガサツな相方に注文を任せたのが失策だ。もう二度と、こんな失敗は犯すまいと固く胸に誓う。

ともあれ――、

「オイ、なんだその気のない返事はよ。帝国の一大事だ。他人事《ひとごと》じゃねえぞ」

大いに内省する眼前《がんぜん》、身を乗り出してくる相方――右目に眼帯をしたジャマルの不機嫌な声に、青年は手の中のフォークを回して肩をすくめた。

「よせやい。他人事だなんて思っちゃいないさ。ただ、今は食事中だろ？　評判の店に連れてきたのはお前さんのくせに、お預けなんてご無体が過ぎるぞ」

「馬鹿野郎。肉なんていつでも食える。だが、帝国軍人として意地を見せる機会が身近にどれだけある？　てめえも真剣に考えろ」

「真剣に、ねえ。お前さん、本当に顔に似合わず真面目だよな」

「何をぅ!?」

ついつい正直な感想を述べると、途端にジャマルが顔を赤くする。

粗野な見た目と言動に反して、帝国への忠義に篤《あつ》いのがジャマルの妙なところだ。弱小の下級伯とはいえ、一応は帝国貴族の端くれと自覚しているからだろう。

もっとも、ジャマルに生家であるオーレリー家の当主を継ぐつもりはないに等しく、もっぱら自分の腕で武勲を立て、成り上がることしか頭にない。

いい言い方をすれば、家の力を当てにしていない誠実な男。悪い言い方をすれば、生まれ持った特権をドブに捨てている大馬鹿者だ。青年の意見も、後者寄りである。

　ただし——、

「褒めたんだよ。これでも、いずれ義兄になる相手を立てるぐらいの頭はあるんだ」

「褒めただぁ？　てめえの言葉には敬意ってもんを感じねえが……」

「あんまり正面から、尊敬してるだの敬ってるだのなんて話ができる性質《たち》じゃないんだ。それができたら、カチュアにも簡単に信じてもらえるさ」

「あぁ、そうかもしれねえな。オレが言うのもなんだが、あいつは頑固だ」

　腕を組み、うんうんと納得した風に頷《うなず》くジャマルに青年は肩をすくめる。適当な言葉ではあったが、ジャマルには十分効果があったようだ。

　彼と関係を悪くするつもりはない。——カチュアと会えなくなるのは困る。

　この粗雑な男と血縁関係にある少女、カチュア・オーレリーの存在は青年にとって、絶対に損なうことのできない唯一無二であるのだから。

「で、だ。カチュアの話はともかく、ヨルナ一将の話の続きだ」

「それ、肉食いながらじゃダメなのか？」

「食いしん坊か、てめえは。そんな長くかかるもんじゃねえ、聞いてろ」

　かぐわしい匂いのする肉を前にお預けを喰《く》らい、青年は唇を曲げてジャマルを見る。

　不満も露《あら》わな姿勢だが、ジャマルはそれを真剣な態度と受け取ったらしく、ご満悦な様子で「いいか？」と指を立てた。

「これも聞いた話なんだが、ヨルナ一将の反乱を鎮圧する目的で出動する軍……それが、次の九神将を決める試験になってるらしい」

「なんだそりゃ？　ちょっと前に九神将が欠けたのは知ってるが、それと今回のことがどう関係する？」

「九神将の席をいつまでも空けてられねえってことだろう。それで急遽《きゅうきょ》、この反乱を鎮めるのに一役買った奴《やつ》が空席をもらえるって話だ。どうだ⁉」

「どうも何も、どうとも思わんが」

　話に熱がこもりすぎたジャマルが、その答えに「なんだよ！」と落胆した。椅子に尻を落として不満げなジャマル、その様子に青年は首を傾《かし》げ、

「お前さんの話が事実だとして、それが俺たちに何の関係がある？　まさか、ここで大手柄を立てて九神将に取り立ててもらおうってんじゃないだろ？」

「はん、そのまさかだ！」

「馬鹿だ馬鹿だとは思ってたが、ここまでとは思わなかった……」

　白い歯を見せ、立てた親指で自らを指差すジャマルに唖然《あぜん》とさせられる。

　帝国兵の一人として、『九神将』の地位に魅力を感じるのは青年にも理解できる。ジャマルも、下級伯の出身である以上に、帝国兵としての誇りが憧れを加速させている。

　ただ、憧れや理想とは、現実と最も縁遠いものと青年は考えていた。

「あのね、ジャマル……お前さんも俺も、帝国の一般兵なわけ。そりゃ上等兵なんて立場

じゃあるが、『将』とは縁遠い一兵卒だぞ」

「だから、ここいらで一発逆転の手を……」

「そんなもん、俺らのところに舞い込んでくるわけないだろ。第一、自信満々に話してた反乱鎮圧の第一功が次の九神将って話も嘘《うそ》くさい。誰から聞いたんだ」

意外と顔の広いジャマルは、色々と真偽不明の噂《うわさ》を集めてくることが何度もあった。ただ、これまでにも多くのガセネタに振り回されてきた実績が、青年に迂闊《うかつ》にジャマルを信じさせない。有体に言えば、これもガセだと初めから決めてかかっている。

察しの悪いジャマルも、そんな青年の疑惑の眼差《まなざ》しには頬《ほお》を歪《ゆが》めた。

「いちいちうるせえな。そんなんだと聞かせてやらねえぞ。オレがこの話を、ヨルナ一将が皆殺しにした砦《とりで》から逃げてきた連中に聞いたってことをな」

「――滅んだ砦から逃げてきた奴ら？」

聞かされた内容を反芻《はんすう》すると、口を滑らせたジャマルが「あ！」と頭を抱える。

そのジャマルの馬鹿さ加減への言及は後回しに、青年は少し考え込んだ。情報の出所が事実なら、ただの戯言《たわごと》と切り捨てるには惜しい話かもしれないと。

「砦から逃げてきたってことは、事態の当事者……事情の報告があったと考えると、上の連中との繋《つな》がりはあるのか。で、そこから聞いた話なら」

「おい、なんだ。ぶつくさと言いやがって……」

「――ジャマル、案外お前さんの話も、笑い話ってわけじゃないかもしれないぞ？」

自分の失態に苦い顔だったジャマルが、その一言に息を詰める。

だが、彼はすぐに表情をイキイキとしたものに変えて、

「いったい何を思いついた？　とっとと聞かせろ、トッド」

「まあ待て、そう焦るな。ゆっくりと、腰を据えて情報収集しよう。どうせ、俺たちにも呼び出しはかかるんだ。死んだら面白くない」

逸《はや》るジャマルにそう答えて、青年――トッド・ファングは頬《ほお》を歪《ゆが》めて笑った。

笑いながら、ようやく皿の上の分厚い肉にかぶりつく。

もうすっかり肉は冷めていたが、鋭い牙が容赦なくその肉厚を切り裂いた。

7

蹂躙《じゅうりん》された砦《とりで》の惨状は、一方的な虐殺が行われたとの報告に違《たが》わぬものだった。

実際に現地に足を運び、多くの帝国兵が命を落とした土を踏んでいると、ゴズ・ラルフォンの分厚い胸板は物理的ではない痛みに苛《さいな》まれる。

すでに兵たちの遺体は運び出されているが、砦の各所に刻まれた戦いの余波、壊れた武具の数々と拭い切れていない血の痕跡が、激しい戦いを物語っていた。

「おのれ、ヨルナ・ミシグレ……！」

無念のうちに命を落とした将兵たち、それを思ってゴズの心が義憤に燃える。

これだけの大逆を為《な》したのが、自分と同じ『九神将』に属する一将なのだ。いったい、ヨルナ・ミシグレはいつになれば皇帝閣下に心からの臣従を誓うのか。

叩《たた》き上《あ》げの帝国兵であるゴズは、九神将制度が復活した際、最初の九人の一人として指名され、現在までその位に就き続けている一人だ。自分の実力が他の『九神将』より秀でているとは思わないが、ヴィンセントへの忠誠心では誰にも負けていない自負がある。

そのゴズからすれば、幾度もヴィンセントに謀反を起こすヨルナは理解し難《がた》い。謀反と反乱を鎮圧されるたび、ヴィンセントの温情で命と地位を守られているにも拘《かかわ》らず、またしても今回のような事態を引き起こす不敬の極み。

ヴィンセントへの敬意も、一将としての自覚も微塵《みじん》も感じられない蛮行――、

「今回の謀反、必ずやヨルナ一将の首を落としてみせる」

「――いやぁ、それはちょっと難しいんじゃないですかね。ほら、ゴズさんの得物ってあの鎚矛《つちほこ》でしょう？　頭は潰せても、首を斬るには不向きですよ」

厳《いか》めしい顔を険しくしたゴズ、その背後から意気込みに水を差す声がかかる。その声にゴズが振り向くと、砦の屋上をゾーリで踏みしめるキモノ姿の青年が立っていた。

彼は長い青髪を渇いた風に揺らしながら、ゆったりとゴズの隣に並び、

「相変わらず、ヨルナさんのやらかしは遠慮がありませんね。砦に残ってた全員が、ヨルナさん一人にやられたってお話でしたけど……」

「逃げ延びた兵の報告ではそうだ。ヨルナ一将一人で、砦の攻略は為《な》されたと」

「はは、むしろヨルナさんなら一人で戦った方が手強《てごわ》いでしょうからね。ここで出くわしてしまった方々にはご愁傷様と、あとは前座ご苦労様でしたとお伝えしましょう！」

いっそ上機嫌な青年――セシルスの物言いに、ゴズが非難がましい目を向ける。あまりにも死者への敬意がないと訴える眼差《まなざ》しに、セシルスが眉《まゆ》を上げた。

「おや、もしかしてゴズさん的にお気に召さない感じでした？」

「当然だろう。死した将兵を前座などと……彼らには彼らの歩みと人生があった。貴公の言葉に倣えば、彼らの舞台というものだ」

「おっと、それは失礼しました。ただ、一個だけ訂正ですよ、ゴズさん」

「――？」

「確かに、全ての人は自分という物語の主人公……なんて一節もありますが、僕に言わせればそれは逃げです。ありえません。この世界は、この世界というたった一つの舞台演目……そこに輝ける主演役者、舞台の花形は一人だけ」

身長差のあるゴズを見上げ、堂々と主張するセシルス。その言葉の熱と前のめりな態度を見下ろし、ゴズは握っていた子どもの頭ほどもある拳を解くと、

「……それが貴公、とでも言いたげだな」

「ええ、その通りですとも！　わかっていらっしゃる！」

ドンと自分の胸を叩《たた》いて、気負いなく笑うセシルスにゴズは嘆息した。

それがセシルスの哲学であり、誰にも譲らない絶対の信条――それを馬鹿な夢物語と、

そう笑うことはゴズにも、このヴォラキア帝国の誰にもできない。

——強者を尊ぶヴォラキア帝国、その最強の頂《いただき》にいるのが他ならぬセシルスだからだ。

帝国が掲げる鉄血の掟《おきて》は、彼の理屈を愚かだと嗤《わら》って否定するためには、彼よりも強く在らなくてはならないと定めている。そして、そんな存在はどこにもいない。

故に、セシルスの哲学は誰にも否定することができないのだ。

「——また言ってる。セシルス、ホントに馬鹿」

と、そう結論した直後、セシルスの哲学を馬鹿と罵る例外が現れた。

その例外は風を巻きながら、ゆっくりと砦《とりで》の屋上へと舞い降りてくる。不可視の風を纏《まと》って飛行するそれは、銀色の短い髪をなびかせる犬人の少女、アラキアだ。

そうして空から現れたアラキアの風を浴びながら、セシルスは首を傾《かし》げ、

「遅かったですね、アーニャ。よーいドンで同時に走り出したのに、周回遅れですか？」

「……どこが目的地か、ちゃんと決めてなかった」

「言われてみればそうですけど、でも、砦のてっぺんに金ぴかのゴズさんが目印みたいに立ってたから、アーニャもここに飛んできたんでしょう？　なら、先にゴズさんのところに辿《たど》り着《つ》いてた僕の勝ちと、そう言い切っても問題ないのでは？」

「セシルス、死んで」

「言い返せないときの常套句《じょうとうく》。いやいや、敗北を知りたいですねえ。嘘《うそ》です！」

じと目のアラキアに睨《にら》まれ、しかしセシルスはおどけた態度を崩さない。

その子どもじみたやり取りに、ゴズは将兵たちには見せられない姿だと頭を抱える。元々『九神将』の自覚に欠ける二人だが、揃《そろ》うとよりその傾向が顕著だ。

口数少なく、職務に真面目なアラキアが、セシルスが絡むと冷静さを欠いてしまう。

「アラキア一将、貴公までセシルスと同じ程度で話をされては困る。もっと、己が閣下の手足たる九神将の自覚を持ってくれい」

「……ごめんなさい」

「あれあれあれ!? ゴズさん、もしかして僕よりアーニャの方が話せる相手だと思ってません!? それ、だいぶ傷付くというか異議あり! ちゃんとアーニャも頭おかしい子ですよ! 卵焼き、いつも片面しか焼きませんし!」

「両面焼きたいなら自分でやって」

忠告も空《むな》しく、セシルスの軽口にアラキアの感情が振り回されてしまう。それを横目に、ゴズは改めて砦《とりで》の屋上から見える遠景――魔都の輝きに目を向けた。

はるか遠く、地平線に煌《きら》めいて見えるのが魔都カオスフレームの紅瑠璃城《こうるりじょう》。

紅瑠璃城という特殊な魔晶石で造られた城は、帝都の水晶宮《すいしょうきゅう》と並び立つとされる美しい城だ。ただし、その城の内にはヨルナ・ミシグレという奸臣《かんしん》を孕《はら》んでいる。

「そう思えば、あの煌めきも血の色のように見えてくるものだ」

「さてやれ、綺麗《きれい》なものは綺麗なものと、穿《うが》ちすぎずともいいと思いますが……それでどうします? 今回、僕とアーニャはゴズさんの指揮下だそうですけど」

「貴公たちを理屈で縛ろうとは思わぬ。戦が始まれば、それぞれの判断に任せる」

「さっすが、ゴズさん！　話がわかるぅ！」

　遊撃の使命を与えられ、目を輝かせたセシルスが快哉《かいさい》を叫ぶ。

　帝国の『将』に求められる資質は、個人の戦力と集団の指揮能力。ゴズはどちらも一定の力量に達しているが、セシルスの資質は完全に個人戦力に偏っている。同じく、アラキアも個人戦力寄りで、逆にチシャなどは非凡な指揮能力を有した人材だ。

　それぞれに見合った戦場を用意し、最大限の力を発揮させるのが用兵の極意。それが実戦で鍛えたゴズの哲学であり、自身が評価されている点とも自己分析している。

　実際、セシルスとアラキアの二人がいれば、たとえ相手が大軍であろうと敵ではない。

　しかし、相手に『九神将』がいるとなると、この理屈も通用しなくなる。

「ましてや、相手はヨルナ・ミシグレ……それも、あの女狐《めぎつね》めの都市だ。万全に万全を期さなくては、無益に被害を拡大しかねん」

「ヨルナ・ミシグレ……わたし、会ったことない。どんな人？」

「む……そうか。ヨルナ一将は評定に顔を出さんからな」

　太い腕を組んだゴズの呟《つぶや》きに、左目の眼帯をいじりながらアラキアが尋ねる。面識がないと語った彼女にゴズが眉《まゆ》を上げると、「はい！」とセシルスが挙手をして、

「それを言い出したら、僕とアーニャは最近評定に呼ばれもしませんよ！　いない方が話が進めやすいって、そう閣下が仰《おつしや》ってたらしいことはチシャに聞きましたが！」

「それは否定できぬが、我らとしても歯痒《はがゆ》く思っているぞ」

直近、『九神将』の評定への出席率の低さが議題に上ったばかりだ。

もっとも、セシルスとアラキア、そしてヨルナの出席は期待されていないので、出席者は最大で六人。現在は『玖《きゅう》』が欠けているので、五人が限度だ。

その五人すら揃《そろ》わなかったのが、先日の評定だったわけだが――、

「ヨルナ一将は、魔都を統《す》べる狐人《きつねびと》の女だ。人を食った態度と、閣下への敬意に欠けた振る舞いが目立つ。私個人は『九神将』に不適格と、好ましく思っておらん」

「ものすごい美人ですし、雰囲気もあるから舞台役者として映えますけどね。ああ、あと前の謀反で僕も二回ほど殺す気でかかってるんですが、殺し切れませんでした」

「――っ、セシルス、殺し損ねたの？」

補足事項の方に瞠目《どうもく》して、アラキアが絶句する。

アラキアが『壱《いち》』の座を求め、幾度もセシルスに挑んでいる話は有名だ。ゴズも、二人の死合う場に居合わせたことがある。そのたびにセシルスにあしらわれている彼女からすれば、帝国無双たるセシルスが殺せなかった相手なんて聞き捨てなるまい。

「セシルス、美人相手に、手、抜いたの……？」

「おっとっと、聞き捨てなりませんね！　誰が相手でも、僕がわざわざ手を抜くなんてことありえませんよ！　そもそも、美人が理由で本気が出せないなら、アーニャだって条件は同じじゃないですか！」

「――――」

「なんというか、ヨルナさんの強さは独特なんですよ。そのあたり、オルバルトさんとも近いものがあると思いますが。まぁ、オルバルトも意味不な強さですからね！」

ヨルナの強さについて言及するセシルスに、アラキアの表情は複雑なものだ。

ただ、説明しづらいというセシルスの意見にゴズも同感だった。ヨルナの実力の詳細はわからない。『九神将』同士も、互いの実力の底は見せないのが帝国流だ。

「お爺《じい》と同じ……ますますわからない。結局、どう強いの？」

「そうセシルスを責めるな、アラキア一将。私も、ヨルナ一将の強さを説明するのは困難と考える一人だ。それでも、あえて言葉にするなら……」

「するなら？」

首をひねり、疑問の答えを求めるアラキアにゴズは一瞬、思案した。

しかし、結局は返せる答えは一つしか浮かばず、それを口にする。

「その『極彩色《ごくさいしき》』の異名の如《ごと》く、その時々で色鮮やかに変わる強さというものか」

「……わからない」

「ですよね！」

何が楽しいのか、アラキアが首をひねったゴズの説明にセシルスが大笑い。

そのセシルスの態度にアラキアの視線が刺々《とげとげ》しくなるのがわかり、よくもこれだけ彼女の神経を逆撫《さかな》でできるものだと、ゴズは的外れな感心をセシルスに抱いた。

戦を前に普段と変わらない二人の態度、それ自体は頼もしいと思うべきだが——、

「——閣下の御為《おんため》にも、我らは使命を果たさねばならん」

「それは、そう」

「異議ありませんとも」

此度《こたび》の謀反の鎮圧、そのために派兵される一団の指揮官であるゴズ。そのゴズの決意の一言に応えるセシルスとアラキア、二人に迷いも躊躇《ためら》いもない。その揺るがなさが二人の強さと直結するなら、それが肯定されるのが帝国流の在り方だ。

「それにしても、ゴズさんは大変ですよねえ。僕とアーニャだけでなく、集まってくる兵の皆さんの指揮もあって、おまけにバルロイさんの跡目争いも監督するとか」

「……それがわかっているなら、貴公にも自重を願いたいところだがな」

「ははは、ご冗談！　人には向き不向きってものがありますよ。嫌々言いながら、チシャがずっと閣下と一緒にいるのも、向いてるからって話ですし」

ひらひらと気安い調子で手を振るセシルスに、ゴズは深く重いため息をついた。

セシルスの指摘通り、今回の謀反の鎮圧と並行し、ゴズには次なる『九神将』の席を争う二人の候補——カフマ・イルルクスとマデリン・エッシャルトの監督義務があった。

カフマを推薦したのは他ならぬゴズだが、この役目を任された以上、可能な限《かぎ》り公平な目線で物事を見るつもりではいる。

とはいえ——、

「どちらも到着が遅れているな。……知らぬ相手はともかく、カフマ二将らしくないが」

出陣を命じられたはずの両名、そのどちらも姿を見せないことをゴズは怪訝《けげん》に思う。

ベルステッツの推薦したマデリンとは面識もないが、カフマとはそれなりに親交がある。虫籠族《むしかごぞく》出身の若者は責任感が強く、ヴィンセントに伝えた自裁も辞さない覚悟という話も大げさではなかった。それだけに、挽回《ばんかい》の機会をモノにしてほしい心境だ。

そこへ――、

「――一将！　カフマ・イルルクス二将がご到着されました！」

「きたか！」

「は！　砦《とりで》の地下に……え!?　セシルス一将とアラキア一将、いつの間に!?」

軍靴の音を立て、報告に現れた兵がセシルスたちの姿に目を見張る。到着の報告もせず、直接砦の屋上に駆け付けた二人だ。その反応も致し方あるまい。

ともあれ、思わず声を大きくしたゴズは「気にするな」とその驚きを窘《たしな》め、

「では、カフマ二将に上がってくるよう伝えてくれ。魔都攻略の話をしたい」

「……それは少々難しいかと」

「なに？」

作戦会議へと逸《はや》るゴズの気持ちが、思いがけない部下の言葉に躓《つまず》かされる。何事かと目を剥《む》けば、兵はゴズの眼力に気《け》圧《お》されながら唇を震わせ、

「参じられたカフマ二将ですが、特殊な状態でして……一将にご判断いただきたく」

「特殊な状態？　貴公らでは判断のつかぬ状況だと？」

要領を得ない答えを返し、部下が「はい……」と困り果てた様子で頷《うなず》く。その弱腰には物申したくもあるが、まずはカフマの置かれた状態とやらが気掛かりだ。

それに――、

「関係ないんですが、一将って呼び方だと、ゴズさんなのか僕なのか、はたまたアーニャなのかわからなくなりますね。ほら、一応全員一将ですし」

「一将らしいこと、したことあるの？」

「ありますよ！　ヴォラキア帝国の威信に懸けて、王国最強の『剣聖《けんせい》』と一騎打ち！」

「ボロ負けしたって聞いた」

「王国で再戦したときは引き分けてますから！」

地団太を踏み、アラキアの言葉に唇を尖《とが》らせるセシルスを見るに、部下たちの抱いている不安の解消を二人に委ねるのも酷な話だ。

生憎《あいにく》、セシルスが勝手に王国に乗り込んだ件に関しては、向こうで起こした事件も含めて漏れてはいけない機密として扱われている事項だ。

うっかり聞いてしまい、目を白黒させている部下にはあとで口止めしなくては。

それを忘れないよう心に留《とど》めながら、ゴズは「わかった」と部下に伝え、

「カフマ二将の下へ向かう。案内してくれ」

8

「ははぁ、これはこれは。いやはやなるほどなるほど」

細い顎《あご》に手をやり、目の前の異物をしげしげと眺めているセシルス。

それを後ろから眺めるアラキアは、隙だらけの背中に攻撃を打ち込むか迷っていた。

ヴィンセントからは好きなときにセシルスを襲っていいと言われているが、さすがに作戦中は自重すべきだろうと自分でも思う。さらに言えば、ここで暴れるとセシルスはともかく、ゴズや他の兵を困らせてしまうだろうとも思った。

図体《ずうたい》が大きく、恐ろしい顔をしているゴズだが、アラキアは彼が嫌いではない。あれこれと心配して世話を焼いてくれるし、悪いと思ったことは注意してくれる。アラキアは常識に疎いところがあるので、彼の配慮には助けられているのだ。

そんなわけで、絶好の機会に見えてもぐっとセシルスへの攻撃は我慢した。

「あれ、仕掛けてきませんでしたね、アーニャ。今、わざと隙だらけにしてたんですけど気付いてました？」

「死んで」

憎まれ口ではなく、憎たらしい口を叩《たた》くセシルスに反射的に言い返してしまう。それを苦笑で受け流され、アラキアは苦々しい気分を味わった。

「それにしても、僕は面識ありませんでしたが、ずいぶんと変わった方なんですね。カフマさんと仰《おっしゃ》いましたか」

「……確かに、大なり小なり人と違うところもあったが、ここまでではなかった」

「あ、やっぱりそうなんですか。よかったー。いくら何でもモグロよりも人間離れした方が加わるとは思ってませんでしたから身構えちゃいましたよ」

そんなアラキアの心境を余所《よそ》に、セシルスとゴズの二人が正面——砦《とりで》の地下に運び込まれた異物を前に言葉を交わしている。

眉間に深い皺《しわ》を刻んだゴズの心中は、人の気持ちを推し量るのが苦手なアラキアには読み解けない。ただ、心情的に複雑だが、アラキアの意見はセシルスと同じだ。

この、『カフマ』と呼ばれている物体と仲良くしろと言われても難しい。

何故《なぜ》なら——、

「——さながら、蛹《さなぎ》といったところですかねえ」

薄笑いを浮かべたセシルスの感想が、端的にそれの印象を表している。

蛹——虫が成長段階で変態する過程の一つで、羽化する前の状態のことだ。赤茶けた丸い殻に包まれ、微動だにしないそれが砦の地下に堂々と鎮座している。

これがカフマ・イルルクスと聞かされても、接し方に困る。

「これ、なんでこうなの？」

「は、はい！　それが……カフマ二将は謹慎中、新たな虫を体内に入れたとか……」

「新しい、虫……」

蛹《さなぎ》の運搬を担当した兵士が、アラキアの疑問に慌てふためきながらそう答える。その答えを聞いてもよくわからないアラキアは、説明を求めてゴズの方を見た。

そのアラキアの隻眼の問いに、ゴズは「そういうことか」と額に手をやって、

「虫籠族《むしかごぞく》は生まれた直後、一族に伝わる虫と呼ばれる寄生体を体内に入れる。その虫と共存し、時に力を借りるのが虫籠族の特性だが……」

「でも、新しく入れた」

「うむ、聞いたことがある。一族の中でも秀でたものは、さらに新たな虫を迎え入れ、その能力を伸ばすのだと。つまり、カフマ二将は……」

「新たな力を求めた結果、羽化を待つ蛹の状態に陥ったと」

細めた目で蛹を眺め、ゴズの推測の結論をセシルスが引き取る。

世情に興味の薄いアラキアも、数ヶ月前の政変に虫籠族が関わった話は聞いていた。反逆に与《くみ》していなかったカフマも、同族の責を引き取る形で罰を受けたのだと。

その謹慎期間中、新たな虫を体に入れた彼の思いは——、

「怒ってて、暴れたいとか？」

「あはははは！　そんなわけないじゃないですか、アーニャじゃあるまいし！」

「——」

「人が無念に力を欲する理由は単純明快、再起のためですよ。無力な己を殺して、違う自分となって次なる死域へ臨むため。それ以外、何がありましょう」

他にもありそうだとアラキアは思ったが、セシルスの言い分にも一理あった。

アラキアも、同じように力を欲したことがある。——否《いな》、それは今だってそうだ。

自分の力が大切な人を守るに値しなかったとき、アラキアの人生は大きな転機を迎えることとなった。そのときの無力感は大きく、今なお影響を残している。

それと同じものが、カフマ・イルルクスを襲ったのだとしたら。

「強い自分に、変わるため」

「とはいえ、羽化にどれだけかかるやら。ゴズさん、見当つきます？」

「——。わからんが、これだけは言える。長くは待てない」

渋面を作りながら、ゴズが重々しい声でそう答えた。

カフマを『九神将』として推薦したゴズは、今回の戦いで彼が活躍することを期待していたはずだ。しかし、このままではそれが叶《かな》わない。

かといって、そのために作戦の開始を遅らせるなど、ゴズにはありえない。

「なるほどなるほど……でしたら、手っ取り早く済ませましょう」

「セシルス？」

ゴズの無念の表情に同情するアラキア、その隣で静かにセシルスが刀を抜いた。

彼はうっすらと青く見える刀を構え、その鋭い先端をカフマの蛹へ向ける。ゆっくり研ぎ澄まされる剣気、そこには一切の稚気や冗談の気配がない。

「セシルス、いったい貴公は何をする気だ」

「強いて言うなら、カフマさんの覚悟を問う、でしょうか。長々とかけられない以上、あとは証明してもらうしかありません。——その本気を」

険しい顔をするゴズにそう応じ、セシルスの青い瞳《ひとみ》が剣気に濡《ぬ》れそぼる。

澄んだ剣気の高まりに、アラキアは大気に潜む微精霊の怯《おび》えを感じ取った。——それが、『精霊喰《ぐ》らい』として単純に恐ろしい。

精霊を喰らう自分を精霊が恐れるのはわかる。しかし、セシルスの剣気を精霊たちが恐れるのは、実体を伴わない彼らにセシルスが死を思わせるからだ。

そしてそれは、蛹《さなぎ》の殻にこもった虫籠族《むしかごぞく》にも同じことで——。

「——し」

短く、呼気を吐いたセシルスの手元で剣撃が唸《うな》る。

軽い手首のひねりで放たれる剣閃《けんせん》は、セシルスが戯れに見せた『雲切《くもきり》』と呼ばれる芸の一種だ。だが、それを大道芸と笑えるものは少数だろう。

それこそ、並外れた胆力の持ち主であるアラキアの主《あるじ》と、ヴィンセントぐらい。

そうでないものには、自らの肉体が両断されたと錯覚するに十分だったはず。

故に——、

「——はは、これは確かに」

それは、セシルスの剣気に対する一種の防衛本能だったのだろう。

小さく笑い、首を傾けたセシルス。その頬《ほお》を掠《かす》めるように飛び出したのは、ひび割れた蛹から溢《あふ》れた深緑色をした茨《いばら》のような物質だった。無反応だった蛹の反撃、それを刀一本で器用に捌《さば》いたセシルスは、「もう大丈夫ですよ」とゴズに振り向いた。

「僕の剣気に反応したなら、あとは時間の問題でしょう。殻を剥《は》いでもいいのでは？」

「……そうか。確かに、どうやらそのようだ」

一瞬呆《ほう》けたゴズも、その伸びた茨に淡々と触れて納得する。

茨に触れた手にゴズが力を込めると、茨はひび割れ、一気に砕け散る。茨は見た目通りの植物のような弾力に富みながら、それが凍ったような硬質さも孕《はら》んでいた。

「これならば……いや、剥がす過程でまた茨が溢れるかもしれんな。剥がすのは私がやろう。剥がした殻の回収を貴公らに任せる」

そう言って、てきぱきと作業に取り掛かるゴズに従い、兵たちも蛹に向き直る。

その様子を眺めながら、セシルスは抜いた刀を鞘《さや》に納め、上機嫌に振り返った。その浮かれた雰囲気が鼻について、ついアラキアの視線が厳しくなる。

「おや、ご機嫌斜めですね、アーニャ」

「セシルスの上機嫌は、わたしの不機嫌」

「なんですか、その変な連動。自分の機嫌くらい、僕にも心のご主人様にも寄りかからないで決めた方が何かと健康的だと思いますよ」

「――っ」

言われたくないことを言われ、アラキアの視線が怒りで燃える。が、セシルスはその熱

を手で軽く払うと、「それにしても」と言葉を続け、

「虫の羽化ってすごい不思議な現象ですよね。だって、蝶《ちょう》って幼虫と成虫で全然姿形が違うじゃないですか。生きるために使う力も違いそうな感じですもんね」

「……葉っぱを食べるのと、蜜を吸うのと」

「そうそう、食べるものも違いますし！　実際、全然別物でしょう。蛹《さなぎ》も、自力で羽化する前に殻を剥《む》くと、中身がドロッとしてて大騒ぎで……」

と、セシルスがそこまで言ったところだった。

背後、カフマの蛹の方からゴズの野太い声と、兵たちが騒がしくするのが聞こえる。蛹の殻を剥いている過程で、予想外の出来事が起こったようだ。

もしかしたら、ちょうど今しがたの話題と関連しているかもしれない。

「セシルス」

「大丈夫だと思ったんですけど、早まりましたかね？」

さして危機感も抱いていない様子で首を傾《かし》げ、セシルスが指で頬《ほお》を掻《か》く。その適当な態度に嘆息しつつ、アラキアは蛹の対処はゴズに放り投げた。

代わりに、じっとその隻眼でセシルスの横顔を見つめ、

「――？　なんです？」

「この任務、次の九神将を決めるって話」

「ええ、らしいですね。バルロイさんの後任ですから、話せる人だといいですよねえ。カ

フマさんも、無事に舞台に上がれればいいんですが……」

「——わたしの名前、ちゃんと呼ばせる」

「おや」

静かな決意を告げるアラキアに、セシルスが目を丸くした。

それから、彼は驚きに染まった顔をにんまりとした笑みに変え、アラキアを見返す。

「それはつまり、この戦いで僕もビックリな戦果を挙げると仰《おっしゃ》るわけですか？」

「セシルスも、ヨルナを殺せなかった。それなら、わたしが」

「ヨルナさんを殺してみせると。なるほどなるほど……わかりました！」

頷《うなず》いたアラキアの前に踏み出し、セシルスが満面の笑みを向けてくる。そのまま彼は素早い動きでアラキアの手を取ると、その手を上下に乱暴に振りながら、

「いいですね、僕を見返してみてください！　僕に勝つまでって条件にしたら、いつまで経《た》ってもアーニャにはできませんし、ちょうどいい塩梅《あんばい》でしょう！」

「——」

「あれれ、どうしました。眉間に皺《しわ》が寄ってて不細工になってますよ。僕より弱いんですから、せめて美人で可愛《かわい》いくらいは維持しておくのが得策と思いますが」

「離して」

忌々《いまいま》しさの限度を突破するセシルスの腕を振り払い、アラキアは歯を軋《きし》らせる。

その余裕面をひっくり返し、絶対に吠《ほ》え面《づら》をかかせてやると心に決めた。

これはセシルスから『壱《いち》』の座を奪取するためでも、アラキアの心の奥底で熱を持ち続ける主人への想《おも》いのためでもない。

ただ、アラキアがアラキアとして、強く立ち続けるために必要な儀式だった。

「やれやれ、アーニャときたらまたすぐに怒る。……ともあれ、そうした挑戦は大歓迎ですよ。挑んでくれる相手がいる分、僕は『剣聖《けんせい》』殿よりも恵まれている」

そんなアラキアの怒りを余所《よそ》に、頭の後ろで手を組んだセシルスがそう呟《つぶや》く。

空の見えない地下の天井、その先を見据えるような彼の青い眼差《まなざ》しが、アラキアにとってはこの日、最も腹立たしいものだった。

いつだって、アラキアを眼中にすら入れようとしていない、絶対的強者ぶっているセシルス・セグムントの姿こそが、最も。

9

——そうして、魔都の最寄りの砦《とりで》に帝国軍が集結しつつあるのと同時刻。

「それにしても、珍客がおいでになったものでござりんすなぁ」

と、ゆったりとした妖艶さを纏《まと》った声色が、城の天守閣を支配的に満たしていた。

板張りの床が敷かれた広間、その最奥の上座に位置するは城の主《あるじ》にして、魔都カオスフレームを手中に収める天上の美姫《びき》。派手な色合いのキモノと数多《あまた》の髪飾り、装飾品の類《たぐい》で自らを着飾った狐人《きつねびと》――ヨルナ・ミシグレだ。

今、ヴォラキア帝国で最も危険な立場にある女だが、ヨルナの態度にその色はない。

彼女に仕える全てのものにとって、泰然としたその在り様こそが心の拠《よ》り所《どころ》だ。たとえ帝国中に睨《にら》まれていようと、一切の揺らぐところなし。

それこそが、幾度もヴォラキア皇帝に謀反を繰り返す美姫の在り方なのだと。

しかし――、

「さしものわっちも、こんな形でお客人を迎えるとは思いいんせんでありんした」

「それは、竜の質問に対する答え？」

柄の長い煙管《きせる》を口に運び、紫煙をたなびかせるヨルナに硬い声がかかる。

その声を発したのは、ヨルナの見下ろす下座に腰を下ろした小さな影だ。その幼さを孕《はら》んだ矮躯《わいく》を見れば、迷い子の類と見違えても不思議はない。

ただし、その迷い子は一人で紅瑠璃城《こうるりじょう》を訪れたわけではなかった。

「――――」

じっと、いくつもの黄色い瞳《ひとみ》が天守閣の中を無遠慮に睥睨《へいげい》している。

その瞳の持ち主は獰猛《どうもう》で知られ、相手が人間だろうと魔獣だろうと容赦なく襲いかかる気性で有名だ。その話が嘘《うそ》でも出鱈目《でたらめ》でもないと、そう証明するかのように――、

「――タンザ、動くでないでありんす」

「は、い……」

ちらと、ヨルナの青い瞳《ひとみ》が向けられた先、天守閣の露台に異様な光景がある。

その小さな頭に大きな角を生やした鹿人《しかびと》の少女——瞳に涙を溜《た》めた彼女の頭が、両翼を畳んだ巨大な飛竜の口にすっぽりと収められているのだ。

気紛れに飛竜が口を閉じれば、少女の頭は卵のように容易《たやす》く割られる。

そして飛竜は、少女の頭を咥《くわ》えた一頭以外にも多数いる。いずれの飛竜も紅瑠璃城《こうるりじょう》の屋根や露台を足場に翼を休め、魔都の住民を人質にヨルナを牽制《けんせい》していた。決して人には懐かず、従える術《すべ》も極々限《かぎ》られたものしかないはずの飛竜。それを従えるのが、ヨルナの前でその瞳を輝かせる少女——、

「主さんは……」

「——マデリン・エッシャルト」

「——」

「早く、竜の言うことを聞いた方がいい。みんな、竜ほど優しくないから」

そう言って、少女——マデリン・エッシャルトが金色の瞳でヨルナを見据える。

折り目正しく座っている彼女の頭部には、鹿人や鬼とも異なる黒い角が生えている。

——失われたはずの、古《いにしえ》に存在したとされる種族。

——竜の角を生やした竜人《りゅうびと》の少女が、ヨルナに降伏を勧告していた。

10

——魔都カオスフレームの中央、『紅瑠璃城』を異様な空気が押し包む。

「————」

城の最上階、天守閣の最奥でけだるげに来訪者を眺める美女はヨルナ・ミシグレ。

この魔都の支配者であり、ヴォラキア帝国の武の頂点たる『九神将』の一人——もっとも、現在はその称号の剥奪《はくだつ》の危機にある立場だ。だが、魔都に君臨する自身の足場が揺らぐ事態に置かれても、ヨルナの端麗な面持ちには一片の陰りもない。

それも当然のことだ。

己の在り方を貫いた結果を悔やむなど、弱卒を許さぬ帝国軍の一将に許されることではない。ただし、ヨルナの姿勢はそんな弱腰な考えとも無縁。

あらゆる出来事を超然と見下し、激しい怒りに舗装された道を往《ゆ》くがヨルナの在り方。

そしてそれは、四方を獰猛《どうもう》な敵意に取り囲まれようと変わらないだけの話。

「——竜に返答を。心して答えろ」

金色の煙管《きせる》を指先で弄び、沈黙するヨルナへと愛らしい声がかかる。

声の主はヨルナの正面、板張りの床に正座した小柄な少女だ。天守閣を支配する敵意の中心に座る彼女は、明るい空色の髪を頂く頭に二本の黒い角を生やし、その金色の瞳で真《ま》っ直《す》ぐにヨルナを見据えている。

ただ、この少女をただの幼童と見誤るのは、よほど状況が見えていない愚か者か、相手の脅威を測れない根っからの平和主義者ぐらいのものだ。

生憎《あいにく》と、ヨルナはそのどちらでもない。故に、少女の危険性は見誤りようがない。

ましてや――、

「……ヨルナ、様」

天守閣の露台、付き人であるタンザの命が懸かっているならなおさらだ。

タンザの頭部を口に咥《くわ》え、こちらを威嚇するのは獰猛《どうもう》に喉を唸《うな》らせる巨大な飛竜だ。決して人に懐かぬことで知られた空の覇者が、タンザの生殺与奪《せいさつよだつ》を握っている。

加えて、天守閣を止まり木とする飛竜はその一頭だけではない。無数の飛竜が天守閣の屋根を、露台を足場に翼を休め、その黄金の眼をヨルナに向けている。

中心に置いた少女と同じ、金色の瞳《ひとみ》で――。

「主さん、なんていったでありんしたか」

「――？　竜の名前か？　なら、マデリン・エッシャルト。覚えておけ」

「マデリン・エッシャルト……なかなか、ハイカラな名前でござりんすなぁ」

「――――」

マデリンと、そう答えた少女が飛竜と揃《そろ》いの金色の瞳を細める。ヨルナの目にはそれが竜種のような、気性の荒い生物特有の眼光と酷似して見えた。

無論、タンザの命を人質に、無数の飛竜を引き連れて威圧交渉してくる輩《やから》だ。それが争いを忌避する性質《たち》などと、誰も信じやしないだろう。

ともあれ――、

「一人、というのは趣が違いんすが、主さんがわっちのところへきたのは閣下のご命令でありんしょう？」

「閣下……それは、地上で一番偉い男のこと？」

「――。概《おおむ》ね、それで正しいでありんす」

「だったら、そうだ。……違ったか？　直接、竜に言ったのは閣下とは別だ。髭《ひげ》を生やした老いぼれから言われた」

「お髭の御仁……」

案外律義に答えてくれるマデリンに、ヨルナは形のいい眉《まゆ》を思案げに寄せた。それが返答を渋って見えたのか、マデリンは微《かす》かに視線を鋭くすると、

「竜は質問に答えた。お前も、態度を決めてもらう」

「それはそれは、情熱的なお誘いでありんす。時に、見事な『飛竜繰り』でござりんす。わっちの記憶にも、これほどの飛竜を従えたものの記憶はありんせん。どうやって、これだけの竜を手懐《てなず》けたでありんすか？」

「――それは侮辱か？」

瞬間、マデリンの瞳孔が細まり、広い天守閣の空気が一段冷え込んだ。

年間を通して温暖な気候が続くヴォラキアで、寒気を感じる機会はほとんどない。あるとすればそれは、気温と無関係の生命の警鐘であり、強者と相対《あいたい》した本能の訴えだ。

「竜は、誰にも従わぬ。竜の慈悲を、忠節などと思い上がるな」

「……承知したでありんす。さすが、竜人《りゅうびと》はわっちらとは物差しが違いんす」

「――返答を。石の城の主《あるじ》」

有無を言わせぬ眼光で、マデリンがヨルナに決断を強いてくる。

これ以上、与太話《よたばなし》に付き合うつもりはないという意思表示。それを見ながら、ヨルナは煙管《きせる》から口を離し、その目を改めて露台のタンザに向けた。

飛竜の牙を命に突き付けられるタンザ、その黒い眼《まなこ》がヨルナの視線と交錯し――、

「――タンザ」

「……はい」

「主は、わっちを愛せるかえ？」

場違いに思われる問いかけに、タンザの黒い眼が見開かれる。

だが、ヨルナの声音に冗談や悪ふざけの響きはない。それがタンザにもわかったのだろう。少女は見開いた瞳《ひとみ》に微《かす》かな光を宿し、こくんと頷《うなず》いた。

それを見て、ヨルナは静かに微笑《ほほえ》み――、

「どうぞ、何も持たずに帰りなんし。――ここは、わっちの城でござりんす」

「――竜は憤慨した」

ヨルナの挑発的な言葉に、立ち上がるマデリンが飛竜に向けて手を振った。

指示の内容は単純明快、口を閉じろ、だ。

巨大な飛竜の口が閉じられ、その咬合《こうごう》力がタンザの頭をまるで卵のように噛《か》み砕《くだ》く。軽い音を立てて、少女の頭部はあっさりと割れ——なかった。

「——ッッ」

ぐっと顎《あご》に力を込め、タンザを噛み砕こうとした飛竜が低く呻《うめ》く。その鋭い刃《やいば》のような牙は、しかしタンザの柔らかな肌を貫けず、逆にその根本からひび割れた。

その、あまりに理不尽な光景を目の当たりにし、マデリンが驚愕《きょうがく》に目を見張った。

「何をしたっちゃ!?」

「——。何とも、愛らしい言葉遣いになりんしたなぁ」

とっさの驚きを舌に乗せたマデリンが、ヨルナの指摘に息を呑《の》む。が、その予想外の状況に際して、ただ硬直するだけの愚かな可愛《かわい》げを竜人は発揮しない。

「——っ」

息を詰めるマデリン、その手が自分の背中の鞄《かばん》へと伸びる。白い指先が鞄の留め具を外し、現れる取っ手を掴《つか》んで手首をひねる。——直後、音を立てて武装が展開する。

それはなだらかな曲線を描いた投擲《とうてき》用の武具、『飛翼刃《ひよくじん》』と呼ばれるものだ。高速回転するように投げれば、中空を弧を描きながら戻ってくる狩猟用の道具。

ただし、マデリンが手にするそれは、小柄な彼女の体躯《たいく》に匹敵するほど大きい。

「は――っ!!」

その飛翼刃《ひよくじん》の握りを掴《つか》み、マデリンが横薙《よこな》ぎの一撃を放った。

投げるのではなく、刀剣のように薙いだ一閃《いっせん》が凄《すさ》まじい衝撃波を伴い、紅瑠璃城《こうるりじょう》の天守閣を暴風となって荒れ狂う。それは真《ま》っ直《す》ぐ、上座のヨルナへと襲い掛かった。

しかし――、

「主さん、本当に何にも知らずにわっちの城に上がり込んだでありんすね」

床の板材をめくれ上がらせ、血肉を引き裂くようなマデリンの一撃。それが座椅子に腰掛けたまま、身じろぎ一つしないヨルナの前に呆気《あっけ》なく遮られる。

理屈不明の現象が、飛翼刃の猛撃をヨルナへと届かせなかった。旋回する刃《やいば》は見えない壁に遮られるようにヨルナを避け、彼女の背後の壁を引《ひ》き剥《は》がし、天守閣を突き破る。

その状況にマデリンが目を見張り、直後に彼女の鼓膜に飛竜の咆哮《ほうこう》が届く。――否《いな》、咆哮などと勇ましいものではない。それは、飛竜の悲鳴だ。

振り向くマデリンの視界に飛び込んだのは、露台で腕を掲げたタンザだ。唖然《あぜん》とした顔の鹿人《しかびと》の少女、その手には毟《むし》り取《と》ったと思《おぼ》しき牙が握られている。

絶対の捕食者と立場が逆転し、飛竜は少女に文字通り牙を引き抜かれて悶《もだ》えていた。

その事実とタンザの反応、二つの異変にマデリンが息を呑《の》み――、

「わっちの前で余所見《よそみ》だなんて、つれないことをしなんす」

「――ッ!?」

直後、マデリンの横っ面へと、ヨルナの履いた下駄《げた》の歯が突き刺さった。

強烈な衝撃に蹴飛《けと》ばされ、マデリンの体が真後ろに吹っ飛ぶ。そのまま床を弾み、猛烈な勢いでマデリンは壁に激突、その半身が壁に埋まった。

無防備に蹴りを喰《く》らったマデリン、彼女には自分の攻撃が防がれた仕組みはわかるまい。が、マデリンを蹴り飛ばしたヨルナも、その予想外の反動に目を細める。

見た目、タンザとそう変わらない背丈のマデリン。しかし、ヨルナの蹴り足が受けた衝撃は、見上げるほどの大男を蹴り飛ばすよりもはるかに重かった。

まるで、あの小さな体に尋常でない質量が詰め込まれているように。

「もう、怒ったたっちゃ……っ」

壁に埋まった半身を引き抜くマデリン、彼女の声が怒りに震える。その砕け散った口調の変化を指摘する機はすでに逃してしまった。

それに、始めてしまった以上、手を抜くという選択肢はどちらにもない。

「――――」

ヨルナが煙管《きせる》を口にくわえ、マデリンが小さな体一杯に大きく息を吸い込む。

紫煙と空気、互いに異なるもので肺を膨らませ、二人の視線が交錯した刹那――、

――凄まじい衝撃波が、紅瑠璃城の天守閣を内側から吹き飛ばしていた。

11

「このたびは、自分の不始末でご迷惑をおかけしましたこと、深くお詫《わ》びいたします！」

そう言って、青年は目の前のテーブルに額を擦《こす》り付ける勢いで――否《いな》、硬い音が議場に響き渡るほど前のめりに、深々と頭を下げて自分の失態を詫び入った。

褐色の肌に緑髪、目力の強い精悍《せいかん》な顔つきの人物だ。その謝罪に至った経緯はともあれ、こうして無事に顔を合わせることができて一同は安堵《あんど》する。

なにせ――、

「蛹《さなぎ》からドロッとこぼれ出したときは焦りましたからね！　あのまま固まらなかったら同僚としてやっていけるか不安で仕方ありませんでしたし！」

カラッと笑い、直前の出来事を振り返るセシルスが半ば不謹慎な感想を述べる。

実際、蛹の処遇を巡り、砦《とりで》は一時騒然となったのだ。ゴズなどは危うく、将来性のある帝国の『将』を一人亡き者にしかけたと、皇帝への不義理を大いに恥じたほどだ。

幸い、粘性の液体で溢《あふ》れた蛹の奥には、件《くだん》の青年が原形を留《とど》めてくれていたわけだが。

「で、確認なんですが、あなたがカフマ・イルルクスさんで間違いありません？」

「は！　自分がカフマ・イルルクス二将です！　一族の、皇帝閣下への不忠の極みを見過ごした挙句、いただいた挽回《ばんかい》の機会さえ逸しかけた事実……己の不徳を恥じます！」

「うわぁ、すごい真面目な方だ。僕とかちょっと苦手かも。アーニャはどう思います？」

「死んで」

声を大に、自分の落ち度を謝罪する青年――カフマ・イルルクスの様子に、セシルスが隣席のアラキアに感想を求めた。ので、求められた通りに返事をした。

そのいつものやり取りに唇を尖《とが》らせるセシルスを余所《よそ》に、「ええい！」と野太い声を上げたのはゴズだ。彼は議場の床を踏みしめ、その大きな手でカフマの肩を叩《たた》くと、

「顔を上げよ、カフマ二将！『虫籠族《むしかごぞく》』の習俗については詳しくないが、新たな虫を入れたとか。貴公のことだ。それも、一族の汚名を雪《すす》ぐためであろう」

「ゴズ一将、ですが自分は……」

「貴公のその意識と、皇帝閣下への忠義は疑うまでもない。私だけでなく、セシルスやアラキア一将らも認めるところだ。そうであろう」

食い下がるカフマを窘《たしな》め、振り返るゴズがアラキアたちに同意を求める。

が、アラキアはそれにうまく返せない。カフマと初対面のアラキアには、ゴズの求める答えの持ち合わせがなかった。それでも、何か言わなくてはと思うのだが。

「――――」

「やれやれ、口下手なのは治りませんね。そんな調子だと僕やチシャのいないところでアーニャがどう過ごしているのか、周りの苦労が思いやられますよ」

とっさの言葉を選べないアラキアを横目に、セシルスが能天気な顔で笑う。それから彼はあっけらかんと、「ええ、ええ、間違いない！」と手を叩いて、

「ゴズさんの言う通り、カフマさんの努力は大したものです。やれと言われても僕にはできませんよ。自分の体に虫を入れるなんて所業！」

「……それは、自分たち『虫籠族』への侮辱だろうか？」

「あれえ!? めちゃめちゃ真正面から褒めたつもりだったんですが！」

眉《まゆ》を顰《ひそ》め、セシルスの真意を探ろうとするカフマ。彼の疑惑の眼差《まなざ》しに両手を上げ、セシルスは嫌々と首を横に振った。

「誤解されませんよう。強さの極め方は人それぞれ、向き不向きに流派もある。僕は独学の剣客ですが、『虫籠族』の在り方が虫との共存であるなら、その方向で力を付けるのは何も間違っていません。僕は鍛え方に貴賤《きせん》はないと考えていますから」

「それは……申し訳ない。自分が穿《うが》ちすぎた見方をしてしまい」

「仕方あるまい。セシルスはいつも人を食ったような言動をするからな」

「同感」

「あれあれあれ？ 結構、真面目な話をしたつもりなのに味方がいませんね？」

ゴズとアラキアに背中から斬られ、セシルスが心外そうな顔をする。が、アラキアに言わせれば、味方すると思われていたことの方が心外だ。

アラキアがセシルスに味方することなど、絶対にありえない。

それこそ、大戦の最中であろうと、セシルスが無防備な背中を晒《さら》すなら――、

「僕を討つことを躊躇《ためら》わないと。まぁ、仮にそんな機会があっても、それをモノにできな

い間は机上の空論……剥《は》がぬ竜皮の売買契約ってなもんです」

「一言も、二言も多い」

「なら、頑張って黙らせてみたらどうです？」

挑発的な微笑を向けられ、アラキアは苛立《いらだ》ちを堪《こら》えながら視線を逸《そ》らした。目の端にちらと映るセシルスが、袖の内に手を入れながら肩を揺するのが見える。

ますます、アラキアは不機嫌になる一方だった。

「それで、だ」

と、話の一段落を見て、ゴズが咳払《せきばら》いをしながら話題の修正にかかった。

ゴズはその傷だらけの厳《いか》つい顔に手をやり、カフマをじろりと見下ろす。その視線に居住まいを正し、カフマは顔に緊張を残したまま、

「は。なんでしょう、ゴズ一将」

「貴公が何故《なぜ》、こうして東の前線へ呼ばれたか把握しているか？」

「――。蛹《さなぎ》の中でうっすらと、耳には入っておりました」

「ドロドロの液状になっててもちゃんと聞こえるものなんですねえ」

口元に手を立てて、こっそりとアラキアにだけ話しかけてくるセシルス。それを無視しながら、アラキアは事の成り行きを見守っている。

太い腕を組んだゴズが、カフマの返答に「うむ」と重々しく頷《うなず》いた。

「聞いていたなら話は早い。此度《こたび》の遠征は、カオスフレームを拠点とするヨルナ・ミシグ

レの反乱、その鎮圧が目的だ。そして、そこでの活躍如何《いかん》で……」

「欠けた『玖《きゅう》』の席の、次の適任者が決まる、と」

「そうだ。私は閣下に、貴公が相応《ふさわ》しいと推薦しておいた」

纏《まと》った黄金の鎧《よろい》の胸を張り、ゴズがカフマの代わりとばかりに彼を誇る。

現役の『九神将』であるゴズの推薦は、『玖』の空席を求めるのならば喉から手が出るほど欲しい後押しに違いない。

しかし、その話を聞いたカフマの表情は晴れず、アラキアは首を傾《かし》げた。

「なりたくないの？」

「——。いいえ、それは違うとはっきり言えます。ただ、自分がそれに相応しいか、疑問の余地があるのみで」

「自分が相応しいか……」

「一族の同胞が、閣下に謀反した事実も償い切れていない。にも拘《かかわ》らず、皇帝閣下の懐刀である『九神将』の地位を求めるなどと」

「……欲しいのに、諦めるの？」

俯《うつむ》いたカフマの考えが理解できず、アラキアはついつい口を挟んでしまう。

その疑念が声に表れていたのか、問われるカフマが責められたように頬《ほお》を硬くした。だが、諦める選択肢を持たないアラキアには、彼の躊躇《ちゅうちょ》が本気でわからない。

欲しいものがあり、そのために必要な地位があり、それを得られる機会がある。

ならば、挑まない理由が浮かばない。挑んで、及ばなかったとしたら——、

「そのときは死ぬだけ」

「……無論、死を恐れはしない。アラキア一将は、自分が『九神将』の空席を埋めるとしたら、異論はないのでしょうか」

「……なる人がなるだけ、じゃない？」

意見を求められ、アラキアは素直な本音でそう答える。

実際、カフマが『玖《きゅう》』になろうとなるまいと、アラキアには何の拘《こだわ》りもない。無論、アラキアの地位を狙ったり、セシルスの座を奪わんとするなら話は別だが。

「今の顔ぶれは長いが、『九神将』にも入れ替わりはある。……よもや、バルロイが抜けるとは思わなんだがな」

「バルロイさん、いい人でしたからねえ。僕の話にも嫌な顔ほとんどしないで付き合ってくれて、いい人から死んでくってのは本当ですよ」

「バルロイは閣下への謀反の企てに与《くみ》した。善良とは言えん」

「ゴズさん的にはそうなんでしょうけども」

頭の後ろで手を組んで、セシルスが語気の荒いゴズに苦笑する。

元々の『玖』だったバルロイ・テメグリフ——ヴィンセントへの謀反を目論《もくろ》み、壮絶に命を散らした男だが、アラキアも彼のことは嫌いではなかった。

よく喋《しゃべ》る男だったが、相手を見て接し方を変える気遣いができた。口数の少ないアラキ

アとも適切な距離を弁《わきま》えてくれていて、正直、話していて気楽な相手だった。

普段、こちらの心情を何一つ慮《おもんぱか》らない男を相手にしているので、なおさらそう思う。

それ故に、バルロイが謀反に与し、命を落としたと聞いたときは驚きがあったものだ。

「まさか、バルロイさんが王国の騎士に討たれるとは。いっそユリウスさんの首を落としておけば、少しはバルロイさんも浮かばれましたかね」

「王国騎士の首を、か。よもや本音ではあるまい」

「ですです。別にユリウスさんの首を取っても、バルロイさんは喜んだりしないでしょうしね。――『剣聖《けんせい》』殿の首なら話は別かもしれませんが」

「――――」

瞬間、アラキアとゴズ、そしてカフマの三人は本能の警鐘に反射的に身を硬くした。

原因は虚空を見据えるセシルス、その全身から漏れた澄んだ剣気だ。

ヴォラキア最強の剣客が、虚空に思い描いた誰かへ向けた剣気の余波――、

その、国境を越えた先の相手を思うセシルスの横顔が気に入らない。

アラキアは得体の知れない憤慨を、セシルスと、その『剣聖』とやらに抱く。セシルスを殺し、その『壱《いち》』の座を奪うのはアラキアであるというのに。

まるで周囲など眼中にないと、そう振る舞われるのは腹立たしいの一言だった。

ともあれ――、

「カフマ二将、荷が重いと感じる貴公の考えもわかる。だが、機会というものはこちらの

事情を鑑みてはくれん。そういうものだ」

「……承知しております、ゴズ一将。自分の、他の候補者は？」

「――。貴公と同じ立場の、宰相ベルステツが推薦したものがいる」

太い腕を組み、重々しく答えるゴズにカフマの表情が疑心を抱く。武官ではなく、文官である宰相の推薦というのが引っかかった点だろう。

「すでに合流の予定時刻を大幅に超過している。閣下は能力を示すものに寛大だが、私は閣下ほど心を広く持てん。一刻も早く、閣下の煩いを取り除くべく心血を注がねば」

「まあまあ、結果を出せば文句を言わないのがヴォラキア流じゃないですか。時間に不誠実なんて、あとから見返せば可愛《かわい》く思える類《たぐい》の欠点ですよ」

「ならば、比べられる双方が結果を出せば、評価されるべきは時間を守れる方だろう」

「ゴズさんはたとえ話がお上手ですねえ」

もう一人の候補者に対し、機嫌を損ねているゴズの舌鋒《ぜっぽう》にセシルスが降伏する。

他者の進退など、本気で議論するつもりもないのだろう。早々に擁護を諦めたセシルスは議場の窓に目をやり、それ以上意見する意思を手放した。

それを見て、アラキアは改めてカフマの方を見やり、

「それで、どうするの？」

「――。どうする、とは」

「九神将、なるの？　ならないの？」

セシルスではないが、アラキアもカフマの進退に究極的に興味はない。

しかし、作戦の指揮官がゴズである以上、カフマの選択はゴズの考えに影響を与えるだろう。だから、さっさと決めておくに越したことはない。

欲しいものがあるのに妥協する。そんな考えには微塵《みじん》も賛同できないが——、

「好きにしたらいい」

「——あ。アーニャ、アーニャ、ちょっといいですか？」

「……よくない」

と、カフマに決断を促すアラキアを、懲りないセシルスの声が呼んでいた。

無視したいところだが、反応しなければ反応するまで呼び続ける男だと知っている。故に仕方なく、アラキアはセシルスの方に意識を向けた。

すると、当のセシルスはテーブルに頬杖《ほおづえ》をついて、空いた手で窓の外を指差しながら、

「空から飛竜の群れがやってきてますけど、あれって斬ったらダメなやつですよね？」

そう、呑気《のんき》な態度で異常事態をあっけらかんと伝えてきたのだった。

12

「————」

「わあ、殺気だらけ。こんな数の飛竜、メゾレイアでもそうそうお目にかかれませんよ」

「黙って、死んで」

周囲、四方から向けられる金色の獰猛《どうもう》な眼差《まなざ》し、その渦中にありながら、セシルとアラキアの会話は普段と調子を変えていない。

他方、武器に手をやり、遠巻きに状況を眺める砦《とりで》の兵たちの緊張感は高まる一方だ。

帝国人ならば、飛竜の凶暴さを知る機会は枚挙に暇《いとま》がない。時には飛竜災害と呼ばれ、集落が丸々一つ、繁殖期を迎えた飛竜に壊滅させられることだってある。

その飛竜が突如、三十頭以上の群れで現れたのだ。彼らの警戒もわかろうというもの。

「落ち着けい！　敵ではない！　味方だ！」

そう声高に訴え、ゴズが兵たちを押しとどめながら前に出る。

砦の中庭を中心に、物見台や外壁を堂々と止まり木にしている飛竜の群れ。その荒々しい空気が支配する中、竜の群れの中心には一人の少女が立っている。

一頭の飛竜の背から、ゆっくりと大地に降り立つ少女、彼女こそが——、

「——マデリン・エッシャルトだな。話は聞いている」

「……竜の話か？」

「竜の……？」

一瞬、相手の受け答えの意味がわからず、ゴズは眉間に皺《しわ》を寄せる。

ゴズに応じた少女は、その身の丈がゴズの半分ほどしかない。見た目も幼く可憐《かれん》なものだ。だが、ゴズの巨体を見上げる眼差しに気後れは微塵《みじん》もなかった。

ただ、ゴズという『生き物』を推し量ろうとする意図が感じられただけだ。

一方で、ゴズも同じように少女を値踏みする。——見た目通りの、ただの幼い少女でないことは多数の飛竜を従える姿からも確信が持てた。

理由なく飛竜に愛される少女、というわけでもあるまい。その証拠に——、

「まさかとは思うが、その角……もしや、竜人《りゅうびと》か？」

「……そうだ」

「生き残りがいたというのか……！」

頭部に生えた二本の黒い角、そこから連想された事実の肯定にゴズは驚く。ただし、そのゴズの驚きは、後ろで首をひねる二人の『九神将』には共有されない。

代わりにゴズの驚きを共有したのは、飛竜の群れを見回していたカフマだった。

「ゴズ一将、竜人とは……本当なのですか？」

「少なくとも、当人が言うにはそうだ。……すでに滅んだとされた種族だが、竜人は地竜や水竜、そして飛竜と心を通わせたと聞く」

「飛竜と心を……とても、信じ難《がた》い」

「だが、目の前のこれをどう説明する」

言葉を詰まらせるカフマに、ゴズが顎《あご》をしゃくって飛竜たちを示す。

砦で翼を休める飛竜たちは、その獰猛さを抑えて大人しく待機している。飛竜を従える『飛竜繰り』を用いても、心を通わせられる飛竜は一人につき一頭が限度。つまり、これ

だけ多くの飛竜を率いるマデリンの秘密は、『飛竜繰り』では説明がつかない。

　ならばおのずと、少女——否《いな》、マデリン・エッシャルトの正体は限《かぎ》られる。

「ベルステツ宰相は、どこからこのような娘を見つけてきたのか……」

　戦慄を舌の上に乗せながら、ゴズはベルステツの底知れない人脈に奥歯を噛《か》む。

　先日の評定でベルステツが明かした通り、マデリンには従軍の記録も、その血筋を保証するものも何もなかった。だが、在野の才能を見出《みいだ》したなどと到底信じられない。

　竜人《りゅうびと》とは、それほど特別な謂《いわ》れのある存在だ。だとしたら彼女は、いったいどこから孵《かえ》った卵であるというのか——、

「——ッ、ゴズ一将！」

　そうゴズが思考した瞬間、状況が動いた。

　傍《かたわ》らのカフマが目を見張り、虫籠族《むしかごぞく》特有の入れ墨の入った腕を前に伸ばす。その腕の先にいるマデリンは、背の鞄《かばん》から飛翼刃《ひよくじん》を抜き放っていた。

　少女の体には大きすぎる飛翼刃、その鋭い刃《やいば》がゴズの太い首に宛《あて》がわれている。

　そのまま、マデリンはゴズの鎧《よろい》と同じ色の瞳《ひとみ》でこちらを見上げ、

「竜を侮辱するな。お前のその目は、竜への侮辱だ」

「————」

　直前の、ゴズの瞳や表情からその内心を察したのか、怒りを孕《はら》んだ声だった。

　誇り高い竜人は、侮られることや蔑まれることを決して許容しない。汚辱を雪《すす》ぐためな

らば命を惜しまない。その在り方こそが、彼らの種が滅亡へ至った理由だ。

もっとも、竜人は自らが滅ぶまでの間に、十以上の種族を滅亡へ追いやってもいる。マデリンがいる以上、竜人も滅んでいなかったというべきか。

ただし、その存亡もこの場でのマデリンの動き次第だ。

「……馬鹿な真似《まね》はよせ。自分も、容赦できるほどまだ馴染《なじ》んでいない」

カフマの静かな警告に、マデリンがちらと自分の首元を見下ろした。

その少女の白い首を這《は》うのは、カフマの腕から伸びた緑の茨《いばら》だ。蛹《さなぎ》状態だったときにも放たれた茨の蔓《つる》、それがマデリンの首に巻き付いている。

この茨こそが、カフマが蛹となってまで取り込んだ新たな虫の力らしい。ただし、彼自身も口にした通り、震える茨の制御はまだ完璧とは程遠いようだ。

「――ッッ」

加えて、自分たちの姫君を脅かされる飛竜たちも、にわかに騒ぎ始める。

砦《とりで》を囲む飛竜が色めき立ち、獰猛《どうもう》な唸《うな》り声が上がり始めると、ゴズが落ち着かせた兵たちの間にも緊張が張り詰め、今にも武器を抜きそうな空気が広まった。

このままでは魔都の攻略どころか、身内同士で血が流れることになりかねない。

そうなる前に、場を収めなくてはならないとゴズが案じたときだ。

「まあまあ、皆さん、落ち着いて。――ゴズさんが困ってるじゃないですか」

と、そう言ってゾーリで踏み出した人影が、その一言で砦の空気を呑《の》み込《こ》んだ。

悠然と構えるキモノ姿の青年、セシルスの様子に先ほどまでとの変化はない。ただ、一ヵ所だけ違う点があるとすれば、それは彼が刀の柄《つか》に手を置いていたことだ。

――ただそれだけのことで、セシルス・セグムントは砦《とりで》全体の空気を支配する。

「――っ」

その剣客の歩みに、マデリンが目を見開いた。

直接的に自分の命を脅かす茨《いばら》よりも、竜人《りゅうびと》の誇りを汚したゴズよりも、ただのんびりと歩いてくるセシルスの姿に目を奪われ、彼女は動けなくなる。

そしてそれは、展開した茨の怯《おび》えを感知したカフマも、唸《うな》り声をピタリと止めて翼を縮こまらせた飛竜の群れも同じだった。

虫籠族《むしかごぞく》の若き英雄も、竜人の生き残りも、獰猛《どうもう》なる空の覇者さえも、天災の前には我が身を守り、命が救われるのを祈るしかない。――ならば、セシルスは天災そのものだ。

『青き雷光』と呼ばれる歩く天災、それがセシルス・セグムントという剣客だった。

「なん、なんだっちゃ、お前……っ」

「だっちゃ？　今、だっちゃって言いました？　それ、竜人の訛《なま》りですか？」

「お前みたいなの、いたらおかしいっちゃ!!」

悲鳴のように高い声を上げて、マデリンが大きく後ろに下がった。その白い首から茨を外し、虫を体内へ収納するカフマも、息を呑《の》んでセシルスを見ている。

その両者の――否《いな》、砦中の視線を集めながら、セシルスは首を傾《かし》げた。

「うーん、注目を集めるのは嫌いじゃないんですが、これちょっと僕が望んでるのと方向性が違うような?」

「貴公の不服はあとで私が個人的に聞こう。幸い、頭は冷えたようだ」

　不服そうなセシルスの肩を叩《たた》いてねぎらい、ゴズは瞳孔を細めているマデリンを見る。彼女は全身でセシルスを警戒しつつ、そのゴズの視線に反応した。

「私の目が礼を失したなら謝罪しよう、マデリン・エッシャルト」

「……その化け物を、竜に近付けるな」

「心得た」

　セシルスを睨《にら》んだマデリンの要求に、ゴズは願ってもないと顎《あご》を引いた。

　たびたび問題を引き起こすセシルスだが、今回は彼の存在がいい方向に働いた。戦場での戦働き以外にも役立ってくれて、ゴズとしても稀有《けう》な体験をした思いだ。

「もっとも、セシルスがいることで拗《こじ》れる場合もままあるのだが……」

「ちょちょっ、褒めるなら最後まで褒め切りましょうよ、ゴズさん！　ちゃんと褒めないと僕も拗《す》ねますよ！　厳しすぎるのはダメ、絶対……って、アーニャ!?」

「いるだけで迷惑……」

　役立った分をすぐ台無しにしようとするセシルス、その襟首をアラキアが掴《つか》んで下がる。そのアラキアの配慮に甘えつつ、ゴズは腰に手を当ててマデリンを見た。

　こちらは言い分を叶《かな》えたと、そう示すように周囲を顎でしゃくり、

「では、飛竜たちを落ち着かせてくれい。砦《とりで》の兵たちが武器を下ろせん。これ以上、味方同士で余計な揉《も》め事《ごと》は避けたい。わかってくれるな？」

「――。わかった」

頷《うなず》いて、マデリンが周囲の飛竜たちに目配せする。

何か声をかけたり、合図で操ったりするわけではなく、目で心を通わせた形だ。

それを当然のようにやってのける姿に、ゴズは彼女が本物の竜人《りゅうびと》なのだとすんなり認められた。そのゴズの視線に、マデリンは「なに」と目を細めて、

「竜に向ける、その目は無礼」

「失敬した。それと、挨拶もまだだったな。私はゴズ・ラルフォン、この砦を拠点に、魔都の攻略を皇帝閣下から命じられた指揮官だ」

「……竜は、マデリン・エッシャルト」

「ああ、承知している。他のものについては……あとで説明するとしよう」

せっかく、アラキアが問題児を遠ざけてくれたのだ。わざわざセシルスの存在を蒸し返して、マデリンの反感を買う必要もあるまい。

ちらちらとセシルスを気にするマデリン、その視線を遮るようにゴズは立ち位置を変え、

「それで、何故《なぜ》到着が遅れた？　軍隊というものは、多くの将兵が一個の生き物として動くことを目的とする。足並みを乱すものがいれば、体は機能しなくなるものだ」

「――――」

「手足や尻尾、翼に勝手をされては困るということだ。わかるな？」

言いながら、ゴズはマデリンの全身——竜人としての特徴が現れた黒い角以外の部位、背中に生えた小さな翼に言及して説明する。

説明はわかりやすさを心掛けたが、ゴズの常識も帝国軍の中で培ったものに過ぎない。それが全てではないと、少なくともゴズはそう考えている。ただ、飛竜の群れを従えている以上、マデリンも集団行動の重要さは理解できるはずだ。

実際、マデリンはゴズの説明に、小さく顎《あご》を引いて頷いてみせた。

「うむ。わかってくれたならいい。では、改めて聞こう。いったい、貴公はどうしていた？　ただ道に迷っていただけならば……」

「——竜は、魔都にいた」

「……なに？」

地理に疎く、合流に手間取っただけならばよかった。

しかし、返ってきた答えは予想を裏切るものであり、耳を疑うゴズを見上げ、マデリンは今一度、同じ説明を重ねる。

「竜は、魔都にいた。——あの女が、伝えろと」

「——」

一瞬、ゴズはマデリンを叱責するべきか扱いに迷った。

だが、ここで優先すべきはマデリンの常識の是正や、作戦行動を無視した独断専行についてではない。彼女が持ち帰った情報、その精査が最優先だ。

あの女と言われ、ゴズにはすぐにそれが誰のことなのか見当がついた。

故に――、

「聞かせてくれい。あの女狐《めぎつね》めは、いったい何を貴公に伝えさせた？」

「――逃げた、砦《とりで》の兵の命」

「――――」

「逃げた砦の兵、その命を奪い尽くすまで、やめる気はない」

淡々と、マデリンの伝える言葉にゴズは目を細め、口元に手をやった。自分の髭《ひげ》の感触を掌《てのひら》に感じながら、静かに思案を巡らせる。

「砦の兵……それはまさか、ゴズ一将！」

「わかっている。――何の目的で、この謀反を始めたのか疑問視してはいたが」

同じ報告を聞いて、声を荒らげるカフマにゴズは低く応じた。

砦の兵を皆殺しにし、皇帝であるヴィンセントの治世を乱したヨルナ・ミシグレ。彼女が何を思って謀反を始め、何を以《もっ》て謀反の決着とするつもりなのか。

その一端が、他ならぬマデリンの口からもたらされたが――、

「――魔都へ攻め入る前に、閣下に伺いを立てる必要が生まれたな」

そう、苦々しい心境で以て、ゴズは遠方に見える魔都へと睨《にら》みを利かせたのだった。

13

「――砦の兵の命、とはな」

「論外と、そう言わざるを得ませんでしょうなぁ。然様《さよう》な要求、要求とも言えぬ次第」

魔都の最前線、砦から届けられた情報を聞いて、帝都の水晶宮《すいしょうきゅう》も静かに揺れる。

派手さのない執務室、設《しつら》えられた机についたヴィンセントは、鏡越しに見えるゴズの厳《いか》つい顔から目を逸《そ》らし、思案する。

代わりに鏡に向かい、ゴズに声を発したのは同席しているチシャ・ゴールドだ。

皇帝の参謀役を務める白ずくめの男は、自身の鋭い顎《あご》を手で撫《な》で付《つ》けながら、

「強者を尊ぶのが帝国の流儀……とはいえ、自儘《じまま》にあらゆる無謀《むぼう》が叶《かな》うなどと思われては困りますからなぁ。第一、その理屈で言えば……」

『僕の願いが全部叶ってくれなきゃおかしいですもんね！』

「――――」

「ゴズ、その愚か者を黙らせておけ。議論の邪魔だ」

押し黙ったチシャに代わり、ヴィンセントが鏡の向こうに指示を出す。すると、『御意』と重々しい返事があり、次いで軽薄な声が遠ざかっていくのがわかった。

『対話鏡』は遠方と連絡を取るのに欠かせない『ミーティア』だが、唯一欠点があるとすれば、せっかく遠ざけた大馬鹿者とこうして言葉が交わせてしまう点だ。

ともあれ――、

「――ヨルナ一将の要求を、ただの戯言《たわごと》と一笑に付すのはいささか早計かと」

「ほう、貴様の推したものが持ち帰った情報とはいえ、執心だな」

「この場合、持ち帰ったものよりも出所の方が重要でしょう。もちろん、推薦者としての贔屓目《ひいきめ》がないとは申しませんが」

「ふん。持ち帰ったというより、持ち帰らされたの方が適切であろうしな」

そう鼻を鳴らし、ヴィンセントの鋭い視線に皺《しわ》の深い顔でベルステッが頭《こうべ》を垂れる。

水晶宮《すいしょうきゅう》の一室には宰相と参謀、そして皇帝の三者が揃《そろ》う。対話鏡越しに届けられた情報を精査し、魔都の攻略組に次なる方針を告げるには十分な役者と言えよう。

議案はもちろん、マデリン・エッシャルトを伝令に使ったヨルナ・ミシグレの真意。

「単なる撹乱《かくらん》と、そう笑い飛ばすのは難しかろうと思いますなぁ。そも、マデリン殿の独断専行がなければ、伝えられる機会を逸した要求であるからして」

「どうでしょうか。戦争とは、始める時点で終わらせ方も一考しておくもの。寡聞ではありますが、謀反においても同じなのでは？　つまり……」

「最初から、戦を終える妥協点として提示する予定でいた、か」

三者で顔を突き合わせ、ここでヨルナが明確な要求を突き付けた真意を推し量る。

無論、無思慮に手当たり次第という最悪の答えは常にあるが、ヴィンセントらはその可能性を重く見ない。武力の極みで選ばれる『九神将』にあっても、それぞれに思惑と、それを叶《かな》えるための計画があるというのが一致した考えだ。

例外は『壱《いち》』のセシルス・セグムントぐらいのもの、ということも。

問題があるとすれば——、

「——何故《なにゆえ》に、砦《とりで》の兵の命に拘《こだわ》る？」

今回の謀反の決定的な始まりであり、終わらせ方として要求された砦の将兵。ただ、ヴィンセントや帝都へのちょっかいとして、生贄《いけにえ》に選ばれたわけではない。

彼らでなければならなかった理由がある。そう推測される流れだ。

「西に派兵したグルービー・ガムレットは」

「現地に蜂起の火種ありと。動かせる状況ではありませぬ次第」

「評定を欠席したオルバルト・ダンクルケン」

「里で流行《はや》り病に対処しているとか。自分も歳《とし》だと申しておりましたが、私奴《わたくしめ》より二十も上の働きぶり。無茶《むちゃ》を言えるものでもないかと」

「砦は魔都の直近、ヨルナ・ミシグレの統治するカオスフレームか」

「ええ。帝国でも少数の亜人や部族が好んで移住する最果ての地。それでいて問題らしい問題はヨルナ殿以外は起こさないのですから、異常な地と言えましょう」

「死した砦の兵が三百、行方不明者が十余名」

「凄惨な状況は目を背けたくなるほどだったとか。一人も漏らさず、丁寧に頭を割られていたそうです。——閣下？」

淡々と、思惟《しい》を進めるべき情報を鷲掴《わしづか》み、ヴィンセントが珍しい長考に入る。

もっとも、長考と言ってもヴィンセントのそれは十数秒に満たない。何事も瞬時に最善を導き出す皇帝の頭脳にとり、十数秒の思案が珍しいというだけの話。

そして――、

「――竜人《りゅうびと》の生き残りなどと、よくぞ見つけたものよな」

不意打ち気味の話題を投げかけられ、しかし、ベルステツの表情は揺るがない。

白髪の老人は「いえいえ」と首を横に振り、

「得難《えがた》い人材の登用と発掘は、帝国の繁栄に欠かせない要素ですからな。私奴《わたくしめ》も、閣下にああした人材を推薦できて、宰相の役目の一端は果たせたと安堵《あんど》するばかりです」

「ふん、小賢《こざか》しいことを言う。だが、此度《こたび》は余の役に立ってもらうとする」

「仰せのままに」

白々しいまでの忠節ぶりを発揮し、ベルステツがその場に深く腰を折った。それを見届けてから、ヴィンセントが「チシャ」と自身の右腕に呼びかける。

「は。なんでしょう、閣下」

「現地へ向かえ。余の望みは、貴様もすでに行き当たっておろう」

「それも過大な評価と言えましょうなぁ。はっきりと命じていただけた方が、当方の中でも余計な思い煩いを抱かずに済む次第」

「貴様は甘い顔を見せればそれに乗じる。せいぜい、胸を痛めておけ」

具申が届かず、チシャは望みが断たれたと大仰に手で顔を覆ってみせる。無論、それで意見を翻すヴィンセントではなく、彼《か》の皇帝は右腕の落胆に一瞥《いちべつ》もくれない。

代わりにヴィンセントは、改めて対話鏡の方へと意識を向けた。

「聞いての通りだ。貴様らのすべきことは変わらぬ。魔都を攻略し、ヨルナ・ミシグレに出過ぎた真似《まね》をしたと教えてやれ」

『は！　承知いたしました！　……それと、閣下』

「なんだ」

対話鏡の向こう、威勢のいい返事をしたゴズの態度がしおらしくなる。その様子に眉《まゆ》を顰《ひそ》めるヴィンセントに、ゴズは分厚い胸を張りながら、

『ご無礼を承知で、お時間いただきたく。カフマ・イルルクス二将が、閣下から直接言葉を賜りたいと申しております』

「カフマ・イルルクスか。構わぬ。鏡の前に出すがいい」

『は、すぐに！　その間……』

『はいはいはい！　閣下閣下！　一個だけ聞いておきたいことが！』

ゴズと入れ替わりに顔を出したのは、一度下がらされたはずのセシルスだった。

対話鏡との距離を見誤り、鏡面に大きく顔を映しているヴォラキア最強の剣客は、皇帝との距離感を文字通り無視した態度で言葉を投げかけてくる。

「貴様の首を刎《は》ねられるものがいれば、不敬を理由に処分を下すのだがな」

『またできもしないことを仰《おっしゃ》る！　で、聞きたいことなんですが、遠からずヨルナさんと直接ぶつかると思うんですけど、お伝えしておくことあります？』

「――――」

『ほら、ヨルナさんって閣下に構ってほしがるじゃないですか！　今生最後の機会かもしれませんし、後腐れなく斬り合える一言があると嬉《うれ》しいなって』

常人の気遣いと別次元の理由で、皇帝の言葉を賜りたいと言ってのけるセシルス。直前の畏《かしこ》まったゴズとの落差に、思わずヴィンセントの失笑が漏れかけた。

無論、漏れかけただけで、唇を緩めるような姿は誰にも見せなかったが――、

「告げる言葉ならある。心して、伝令役を務めるがいい」

『はいはい、お任せあれ！　贅沢《ぜいたく》も贅沢、まさしく皇帝閣下の伝令役って感じですねえ』

「違《たが》えるな。そして、それが済めば速やかに元の役目に戻ることだ。貴様は――」

『――閣下の白刃。もちろん、弁《わきま》えておりますとも』

普段は絶望的に察しの悪い男が、こうした場でのみ察しがいいのは如何《いか》なる頭の働きか。それを突き詰めるには、生憎《あいにく》とヴィンセントにはやるべきことが多すぎる。

参謀と宰相、両者の視線を浴びながら、ヴィンセントはしめやかに言葉を選んだ。

告げる言葉は端的に、何よりも意図を明確に、件《くだん》の謀反者の在り方に侮蔑を込めて――。

「余の言葉を刃《やいば》と共に届けるがいい。それが、余の刃にこそ宿るべき意義だ」

14

――決戦の火蓋が切って落とされ、雷光が戦場となった街を駆け抜ける。

多くの亜人が混在し、混沌《こんとん》都市などとも揶揄《やゆ》される魔都カオスフレーム。

統一感のない建物が乱立し、好き放題に足場や建物の増築が繰り返された街並みは、まさしく『混沌』の名に相応《ふさわ》しい異様の塊だ。

都市の景観なんて欠片《かけら》も興味がなくても、その不揃《ふぞろ》いさには一時目を奪われる。とはいえそんな注意も、すぐ真下を走る影のうるささに長続きしない。

「いやあ、やっぱり一番乗りは気持ちがいいもんです！　せっかく『九神将』同士で切り結ぶ機会、逃すわけにはいきません！　あ、アーニャとのじゃれ合いは別枠ですが！」

「死んで」

ゾーリの靴裏で地面を蹴《け》り、猛然と風を切るセシルスの減らず口が都市に溶ける。その速度に追《お》い縋《すが》りながら、アラキアは形のいい眉《まゆ》を顰《ひそ》めてそう答えた。

ひどく悠長な会話に聞こえるかもしれないが、共に帝国の最高戦力同士、この間に二人の周囲で起こった出来事は、その評価に十分堪え得る規格外なものだ。

「おっと、端役の皆さん、すみません。本命はこの先なので、行間にて片付けます！」

そう、常人には理解できない理屈を伴い、放たれる斬撃《ざんげき》が空を走る。

瞬《まばた》きさえ追いつかない雷光、それが道を塞がんとする人影へと次々喰《く》らいつき、誰一人触れるどころか、残光すら追い切れないまま血風が散る。

また、運よく雷光の進路に立たなかったものも――、

「邪魔」

端的な一言と共に降り注ぐ炎弾が、斬り漏らされた敵意を片端から焼いていく。

それを為《な》したのは、自らの脚部に炎を纏《まと》い、鳥や飛竜のように羽ばたくことすらせずに飛行する『精霊喰《ぐ》らい』だ。

セシルスとアラキア、二人の『九神将』が向かうところ敵なしと、魔都の街並みを凄《すさ》まじい勢いで踏破する。ただし――、

「せっかくヨルナさんと再戦なのに、アーニャのコブ付きなのが納得いかないなぁ！」

「それ、こっちの台詞《せりふ》」

「ゴズさんからの信用ないなぁ、僕ら。これでまかり間違ってヨルナさんが向こうにいっちゃったら、何しにきたのか本気でわかりませんよ、もう！」

連携の意図のない言い合いに、セシルスに合わせるアラキアはため息をついた。

アラキアがセシルスに同行するのは、指揮官であるゴズに従った結果だ。正直、アラキアに戦術を考える頭なんてないので、感情論以外で唱える異議が出てこない。

どうあれ、勝つための作戦であれば、セシルスのお目付け役も渋々だが引き受けよう。

理想を言えば、セシルスが悔しがる形の勝利になってくれると、とてもいい。

そのためには、このまま空振りで終わるのが手っ取り早いが――、

「――ずいぶんと、落ち着きなくはしゃいでおりんすなぁ」

都市の正門を抜けて、堂々と大通りを駆け抜けるセシルスの足が止まった。

聞こえた声を届けた主は、その大通りの真ん中に仁王立ちし、こちらを見据えているキモノ姿の艶《あで》やかな女だ。――一目で強敵と、そうアラキアは見て取った。

「あれが……」

「ええ、ですよ、アーニャ。――どうもどうも！　お久しぶりです、ヨルナさん！」

足を炎と化したまま、空中で姿勢を制御するアラキア。その浮遊する彼女の前に進み出たセシルスが、立ちはだかる女――ヨルナ・ミシグレに大きく手を振った。

そのセシルスの威勢のいい挨拶に、ヨルナはその手に持った煙管《きせる》を揺らし、

「相変わらず、声の大きな男でありんす。またしても主さんを送ってくるとは、よほど閣下に気に入られておりんすねえ」

「閣下が僕を？　いやいや、それはないそれはない。あの方は誰かを気に入るとか入らないとかの尺度で物を見ませんよ。だから年中しかめっ面！　苦労性の極み！」

自分の眉間に指を当てて、思いつきで喋《しゃべ》るセシルスにヨルナが目を細める。

アラキアからすれば聞く価値のない暴言なのだが、ヨルナはその答えを真剣に受け止めた顔で、それからちらとアラキアの方を見た。

まるで、アラキアの意見を求めているみたいな目で、少し困る。

「主さんは、初対面でありんすね。わっちのことは？」

「聞いてる。アラキア。以後よろしく」

「そっけなく、でも挨拶はちゃんとしておりんす。これはこれはご丁寧に」

腕を振るってキモノの袖を巻くと、ヨルナがその場にそっと膝を落として一礼する。丁寧な挨拶には丁重なもてなしを、その上で「それで」と彼女は言葉を継ぎ、

「あの、先だって顔を見せた竜人《りゅうびと》の娘、言伝《ことづて》は渡してくれたでありんすか？」

「言伝……」

「ああ、はいはい、聞きましたよ！　マデリンさんが話してくれたやつですよね。ちゃんとゴズさんが閣下にお伺い立てましたとも！」

ドンとセシルスが自分の胸を叩《たた》いて、ヨルナの問いかけに力強く答える。その返答に眉《まゆ》を震わすヨルナ、彼女の視線にわずかな感情の熱が過《よぎ》った。

それはアラキアの目には、期待の片鱗《へんりん》のように思えた。

だとしたら、ヨルナはガッカリすることになるだろう。

何故《なぜ》なら――、

「閣下のご返答は？」

「砦《とりで》の兵士の方々の命でしたよね。おほん。――考慮するまでもない。たわけた望みの報いは、自らの血で贖《あがな》うがいい。だそうです。似てました？」

咳払《せきばら》いを一つ入れ、皇帝であるヴィンセントの真似《まね》をするセシルス。恐れを知らないとはこのことだが、物真似は全く似ていなかった。似せる気があるのか疑わしい。

その暴挙にアラキアは呆《あき》れ、そして望みを絶たれたヨルナは小さく吐息し、

「なら、わっちの答えは単純明快……血で、贖ってもらいんしょう。わっちの愛するものの流した血、その千倍の血で以《もっ》て」

「あれ、怒らせちゃいましたね。アーニャ、僕のせいだと思います？」

「大体のことは、閣下とセシルスのせい」

沸々と、空気が熱を持っていくような感覚を味わいながら、アラキアは手にしている細長い木の枝をきゅっと握りしめる。

静かな戦意の高まり、ヨルナがゆるゆると首を振るのを見て、セシルスは「参ったなぁ」ととぼけたことを言いながら、青白い刀身の刀を抜いた。

「まぁ、元々やり合うつもりでしたし、手間が省けたと思いましょう！　では、お相手仕《つかまつ》ります、ヨルナさん！　――『青き雷光』、セシルス・セグムント」

「――『精霊喰《ぐ》らい』、アラキア」

前屈《まえかが》みになるセシルスと、足に纏《まと》った炎の勢いを増すアラキア。

その二人の戦意を真っ向から浴びながら、ヨルナは微塵《みじん》の怯《おび》えも見せずに笑い、

「――『極彩色《ごくさいしき》』ヨルナ・ミシグレ。せいぜい、派手にもてなされてくりゃれ？」

15

都市の中央から聞こえてくる剣戟《けんげき》、その激しさにゴズは本格的な戦いの始まりを知った。

やはり、ヨルナは正門側へ回ったかと、相応の判断に驚きはない。無論、こちらへこられたとしても、『九神将』の一人として全力で迎え撃っただけだが。

「セシルスとアラキア一将が、ヨルナ・ミシグレとぶつかったようだな」

「む、本当ですか？　どうしてそれが……」

「耳を澄ませばわかろう。剣戟が聞こえる」

ゴズのその言葉に、隣を並走しているカフマがぎょっと目を見張る。彼は自分の耳に手をやり、ゴズの言う通りに耳を澄ませるが、

「聞こえたのですか？　この、乱戦の最中《さなか》に」

「音にも色々と特徴がある。こう見えて、私は楽器を嗜《たしな》むからな」

似合わないとよく言われるが、ゴズは音楽が好きだった。聞くのも奏でるのも、どちらも好ましく思う。妻と知り合ったのも、演奏会が切っ掛けだった。

音楽はゴズの人生を豊かにしてくれる。故に、戦場でも音はゴズを助けてくれた。

人並み以上に聞き分けられる耳を持って生まれたことは、ゴズの数少ない宝と言える。

「しかし、聞いていた以上に厄介な街だな」

「ええ、自分も同感です」

話しながら、ゴズとカフマを先頭に帝国兵が魔都を進む。裏門から突入した彼らを迎えるカオスフレームは、その奇々怪々な街の構造で侵入者を惑わせてきた。

おそらく、作り手にはこちらを阻む意図など一切ないのだろう。ただ、各々が雑多な思いつきと、その日の気分で継《つ》ぎ接《は》ぎ作った街並みというだけ。

そして、そんな混沌《こんとん》渦巻く街で暮らすものたちもまた、混沌に相応《ふさわ》しい住人たちだ。

「おおおお――っ!!」

と、吠《ほ》えながら突貫してくるのは、武装らしい武装もしていない魔都の住人だ。

具足の類《たぐい》も身に着けず、勢いと士気だけは正規兵にも劣らない迫力のある人々。それをただの無謀《むぼう》ではなく、確かな力として支えているのが――、

「――ヨルナ一将の操る、秘術」

「術式の詳細はわからんが、魔都の住人はいずれも尋常でない力を持つ。故に」

そう言葉を切り、ゴズが顎《あご》をしゃくった先で、武装した兵士の一団が突っ込んでくる住人の突撃を正面から受け止める。――否《いな》、受け止めようとした。

「うわあああ――!?」

次の瞬間、片目に赤い炎を灯《とも》した魔都の住人が、五人がかりで大盾を構えた兵たちを吹き飛ばした。そのまま後続も、突き進む男の突進を止められない。

そしてそんな光景が、都市へ攻め込む陣容の各所で展開されていた。

「あれが、魔都を難攻不落としている原因……!」

「うむ、そうだ。多少の個人差はあるが、カオスフレームの住人は全員が兵士十人分の力量があると思え。故に、私やカフマ二将、貴公の力がいる」

「――――」

ぐっと奥歯を噛《か》み、カフマが入れ墨の入った自分の腕を恐ろしげに撫《な》でる。その仕草に漠然とした不安を見て、ゴズは「恐れがあるか？」と問うた。

それを聞いて、カフマはハッと顔を上げると、

「恐れなど、ありません！」

「しかし、ならば貴公は何故《なぜ》閣下に申し出た？　自分が九神将に不適格などと」

「それは……」

言葉を切り、カフマの生真面目な顔が渋面を刻む。

戦端が開かれる前、対話鏡越しに直接ヴィンセントと話したカフマは、ゴズから推薦を受けた『九神将』への昇格の打診を断った。

もちろん、推薦者として顔に泥を塗られた感覚はある。しかし、ゴズがカフマに求めたのは謝罪ではない。それはカフマも理解していた。

欲しいのは謝罪の言葉ではなく、そう決断するに至ったカフマの真意なのだと。

「それが閣下の……ひいては、ヴォラキア帝国のためと思ったのみ。大事のとき、機能不全を起こしている『将』では、閣下の御心《みこころ》に沿うことは難しいと」

「――。では、これ以上を目指すつもりはないと？」

「いえ、それは今の、不甲斐《ふがい》ない自分ではということです」

凛々《りり》しい瞳《ひとみ》に光を宿し、カフマはゴズの顔を真《ま》っ直《す》ぐに見据えて言った。

栄えある『九神将』の地位への打診を辞し、ゴズ・ラルフォンという男の顔に泥を塗った正道たる二将、カフマ・イルルクスの覚悟だ。

それを認めなくては、一将の地位に任じられるゴズの顔はそれこそ潰れる。

「カフマ二将、貴公は何のために戦う？」

「——迷わず、神聖ヴォラキア帝国と、それを統《す》べる皇帝閣下の御為《おんため》！」

堂々たるカフマの宣言に、ゴズは「ふはははは！」と笑い、

「ならば、胸を張れい、カフマ二将。——己も周囲も納得する武勲を立ててこそ、貴公を『玖《きゅう》』に推薦した私の面目も立とうというものだ！」

「は！　必ずや！」

そう答えたカフマの背に透明な翅《はね》が生じ、彼の細身が高々と空へ舞い上がる。

それを横目に、ゴズも自らの得物——黄金の鎚矛《つちほこ》を掲げ、戦場へ堂々と参じる。荒々しく暴れ回り、皇帝閣下の威光を示すため、大音量を奏でよう。

あとは——、

「——どうぞ、閣下のご随意に。結末がどうあれ、それが閣下の思《おぼ》し召《め》しであれば、我ら将兵は命を賭して従うのみ」

16

じりじりと、焼け付くような戦の匂いにマデリン・エッシャルトは鼻を鳴らした。

遠目に見える魔都、そこで開かれた戦端、大量の血が流れ、命が空《むな》しく散る。

しかし、珍しいことではない。命はどこででも失われ、血はどこであろうと流される。

それこそ、マデリンが残された砦《とりで》であっても同じことだ。

「――――」

ひどく、濃密な血腥《ちなまぐさ》さが漂っている砦だった。

壮絶な攻撃に晒《さら》されたらしく、砦の建物自体も半壊状態だ。集った兵たちが出陣し、残された兵たちも最低員数、おそらくこの建物は放棄されるだろう。

いっそ、憂さ晴らしに平たくしてやろうかなんて、そんな考えも首をもたげるが。

「馬鹿な真似《まね》をするんじゃないっちゃ。竜は、もっと堂々とするものだっちゃ」

そう自分を戒め、感情的になりそうな心を落ち着かせる。

感情任せに暴れたり、誰かを齧《かじ》ったり噛《か》みついたりするのはいけないことだ。悪いことというわけではなく、人間たちの世界では歓迎されないことと聞いている。

別に人間におもねるつもりはないが、数だけは多い奴《やつ》らに疎まれると面倒だ。

それに――、

「……あんな人間がいるなんて、聞いてないっちゃ」

そう呟《つぶや》くマデリンの脳裏に、腰に刀を下げた青髪の男が浮かび上がる。

飄々《ひょうひょう》とした態度と笑みを絶やさない人物だったが、マデリンにはあの男が常軌を逸した怪物であると一目でわかった。あの軽薄さも、きっと擬態だ。

それは、竜人《りゅうびと》の末裔《まつえい》であるマデリンが味わってはならない負の感情だった。

竜とは常に強大で雄渾《ゆうこん》、あらゆる生き物の頂点に君臨していなくてはならない。にも拘《かかわ》らず、あんな人間一人に気圧《けお》されるなどと。

「まだ、竜が小さいせいだっちゃ」

じっと自分の手を見下ろして、マデリンは呟きに悔しさを滲《にじ》ませた。

竜人本来の力を発揮すれば、たかだか人間一人を恐れる必要なんてない。しかし、マデリンはまだ幼く、竜人として未熟だ。そのせいで、種族の名誉を汚した。

この屈辱を晴らすためにも、いずれはあの刀使いと向き合わなくては――、

「――ははぁ、なるほど。確かに一目でそれとわかる姿。背中に翼まで生やしておいでとは、これは当方も感心した次第」

「きゃうっ」

考え事をしながら、砦の壊れた壁に寄りかかるマデリンが肩を跳ねさせる。その表情が険しくなるのは、後ろから声をかけてきた相手に不愉快な声を上げさせられたからだ。

不躾《ぶしつけ》に翼のことにも触れられ、マデリンは自分よりかなり背の高い男を睨《にら》みつける。

「ずけずけと、竜の翼の品評か？　人間風情が図に乗るな」

「これはこれは、大変な失礼をしました次第、謝罪させていただきます。いささか、当方の下世話な好奇心が首をもたげてしまったようで」

会釈するように一礼し、マデリンに答えたのは真っ白な印象の際立つ男だった。

むしろ、白いところしかないというべき異様な風体だ。髪も白なら顔も白、服も靴も全部が白く、まるで自分の『色』をわざと捨てているみたいな風貌《ふうぼう》。

金ぴかの鎧《よろい》を着た男には一目でわかると言われたが、なるほど、確かに一目でわかる外見だ。間違いなく彼こそが、マデリンが砦《とりで》で合流すべき待ち人だろう。

「――――」

瞳孔を細め、その男の平然とした態度にマデリンは苛立《いらだ》ちを覚える。

またしても、マデリン相手に揺るがぬ胆力の持ち主だ。あの煌《きら》めく石の城の女主人も、砦で出会った黄金の鎧の男、森臭い男や裸の女といった面々も同じだった。

あの異常な刀使いの男を抜きにしても、面白くない相手がごまんといる。

それを勇者と称《たた》える竜もいるだろう。しかし、マデリンはそこまで老成していない。竜は畏怖され、敬われるべきものと信じている。

故に――、

「お前、そこにしゃがめ」

「……しゃがめ、とは奇妙なことを。何故《なぜ》、当方がそのようなことを？」

「いいからしゃがめ。竜の言うことが聞けないか」

土が剥《む》き出《だ》しの地面を指差し、マデリンは強硬にそう命令する。

その命令に男は一瞬逡巡《しゅんじゅん》し、それから素直にその場に片膝をついてしゃがみ込んだ。

そうしてようやく見下ろせるようになる相手に、マデリンは腕を組んでふんぞり返る。

「竜に上から物を言うな。お前も他の奴《やつ》らも、竜の偉大さがわかっていない」

「――。ちなみに、他の方々と仰《おっしゃ》るのは？」

「この砦にいた奴らだ。金ぴか鎧の男や、裸の女。あとはあの刀使い」

「何とも目に浮かぶ顔ぶれですが、当方が彼らの尻拭いをさせられるのは、それこそ星の巡りを恨みたくなる次第ですなぁ。――もっとも」

「――？」

そこで言葉を切り、先をもったいぶった男にマデリンが眉《まゆ》を寄せる。すると、男は跪《ひざまず》いたままマデリンを見上げ、その白い顔の中、唯一色を持った黄色の瞳《ひとみ》を揺らし、

「どういうわけか、尻拭いをして回るのが当方の仕事のようでして。そちらのお怒りに関しても、あるいは当方が応じるべきかと愚考する次第なのですよ」

「――」

そう、真《ま》っ直《す》ぐにマデリンの瞳を覗《のぞ》き込《こ》む男、その心がまるで跪いていないのがわかり、マデリンは物理的に見下ろすことが無意味であることを悟った。

竜と違い、人間は嘘《うそ》つきだ。――心からの臣従なくとも、平気で相手に跪ける。

「……もういい。立て」

「ほう、もう気はお済みになられましたか」

「しゃがませても意味がないとわかった。竜の偉大さはこれから教える」

「そうしていただけると、実にありがたく存じますなぁ。おっと、申し遅れました」

マデリンの許しを得て、その場に立ち上がる男が膝を払い、改めて一礼する。その仕草さえも鼻につくが、礼儀を払う態度に噛《か》みつくのは矜持《きょうじ》が拒んだ。

怪しげに笑み、男がマデリンを見下ろしながら名乗る。

「当方、チシャ・ゴールドと申します。聡明《そうめい》かつ傲岸不遜な皇帝閣下の命を受け、こうして遠方まで直接赴きました次第。何卒《なにとぞ》、よろしくお願いいたします」

「わかった。竜は名乗らない」

「知らない間柄なら困りますが、お聞きしておりますよ、マデリン殿。――さて、それではどこから始めるといたしましょうか。あまり時間は残されていないご様子」

きょろきょろと辺りを見回し、白い男――チシャが白々しくそう聞いてくる。

その言葉にマデリンは鼻を鳴らし、その鳴らした自分の鼻を指差した。わざわざ戦場から遠ざけられ、マデリンが残った理由がそこにある。

故に――、

「この竜の鼻を役立てろ。お前たちとは出来《でき》が違うと、それを教えてやる」

鋭い牙を見せながら、マデリンは竜人《りゅうびと》の矜持に従い、そう断言した。

17

『砦《とりで》の兵を根絶やしにするまでやめぬとのことだ。セシルスめには血で贖《あがな》えと返答するよう伝えたが、貴様はすべきことはわかっていよう』

と、そう現地へ飛ぶよう命じられたのは信頼の証《あかし》というべきか。あるいは逆らえない権力者からの不当な圧力だと嘆くべきなのか、判断に困る。

この件を誰かに相談しようにも、相談できる上役のいない地位に上り詰めてしまった。

望んだわけではない立場だけに、何とも息苦しい心地である。

ともあれ、与《あずか》った地位には責任がある。必要な仕事は果たさなければならない。

少なくとも、それがチシャ・ゴールドという人間の職業倫理というものだった。

「とはいえ、いささか体裁の悪い状況ではありますなぁ」

「――？　竜に何か言ったか？」

「いえ、独《ひと》り言《ご》ちただけです次第。当方のことはお気になさらず」

細い肩をすくめ、そう答えるチシャにマデリンは「そうか」と素っ気ない。それから彼女は地べたに手をついて、スンスンと鼻を鳴らして匂いの追跡を再開した。

その仕事熱心な姿勢は、多くの『九神将』に見習わせたいものだ。だが、純粋に外からの見え方は最悪の一言だろうとチシャは思う。なにせ、見た目の幼いマデリンに地べたを嗅がせ、這《は》い回《まわ》る少女の後ろをチシャがついて回る形なのだ。

竜人《りゅうびと》は自尊心が強く、誇りを汚したものに対して容赦しない。そんな風聞に違《たが》わぬ初対面の印象だったが、ここへきて一気に話が変わった。角や翼を物珍しげに見られるのも機嫌を損ねるマデリンは、しかし、地べたを這い回る姿を見られても特に矜持《きょうじ》は傷付かないらしい。

そのあたり、竜人と人間との感性の違いと言えるだろう。おかげでこの捜索活動も、チシャが外聞の悪さに目をつむれば、つつがなく進行していると言える。

「グルービーがいれば、その外聞の悪さも忘れられたのでしょうが……閣下も、どこまでもお人が悪い。まさかこのために遠征を意図したとは思いませんが」

『九神将』の一人であり、鬣犬人《はいえなびと》のグルービー・ガムレットの嗅覚は、同じ獣人系の亜人の中でも抜きん出ている。彼の鼻にかかれば、帝国の端から端へ逃げても追いつかれるだろうと、そんな笑えない笑い話が流布しているほどだ。

そしてそれが存外、冗談の類《たぐい》で済まないとチシャは知っている。

「当方と閣下の入れ替わりにも、十割を投じなければ見抜かれる次第ですし」

有事の際、ヴィンセントの影武者を務める立場にあるチシャからすれば、グルービーの嗅覚は入れ替わりを果たす上での決定的な指標となり得る。

さすが、チシャやセシルスといった最初から手駒としていた人材以外で、一番最初にヴィンセントが『九神将』に加えると指名した人材なだけある。

そのグルービーの代役が務まるのか、チシャはマデリンの能力にやや懐疑的だ。単に竜人という希少性だけでは、『九神将』の役割は務まらないのだと。

――現在、チシャとマデリンの二人が追跡しているのは、ヨルナ・ミシグレの襲撃に遭い、壊滅状態に陥った砦《とりで》の生き残りだ。

ただし、探しているのは砦の壊滅を報告した局外者ではなく、真に惨状から逃げ延びたと考えられる行方不明の十余名――地獄からの生還者たちだった。

「砦は全滅、三百からいた兵たちは鏖殺《おうさつ》されたとの報告。しかし」

軍事用語における『全滅』と、一般的な意味での全滅との間には認識の差が存在する。

軍隊において『全滅』とは、それ以上の戦闘行為の続行が困難な状態を呼ぶのだ。その定義は各国で異なるが、ヴォラキア帝国では百人のうち、九十人も死ねば全滅と言える。

つまり――、

「十人は生き残っている。お前と、地上で一番偉い男はそう考えている」

鼻を鳴らし、匂いを辿《たど》るマデリンがチシャの考えの最後を引き取る。その彼女の言葉にチシャは「そうですなぁ」と顎《あご》に指を添え、

「砦の惨状と、相手がヨルナ一将だったことを考えると、もっと少なくなると見込んではおりますが、誰かしらは残っているだろうと。それに……」

「それに？」

「ヨルナ一将はあれで意外と、最後の一手を緩める癖がありましょう。何しろ、マデリン

殿に言伝《ことづて》を託して追い返したぐらいですからなぁ」

「べ、別に追い返されたわけじゃないっちゃ！」

「ちゃ？」

泡を食った様子のマデリン、彼女の口調の変化にチシャは首を傾《かし》げる。が、マデリンはすぐに表情を取り繕うと、口の中の鋭い牙を見せつけて、

「余計な詮索をするんじゃないっちゃ。……するんじゃない。竜の鱗《うろこ》の裏を覗《のぞ》くような真《ま》似《ね》、自分の寿命を縮めるだけだぞ」

「それはそれは、ご忠告胸に留めておくとしましょう。……その忠告の意味を重々承知しておりますが、少々お尋ねしても？」

「――――」

プイッと前に向き直り、四《よ》つん這《ば》いの捜索を再開するマデリン。申し出を言葉で拒否されなかったのをいいことに、チシャは「さて」と思案する。

ベルステッツにより、『九神将』へと推されたマデリン・エッシャルト。竜人《りゅうびと》である特異性と合わせ、彼女がベルステッツと交流した経緯は不明だ。

そもそも――、

「マデリン殿は、どういった経緯でこのたびの御役目《おやくめ》をお引き受けに？」

「……老いぼれの頼みを聞いた。その頼みを引き受ければ、竜の味方になると」

「味方、ですか。ベルステッツ宰相が？」

「そんな名前だったか？　地上で二番目に偉い男なら、そうだ」

皇帝を地上で一番偉い男と称しているなら、帝国宰相を二番目に偉い男とするのは、少なくともヴォラキア帝国の中では間違った考えとは言えまい。

軍務においては宰相と比肩する権力のある『九神将』も、『壱《いち》』の座にあるのがセシルスでは権勢を腐らせているようなものだ。

まして、セシルスを帝国で二番目に偉い人物などとは誰も思っていない。

『ええ？　僕が偉い？　やめてくださいよ、チシャ。偉いとか偉くないとかそんな肩書きに僕が拘《こだわ》ると思います？　一将なんて立場も、強いと勝手にもらえちゃうからもらってるだけで、そもそも偉い人って主役向きじゃないですよ。むしろ斬られ役っぽい！』

と、本人の答えが明瞭に頭の中に思い描けてしまった。

さすがに十年来の付き合いになると、必要以上の再現度だったと辟易《へきえき》とする。

「でも、老いぼれの言ってた通りだ」

そんなチシャの心中を余所《よそ》に、不意にマデリンがそう呟《つぶや》いた。

その呟きにチシャが眉《まゆ》を上げると、マデリンは前を向いたままで鼻を鳴らし、

「竜の血は希少だ。地上で出会うものたちは、竜を物珍しく見るだろうと。あれこれ知ろうと聞いてくるが、腹を立てて頭を齧《かじ》るなと言われている」

「なるほど。当方も、頭を齧られるのは御免被りたいところ」

「お前も、まだ竜に聞きたいことがあるのか？」

「ふむ、そうですなぁ」

ベルステツの入れ知恵と、彼からの忠告があったことを明かした以上、これ以上の質疑に応じるつもりはないと、マデリンはチシャに線引きを求めている。

チシャとしても、特にヴィンセントから彼女を探れと命じられたわけではない。

故に、ここで質問の機会を手放しても一向に構わないのだ。

しかし――、

「ええ、お聞きしたいことはまだあります。当方、これで存外心配性なもので、小さな心臓を安らかにさせるため、知識はあればあるだけいいと考える次第」

「小賢《こざか》しいことを言う。くだらない質問に、竜を煩わせるな」

「それはもちろん。――あなたの出身、受けた教育、家族構成、信念、愛読書、戦い方、竜人《りゅうびと》の生態、竜人の里、好むもの、嫌うもの、正義、嫌悪、一日の食事回数、睡眠時間、好きな食べ物、利き腕、利き目、昼型か夜型か、他にも色々多数」

「――――」

「しかし、その中であえて一番聞きたいことを選ぶなら……」

つらつらと知りたい情報を並べるチシャに、足を止めたマデリンが異常者を見る目を向けてくる。それもかなり心外だが、当然の反応とも思いつつ、続ける。

凝然と、金色の瞳《ひとみ》に嫌悪を浮かべたマデリンに向けて――、

「――あなたの御名前《おなまえ》は、どなたが付けたものでしょう」

「……え？」

「御名前です。マデリン・エッシャルト、あなたの御名前」

それがよほど予想外だったのか、マデリンの瞳が困惑と驚きで大きく揺れる。

見た目通り、幼い反応だ。ベルステッツは彼女に周囲を嫌わせることと、無知でいさせることを用いてボロが出るのを防ぐ構えだろう。

実際、得《え》難《がた》い情報が得られるとはチシャも思わない。

ただ——、

「滅びたと言われる竜人は、龍《りゅう》と暮らしているなんて言い伝えもあるほどでして。龍であれば言葉を解するものもいると聞きます。もしやマデリン殿の御名前も、龍からいただいたものなのではと当方、そう邪推した次第で……」

「——違うっちゃ」

「む」

「竜の名前は、竜の家族からもらったものっちゃ」

きゅっと、小さな手を自分の胸に当てて、マデリンが秘めるようにそう答えた。

その言葉の柔らかな響きと、壊れ物を扱うような繊細さにチシャは目を細め、それが嘘《うそ》ではないとすんなりと信じる。そもそも、彼女はおそらく嘘をつかない。

嘘とは弱者の武器であり、強者に対抗するための見えない爪や牙のことだ。

目に見える爪と牙を持つ強者、竜人の末裔《まつえい》である彼女が嘘をつく理由はどこにもない。

「――――」

そう考える反面、マデリンの名はともかく、エッシャルトの家名の方を当たれば、何かしらの収穫はあろうと、そう冷静に考える自分にチシャは嫌気が差す。

ただ、マデリンの思い描く『家族』というものが、彼女にとって本当にかけがえのないものであろうことは、その声音と横顔からも察することができた。

その一点に関して、人間と竜人《りゅうびと》との間に違いはないと。――否《いな》、

「――だから、竜は地上にきたっちゃ」

続けられた静かな一言は、決して余人の立ち入ることのできない冷たい熱があった。

それを聞いた上で、チシャは改めて人間も竜人も違いはないと結論する。

どんな血が流れ、どんな生き方を辿《たど》ろうと、『復讐《ふくしゅう》者』の在り方はいずれも同じだ。

――マデリンの瞳《ひとみ》に宿った拭い去れぬ憎悪が、チシャにそれをわからせたように。

「……ついたぞ」

チシャが結論したところで、四《よ》つん這《ば》いだったマデリンが体を起こす。手を叩《はた》いて土を落とす彼女が顎《あご》をしゃくるのは、木々の深い山奥へ続く山道の入口だ。

ざっくりと周りを見ても、人里から離れた利便性の低い土地だった。

「砦《とりで》で嗅いだ人間と、血の匂いが混ざってる。探してる相手はここだ」

「ふむ、なるほど。しかし、山の中とはなかなか骨が折れますなぁ。当方、あまり足腰には自信がないもので」

「そんなこと、竜は知らない。なら、諦めるのか？」

「いえいえ。ただ、荒れた土と木々、誰にも必要とされていない山のようですし……マデリン殿に中の探し人を燻《いぶ》り出していただけると、非常に助かる次第」

「――燻り出す」

探し人が山中に潜むなら、山狩りをしなくてはならないだろう。

生憎《あいにく》と、今回のチシャの任にマデリン以外の協力者はいない。過酷な労働環境を嘆きたくもなるが、人員の多くは魔都の攻略に割かれているのだから無茶《むちゃ》も言えない。

となれば、チシャもない頭を必死で働かせ、最善手を打たなくてはなるまい。

唯一の協力者であるマデリンの優れた五感で、探し人の潜伏場所を暴き出した。あとは彼女の持ち得る優位性で、探し人を森から燻り出してもらうのが手っ取り早い。

そんなチシャの要請を受け――、

「――竜のやり方は、荒っぽいぞ？」

金色の瞳を爛々《らんらん》と輝かせ、チシャに振り向いた少女の口が半月を描いた。

途端、少女の笑みに誘われるように、上空から雄大な翼の羽ばたく音が降りてくる。折り重なる複数のそれは、チシャに噂《うわさ》以上の光景をもたらす風切り音だ。

都合三十以上の群れを成した飛竜、それがマデリンの周りに降り立ってくる。

「竜の狩りは獰猛《どうもう》だ。あとで文句を言うなよ」

傍《かたわ》らに降り立った一頭の飛竜、その首を撫《な》でながらマデリンがチシャに念押しする。そんな竜人《りゅうびと》の牽制《けんせい》を受け、チシャも「ええ」と頷《うなず》いた。

それから一歩、マデリンの横へ歩み出て、森の方へと向き直る。

「砦《とりで》の兵がどこまで把握していたか定かではありませんが、ヨルナ一将から逃げ延び、森へ潜んだものたちは無関係とは言えますまい。ですから」

「――？」

そこで言葉を切り、チシャは目をつむった。そして、大きく息を吸い――、

「――山中に潜む帝国兵!! あなた方にも剣狼《けんろう》の一匹たる誇りがあるなら、この場に出てきて申し開きをされるがよろしい!!」

「――――」

ビリビリと、空気が揺すぶられるチシャの大声が、山の彼方《かなた》まで遠く轟《とどろ》く。

これは慈悲や寛容ではなく、必要な儀式だ。申し開きの機会を与えるのは、兵たちにせめてもの言い訳を、自らの名誉を守る機会を用意してやるため。

そんな機会を設けてやるべきか、チシャの中で天秤《てんびん》は片方へは傾かない。ただ、あの砦で何が起こり、何がヨルナの謀反へ繋《つな》がったのか、チシャの中には推測がある。

その推測が当たっていたとしたら、チシャは彼らに慈悲など必要ないと考えている。

「マデリン殿、一刻だけ待ちましょう。それで動きがなければ、当方、あとの始末はマデ

リン殿にお任せする次第」

自分の声が山間《やまあい》に反響するのを聞きながら、チシャは近場の木陰に腰を下ろした。そのチシャの様子を眺めながら、マデリンは静かに吐息をこぼし、

「人間はまどろっこしい。……一つだけ聞かせろ」

「何なりと」

「……一刻とは、なんだ」

眉《まゆ》を顰《ひそ》めたマデリンの疑問、降り立った飛竜たちも揃《そろ》って首を傾《かし》げている。

その、飛竜を従える少女の統率力を目の当たりにしながら、一方でベルステツの非情なまでの無知の強要に、チシャは自身の眉間を揉《も》んだ。

一刻。それをマデリンに教えるのに、それこそ一刻もかかりはしない。

そして、きっかりと一刻ののち、卑怯者《ひきょうもの》の隠れる山に飛竜の群れが襲いかかる。そこで彼らは味わうだろう。飛竜の獰猛《どうもう》さと、竜人の恐ろしさ。

——誇りを曲げたものどもに、鉄血の掟《おきて》は決して容赦しないのだということを。

18

たおやかな腕が振られ、白い指先が空を掻《か》く。

舞踊のように洗練された動きはしかし、夢か幻めいた尋常でない現象を引き起こす。

「踊りなんし」

――街路が生き物のように弾み、建物が頸木《くびき》を外れて横滑りに慌ただしく動く。

「歌いなんし」

――都市中に張り巡らされた足場が固定を失って降り注ぎ、自由落下という名の不自由から解き放たれ、空を自在に飛び回り始める。

「打ち砕きなんし」

――レンガ造りの建物が、色彩豊かなガラス細工が、果ては植えられた木々が花々が、それぞれ本来の在り方を歪《ゆが》めて、変幻自在に暴れ出す。

広く大きな往来のど真ん中、煙管《きせる》を手にひらひらと踊ったヨルナの周囲、街並みが形を変え、建物や足場が宙を舞い、木々が花々が兵士のように立ちはだかる。

「これって……」

「いやあ、相変わらず何やってるんだかわからなくて気持ち悪い！　でも、同時に目が離せなくなる総合芸術！　実にお見事です！」

不気味な光景を目の当たりにし、アラキアは少なからず驚く。が、傍《かたわ》らのセシルスのいつもの調子を見て、すぐに動揺を切り捨てた。

『極彩色《ごくさいしき》』ヨルナ・ミシグレ、彼女が侮れない実力者なのはわかっていたこと。

「それに、変な技なら、お爺《じい》もそう」

見知った相手を例に挙げ、アラキアは自分の驚きを封殺する。

そのアラキアの立ち直りを横目に、セシルスが一歩、前へ踏み出し――消えた。

「――ッ」

そして、消えたセシルスが次に現れるのはヨルナの眼前《がんぜん》、雷速で抜き放たれる刀が浮かび上がった障害の数々をすり抜け、彼女の細い首を両断せんと辿《たど》り着《つ》く。

しかし――、

「あちゃ、相変わらず首の守りが堅いですねえ」

「主さんの方こそ、相変わらずのやり口でありんす。わっちの首は取れないと、以前の触れ合いで学んだはずではありんせんか？」

「いや、前回の僕と今回の僕は違いますから。一日どころか一秒ごとに成長するのが主演役者の特権。むしろ、舞台に上がるたびに男ぶりが上がるというもの！」

「減らず口の絶えぬ殿方でありんす」

その首筋にセシルスの刃《やいば》を受け、ヨルナの首は繋《つな》がっているどころか、薄皮一枚すら斬られていない。ほんのりと、赤い筋が入ったことが斬撃《ざんげき》の成果。

以前、殺し切れなかったとセシルスは言っていた。――それは、文字通りだったのだ。

「し」

直後、ヨルナが煙管《きせる》で刀を弾《はじ》き、身を回してセシルスに肘鉄を放つ。

セシルスはそれを瞬く間に下がって躱《かわ》すが、その残影に矢の如《ごと》く追《お》い縋《すが》るのが無数のレンガ——解体される家屋の部品が、次々とセシルスへ喰《く》らいつく。

外れたそれが地面に大穴を穿《うが》つ姿は、まるで砲弾が嵐のように荒れ狂った惨状だ。そうして降り注ぐ飛来物は、レンガなど序の口に過ぎなかった。

「おっと、これはなかなか派手な展開になってきましたね！」

「せっかくの帝国最強をもてなす機会、わっちも手を抜くつもりはありんせん」

頭上を仰いだセシルスへと、都市に張り巡らされた無数の足場が降ってくる。

一つ一つが数トンに迫ろうという大質量、それがセシルス一人を押し潰すため、都市の形が変わることも厭《いと》わずに落ちてくる落ちてくる落ちてくる——。

「たたたたたたた——!!」

その降り注ぐ巨大な攻撃を、セシルスは慎重さではなく、大胆な加速で回避する。

足場が着弾するたびに地面が揺れ、乱れる足場を踏みつけて雷光が駆け抜けた。そうしてセシルスが命懸けの徒競走へ挑む間——、

「わたしもいる」

手にした枝を振るい、アラキアは取り込んだ微精霊の最期の熱を体内に感じる。

『精霊喰《ぐ》らい』の能力は、取り込んだ精霊の命を燃やし尽くして発揮される。ヨルナとの

戦いに備えて取り込んだ微精霊、その最期の煌《きら》めきをここに解き放つ。

難攻不落と謳《うた》われる魔都、その地を女主人ごと一挙に攻略するために。

――刹那、アラキアを中心に、数百メートルを呑《の》み込《こ》む炎が溢《あふ》れ出《だ》した。

「――これは」

溢れ返る炎の熱量と広がる勢いに身を焼かれ、ヨルナが驚きに眉《まゆ》を上げる。

通常、火炎とは徐々に燃え広がり、その延焼範囲を拡大していくものだが、アラキアの炎はそうしたまどろっこしい燃え方をしない。

火の微精霊を取り込み、蓄えたその力を用いて、大気中の感知できる範囲にいる微精霊を諸共《もろとも》に発火させ、一気に焼き尽くす手法だ。

迅速な炎の拡大と甚大な火力、そしてアラキア自身が炎と化し、敵を狙う。

これが、アラキアが火の微精霊を取り込んだ場合の戦い方――。

「ただの娘と侮る気はありんせんしたが……」

「いっぱい焼くの、得意」

轟々《ごうごう》と燃え広がる炎の中、赤々と照らされるヨルナの瞳《ひとみ》に警戒が宿る。その眼差《まなざ》しを浴びながら、アラキアはこの爆炎に手応えを感じていない。

街も物も、あらゆるものが燃える中、ヨルナに炎の灼熱《しゃくねつ》が届かない。

セシルスの刃《やいば》がその首を落とせず、白い肌に弾かれたように、炎もまた――。

「アーニャ！　ちょっと！　僕もこんがり焼けそうですよ!?」

「……もののついで」

「ああもう話が通じない！　やんなっちゃうなぁ！」

同じ炎に巻かれながら、走るセシルスの刃《やいば》が唸《うな》り、正面の建物を一息に両断。その断面へと飛び乗り、駆け上がり、地を焼く炎を逃れて都市の上空へ至る。

そのまま降り注ぐ足場や建材の嵐の只中《ただなか》へ飛び込み、斬撃《ざんげき》が稲妻の如《ごと》く迸《ほとばし》った。

――刹那、あらゆる物体が切り刻まれ、無力化される。

その間、炎と化したアラキアもヨルナへ迫り、大火力の蹴《け》りを叩《たた》き込《こ》んだ。

「――っ」

弧を描く炎はアラキアの足の長さを拡張し、都市を舐《な》めるように薙《な》ぎ払《はら》う。掠《かす》めた建物も街路樹も、途上のものを焼きながら迫る燃える蹴りが、魔都を地獄へ変えていく。

　しかし――、

「誰もいない？」

焼き払われた魔都の情景に、アラキアは一人の犠牲者もいないことを感じ取った。

周囲の微精霊たちも、それらしい命の増減を感知していない。辺り一帯、本当にヨルナ以外の誰も、アラキアたちの射程範囲にいないのだ。

それはすなわち、都市の住人が全幅の信頼をヨルナに預け、彼女が正面からやってくるだろう敵を一人で防衛できると、そう信じた証《あかし》に他ならない。

「方々が正面からくるのはわかっておりんした。なら、子らには都市の裏を任せるのが筋であリんす。――『九神将』の一人や二人、わっち一人で押さえられんしょう」

「すごい自信」

「わっちの意地にござりんす。主さんの目は、揺らいでおりんすね」

炎の幕を破り、突き出される厚底の踵《かかと》が実体のないアラキアの胸を貫き穿《うが》つ。はためくキモノの裾が炎を斜めに断ち、返す一撃がアラキアを縦に両断した。

無論、炎と同化したアラキアに物理的な攻撃は通用しない。炎に剣を突き込んでも、決して炎を殺すことはできない。だが――、

「わたしが、揺らぐ？」

「それだけ強ければ、やりたいことをやるのがヴォラキア流……それが主さん、楽しんでいるようには見えんせん。それどころか」

「――」

「自分がどうしてここにいるのか、迷っておいでのようでありんす」

ヨルナの踏み込みが道を割り、突き上げられる掌《てのひら》がアラキアの顔面を消し飛ばした。散った炎が集まり、掻《か》き消された頭部もすぐに元通りになる。

しかし、拳以上に言葉の方が、ちくちくとアラキアの胸には痛みを与えた。

まるで見透かすようなヨルナの物言いに、アラキアの心の方が揺らぎを覚えて――、

「やめてくださいよ、ヨルナさん。アーニャはすぐに心がもにゃるんですから」

そこへ、セシルスの声が割って入り、滑り込む彼のゾーリの靴裏がヨルナの胸下にそっ

と宛《あて》がわれる。そのまま、セシルスが「よ」と膝に力を込めると、ヨルナの長身があっさりと押し上げられ、猛然と空へ蹴《け》り上げられた。

そして、それを追って跳躍するセシルスの無双の斬撃《ざんげき》がヨルナへ殺到する。

容赦のない剣撃、それをヨルナは全身の急所に浴びながら、

「学びのない殿方でありんすね」

「うわ、これでもダメなんだ！　てっきり『地霊の加護』とかで地面から離せば通るかなって思ってたんですが」

「——。案外、学ぶ意思はあるご様子で驚きんした」

「当然、勝機を探りながら詰めていくのも醍醐味《だいごみ》ですよ。何も考えないで戦うなんて、そんなアーニャじゃあるまいし」

セシルスの雷速の斬撃が唸《うな》り、ヨルナはそれを止められずに胸に受ける。しかし、彼女の豊満な胸は刀の切れ味を拒絶し、返す一撃をセシルスに鞘《さや》で防がせた。

振るわれる裏拳を受けた鞘が軋《きし》み、セシルスの体が猛然と赤い空を滑空する。

「セシルス！」

飛んでいくセシルスを目で追い、アラキアは即座にヨルナに振り返る。が、そのアラキアの首が伸びてくる腕に掴《つか》まれた。宙を蹴り、戻ったヨルナだ。

彼女はその白い指で、アラキアの細い喉を、実体のないはずの喉を掴んでいた。

「あく……」

「揺らぎ故、でありんしょう。像がぼやけて、実体が掴めるようになりんした。——主さんは、何のために戦いんすか?」

「——」

「わっちは愛のため、でありんす。主さんは何を理由に、都市を焼くでありんす?」

抱えているものが強さに直結するなら、ヨルナの強さの裏付けはそれだ。

そう問われている気がして、アラキアは口をパクパクとさせながら、その瞼《まぶた》の裏に遠い日の幻影——自分の、最も大事な存在のことを思い浮かべる。

いつだって、どこでだって、アラキアの中核にいる存在は変わらない。——しかし、ならばアラキアがこうして都市を焼くことも、彼女のためと言えるのか。

「——だから、アーニャに考え事させないでくださいよ、ヨルナさん」

一閃《いっせん》、目の前を横切った斬撃が、アラキアの首を掴んだヨルナの腕を薙《な》いだ。

首と同じで、腕が斬られることはない。が、鈍い音がヨルナの腕に痛打を入れ、握力が緩んだ隙にアラキアの体がさらわれる。腰を抱かれ、後ろに下がったアラキアが見れば、自分を救ったのは憎らしいほど涼しい顔をしたセシルスだ。

まだ炎と同化しているアラキアを抱くということは、その腕に炎を抱くのと同じことだというのに、涼しい顔を崩さないままで。

「——。わっちにとって、一番理解できないのが主さんのような殿方でありんす」

「えー、僕そんなにわかりにくいですかね? 閣下やチシャには扱いにくくて扱いやすいと思われてると自負してるんですが」

「腕を焼かれて、痛みはありんせんか？」

肉の焼ける音と香り、キモノ越しの腕を焼かれながら、しかしセシルスの微笑は揺るがない。ヨルナの問いかけにも、彼は「ん〜」とひょうげて見せながら、

「ここで痛みに慌てふためくより、ふてぶてしく笑う方がカッコいいでしょう？」

「――――」

皮と肉が焼けて、骨まで熱が届くような香りを漂わせながら、セシルスは恥じることも怖《お》じることもなく、自らの哲学に従ってそう主張した。

そうして笑みを湛《たた》えたまま、彼は腕の中のアラキアの頭をそっと撫《な》でて、

「それと、アーニャに余計なことを吹き込むのはご遠慮願います。戦う理由とか意義とかそういうものを重要視する方々を否定しませんが……」

「強者にそんなものは不要と、そう考える性質《たち》でござりんしたか？」

「いえいえ、僕の強さと他の強さは別物ですから。アーニャにそうしたことを考えさせたくないのは考え事をしてるときのアーニャが残念なくらい弱いからです」

「――ッ」

身も蓋もない言い方をされて、アラキアはとっさに反論しようとした。

が、声が出ない。その理由はおそらく、ヨルナと都市の住人たちとの関係――たった一人で前線を支えるヨルナと、彼女を信頼し、手の届かぬところを守らんと一丸となった住

人たち。その強固な関係性を、羨ましいと思ったからだ。

かつて、自分と主《あるじ》との間にあった信頼関係、それを思わなかったと言えば嘘《うそ》になる。

しかし――、

「アーニャ、考え事するなとは言いませんよ。でも時と場合ってものがあります。自分を主役と端役、どっちにするかはアーニャ次第なんですから」

「……意味、わからない」

「今はただ、一振りの刀であれですよ。それとも、アーニャの心のご主人様はここでアーニャが斃《たお》れることをお望みでした？」

「――――」

ぷすぷすと腕の焼ける音を立てながら、セシルスがにやけ面でそう聞いてくる。

その顔が気に入らなくて、焼けた腕を本気で焦がしてやろうかと思うが、やめた。とても癪《しゃく》な話だが、アラキアの真の主人はそんなことを望まない。

それに、それをしてセシルスに「やると思った！」と笑われるのも御免だ。

「アーニャ、取り込んでいる微精霊は？」

「……百二十四」

「よろしい。なら百二十四回、ヨルナさんを殺してきなさい。――それが僕たち、九神将の上から二人に求められる存在理由ですよ」

端的な戦う理由を提示して、セシルスは自分の刀を鞘《さや》に納めた。そのまま彼は「よ」とアラキアの体を起こすと、焼けた袖に腕を入れ、後ろで見守る体勢に入る。

そのセシルスの一連の動きを見て、ヨルナは煙管《きせる》を口にくわえると、

「てっきり、殺すだけがお上手な殿方と思っておりんしたが……」

「はい？」

「刀を使わず、活《い》き返らせることもお得意とは驚きんした」

紫煙をこぼしながら、そう目を細めるヨルナにセシルスは眉《まゆ》を上げた。それから、帝国最強の男は「ははは」と腰を反らして笑い、

「所詮、僕は一介の剣客。人を蘇《よみがえ》らせるなんて芸当できやしません。アーニャが息を吹き返したなら、それはひとえに付き合いの長さ故でしょう。それと……」

「それと？」

「本気のアーニャは結構強いですよ。僕も、たまにヒヤッとしますから！」

一切の悪意のない顔で、そうのたまうセシルスが憎たらしい。腕ではなく、顔を焦がしてやればよかったと思うぐらいに。

でも、それはやらない。やらない上で、言うことがあるとすれば——、

「セシルス」

「はいはい」

「——死んで」

「素直にありがとうって言えないんだから」

やっぱり、死んでほしいと思いながら、アラキアの全身が眩《まばゆ》く発光する。

後先を考えない、取り込んだ微精霊の全部を体内で活性化させる荒業――それを目の当たりにして、ヨルナがゆるゆると首を横に振り、

「主さんも、愛のために戦うでありんすね」

「……たぶん、全然違うっ」

ちらと、セシルスの方を見ながら言われたから、アラキアはそう吠《ほ》えて突っ込んだ。

次の瞬間、魔都カオスフレームの攻防で、最大級の破壊と光が戦場を覆い尽くした。

そして――、

19

繰り出される前蹴《まえげ》りを喰《く》らい、吹っ飛ぶ体が壁にぶち当たった。そのまま苦鳴と共に倒れ込む男の頭を、振り下ろされる靴裏が床に叩《たた》き付《つ》ける。

床板に前歯《は》を剥がされ、血を吐く男の絶叫を聞きながら、それをやってのけた眼帯の男は首を傾け、「歯応えがねえ」と吐き捨てた。

場所は帝国兵の兵舎の一室、やり合ったのは両名共に赤い拵《こしら》えが基本の帝国兵だ。

とはいえ、一方的な展開だった。奇襲や不意打ちの類《たぐい》ではない。お互いに武器を持ち、同時に斬り合いを始めての圧倒。剣力の差は火を見るより明らかだった。

およそ、兵卒や上等兵の中で敵なし。――それが、ジャマルという男の実力だ。

「これでもう少し頭がよければ、『将』への昇格もとんとん拍子だろうに」

「うるせえぞ、トッド！　ここは素直にオレの実力を褒めろ」

「実力は褒めただろうに。お前さんの剣の腕は誰も疑っちゃいないさ。さて」

不満げなだみ声に肩をすくめ、ジャマルに呼ばれたトッドが前に進み出る。その場にしゃがみ、覗《のぞ》き込《こ》むのはジャマルに頭を踏まれて動けない哀れな男だ。

もっとも、実際にこの男が哀れかどうか、それはこのあとの受け答え次第と言える。

「お、お前ら……同じ正規兵同士で、こんな真似《まね》……」

「おいおい、先に抜いたのはお前さんの方だろ？　俺の見てた限《かぎ》り、ジャマルは反撃しただけだ。それでボロボロにされたお前さんには同情するが……よっぽど、俺たちの質問が都合が悪かったって、そう考えてもいいのかな」

「――っ」

「おう、逃げようとすんな。ふざけてると、オレとお揃《そろ》いにしちまうぞ？」

顔を青ざめさせる男を見下ろし、ジャマルが自分の右目の眼帯を指で叩《たた》いた。見え見えの恫喝《どうかつ》だが、効果は覿面《てきめん》だ。実際、ジャマルならやりかねないと思ったのだろう。

男の気勢が見る見るうちに萎《しぼ》んで、トッドは「助かる」と頷《うなず》いた。

「じゃあ、さっきの質問の続きだ。――お前さんは、ヨルナ一将が滅ぼしたって砦《とりで》の生き残りだろ？　なんで、ヨルナ一将はそんな真似をしたんだ？」

「い、イカれてるからだ！　噂《うわさ》は知ってるだろ！　あの女は前にも……ぎぁ！」

「一将だぜ、敬意を払えよ。ここが酒場で、オレらは気心の知れた友達か？」

ジャマルの手の中で長剣が踊り、耳の一部を削《そ》がれた男が悲鳴を上げる。下卑た発言はジャマルもお手の物だが、これで存外、上下関係にうるさいのが妙な性質《たち》だ。

おかげで、男はより一層発言に慎重になるだろう。

「イカれてるから、ってのは確かにわかる。ただ、これは俺の持論なんだが、どんなにイカれて見える奴《やつ》にも、そいつなりの筋ってもんがある。傍目《はため》には意味がわからなく見える行動も、そいつの中では筋が通ってるんだ。わかるか？」

「あ、あ……」

「つまり、今回のヨルナ一将の暴挙にも、一将なりの筋が通った理由があると推測するわけだ。で、砦《とりで》の兵をことごとく皆殺しとなると、俺は怨恨の線を疑う」

ただの鏖殺《おうさつ》ではなく、徹底的な鏖殺となると動機はより根深いものだ。

調べ始めて知ったが、どうやらヨルナは砦から逃げた兵の身柄も要求しているらしい。皇帝がそれを突っぱね、結果的に魔都での武力衝突に発展したようだが。

しかし――、

「そ、そんなこと、知って、どうなる……」

「ああ？　そんなのてめえが気にすることじゃ……」

「まぁ、待てよ、ジャマル。別に話してやったって構やしないさ。――場合によっちゃ、俺はこの戦争、止められると思うんだよ」

胸の前で手を合わせ、ジャマルを押しとどめたトッドが男に笑みを向ける。

胸と耳、痛みと戦う男が喘《あえ》ぎながら、縋《すが》るような目でトッドを見上げた。

「発端が怨恨だとしたら、謝り方も変わるもんだ。何に対して謝ってるのかわからない謝罪ほど、相手の神経を逆撫《さかな》でするもんはない。それにお前さんだけでも助かる方法を、俺たちなら提示してやれるかもしれないしな」

「ど、どう、いう……？」

「難しいことじゃない。事情がわかれば、俺たちの方で上官やらに報告する。そこから内紛の仲裁に動く間、お前さんが行方をくらますのを見逃すって話さ」

トッドの提案に息を呑《の》み、男が探るような眼《め》を向けてくる。が、疑心暗鬼になっているところ悪いが、トッドには言葉以上の企《たくら》みなんて特にない。

究極、この男の生死や進退に興味はないのだ。トッドの興味は目下、ヨルナ・ミシグレの始めた謀反の原因と、それを止める手段と情報の確保。

もっと言えば、その情報を使って功績を挙げ、評価を得ることにある。

そのために、わざわざ危ない橋を渡って砦の生き残りを探し出し、兵舎を人払いして直接話せる状況を作ったのだ。役立ってもらわなくては困る。

「……初めは、ただの退屈しのぎだったんだ」

そのトッドの誠意が伝わったのか、男が観念したようにぽつぽつと語り始める。

それは此度《こたび》の騒動の発端、ヨルナが砦《とりで》の兵の鏖殺《おうさつ》に至った原因であり、生き残りも含めて全ての関係者の首を求める理由だった。

その内容を聞いて、トッドはおおよそ想像通りのことだったと納得する。

やはり、ヨルナ・ミシグレの暴挙の原因は怨恨であり、義憤だった。

「こ、これで全部だ。どうだ、納得したか？」

途中から語気が荒くなり、熱のこもった口調で話し終えた男がトッドに問いかける。その男の眼差《まなざ》しに、トッドは自分の顎《あご》を撫《な》でながら「ああ」と頷《うなず》いた。

「ああ、納得したよ。そういう事情だって話せば、上官にも耳を貸してもらえそうだ」

「だったら……！」

「ただ、ちょっと間が悪かったな、お前さん」

付け加えられたトッドの一言に、男の目が唖然《あぜん》と見開かれる。

トッドの言葉の意味がわからなかったのだろう。その察しの悪さだから、男は自分の命で対価を支払う羽目になる。もっと早く気付くべきだった。

トッドの傍《かたわ》らで、同じ話を聞くジャマルが心底軽蔑した目を男に向けたことに。

「こうなるかもと思ってたってのに、失敗失敗」

肩をすくめて立ち上がるトッド、その足下を切断された男の頭部が転がる。何のことはない。ジャマルが刃《やいば》を振るい、一息に男の首を刎《は》ねたのだ。

「ゲス野郎が。誇りある帝国兵の風上にも置けねえ」

「お前さんの自己評価がどうなってるんだか、俺にはちっともわからんよ」

そのまま首をひねり、トッドはぐっと背伸びをした。

文字通り、運のない男だった。ジャマルの足下で失言をしたのもそうなら、そもそも居所をトッドたちに捕捉されたこともそうだ。

他にも居所を特定している逃亡兵がいるが、一番誘《おび》き出《だ》しやすい立場だったことも。

もっとも――、

「あとの二人も、運がいいとは言い切れんがね」

「ああ、八つ裂きにしてやるぜ」

「待て待て、お前さんの憂さ晴らしに殺すのはやめろ。ちゃんと上官に突き出して、俺たちの手柄になってもらうんだから」

その指摘に、ジャマルが気に入らないと顔全体で主張してくる。そのうるさい顔面を手で押さえつけて、トッドはこの将来の義兄の向こう見ずさに嘆息した。

こうして、らしくもない危ない橋を渡ったのも、全ては手柄を立て、帝都へ戻るため。そこで待っている、愛《いと》しい女の下へ帰るために他ならないのだから。

そのためにも――、

「――扱いづらいお義兄様《にいさま》のお守りくらいこなしてやるさ。その代わり、お守りが済んだらお前の胸で、俺を優しくねぎらってもらうからな」

20

「――此度《こたび》の一件、始まりは砦《とりで》の兵が鹿人《しかびと》の娘を嬲《なぶ》り殺《ごろ》し、その亡骸《なきがら》を辱めたこと。魔都の庇護《ひご》下にある獣人を殺せば、彼《か》の都の女主人の怒りが如何《いか》ほどのものか。どうやら、全く想定の外側だったというご様子」

背筋を正し、執務室で書類仕事に追われる黒髪の美丈夫――皇帝、ヴィンセント・ヴォラキアにそう報告し、帰還したチシャは続く言葉を待った。

労をねぎらう言葉を待つのではない。実務的な、今後の現実的な指示を待つのだ。

そのチシャの前で、書類をめくる手を止めたヴィンセントが目線も上げないまま、

「それが、砦に居合わせた兵らの鏖殺《おうさつ》の原因か。――誰が口を割った」

「散り散りになった逃亡兵の三名が、合流した部隊の兵に漏らしたとか。事態を把握した上等兵が身柄を拘束し、上へ報告。一名が死亡し、二名の身柄は確保している次第」

「捕らえた二名は魔都の、ヨルナ・ミシグレの下へ送れ」

刹那の躊躇《ちゆうちよ》も見せず、逃亡兵の末路を差配したヴィンセントにチシャは黙々と従う。

今回のヨルナの反乱、その切っ掛けとなったものたちだ。せいぜい派手に惨死し、この戦いで流された血の慰めになればいいだろう。

その殺伐とした発想に、チシャは自分で自分が嫌になる。もっと、自分は温厚で物静かな性格であったはずなのに。

そんなチシャの内心の葛藤を余所《よそ》に、ヴィンセントは書類に目を走らせながら続ける。

「加えて、砦の『将』を任命したものと、その親族を全員探し出せ。沙汰は追って出す」

「そちらも承知しました。時に閣下、逃亡兵を捕らえた兵ですが……」

「褒賞はあって然《しか》るべきだろう。望みの褒美を与えてもいい」

「そう仰《おっしゃ》ると思い、直接聞いておきました。もちろん、この顔ではありませんが」

その話に、ヴィンセントが初めて目線を書類からチシャの方へと上げた。

興味が引かれたなら結構と、チシャは脳裏に直接対峙《たいじ》した二人の兵を描く。粗野な雰囲気に眼帯をした男と、人好きのする印象の優男の二人組だった。

少ない情報から逃亡兵に辿《たど》り着《つ》き、彼らの惰弱が上層部に報告すべきものだと判断し、適切に動いた点は非常に評価できる。当然、相応の見返りをと思ったが——。

「——帝国民は精強たれ」

「……なに？」

「その兵の片割れが、褒賞に何が欲しいか聞いた当方に話したことですなぁ。ヴォラキア帝国の理念、自分はそれに従ったに過ぎないと」

そう言い放ったのが、野心家にすら見えた粗野な兵の方なのだから不思議だ。

兵は本気で帝国の鉄血の掟《おきて》に心酔し、それに背く行いをした弱卒を憎んでいた。彼らの血で得られる褒美など不要と、そう言い切ったほどに。

無論、隣の相棒の方はその言いように眩暈《めまい》を覚えたような顔をしていたが。

「帝国民は精強たれ、か」

ヴォラキア帝国の臣民であれば、誰もが当然のように知っている剣狼《けんろう》の理《ことわり》。

それを改めて耳にし、舌に乗せ、ヴィンセントは微《かす》かに目を細める。その細めた黒瞳の奥、深遠な皇帝閣下の思惑の全ては、チシャであろうと読み切れない。

あるいはその本質、言葉ではなく理に最も近付くのは、理屈で物を考えない、責任感や立場のしがらみと一切無縁の剣客くらいのものかもしれなかった。

ともあれ、此度《こたび》の一件の発端、その決着にはある程度の差配を終えた。他に報告すべき点があるとすればと、チシャは「そうそう」と手を打つ。

「当方が同行したマデリン・エッシャルトですが、実力と能力は申し分なく、『将』に据えるに足る器かと。ただ、従軍経験がないことと、後ろ盾がベルステツ宰相であることが難儀な点と、そう当方は懸念する次第」

「ゴズめの推したカフマ・イルルクスが辞した以上、能力と気概のあるものを脇へ置く猶予はない。たとえ、あれの息がかかっていたとてだ」

「……わざわざ、毒を呑《の》む必要もないと当方は思いますが」

「そのための貴様であり、『九神将』であり、余だ」

言いながら、再びヴィンセントの視線が机に向かい、書類をめくる手が再開する。

これ以上、話を続けるつもりがないことを態度で示され、チシャはヴィンセントの頑《かたく》なさと、まだ熱を残した灰の中に最初に手を入れる大胆さに嘆息する。

そういう人物だと、長い付き合いの中で重々承知しているが――、

「――遅くとも、あと二年だ」

「閣下」

その場を辞する前に、ヴィンセントの静かな言葉がチシャの足を止めた。しかし、ヴィンセントはチシャの呼び声には答えず、書類仕事に没頭している。

あるいはただの独り言だったのか、チシャへの問題提起だったのか。

いずれであろうと、これ以上の言葉は引き出せまい。――それがわかる自分が、わかっていて何もできない自分が、何とも憎たらしい。

いったい、何のために自分はここにいるのかと、自問自答が湧いてくる。

「……当方らしくもない。まったく、呪わしく思えてくる次第」

そんなことを述懐しながら、ヴォラキア皇帝の懐刀――否《いな》、刀は別にいる。故に自分は刀ではなく、ただの腹心と自認するチシャは執務室を離れた。

「――――」

廊下の窓から覗《のぞ》ける空は憎らしいほどに青く、その雄大な目の下で日々どれだけの命が潰《つい》えているかなど、まるで気にかけていないようで。

「まったく……」

――それが剣狼の一匹として、ひどく呪わしく思えてならなかった。

21

「あ！　アーニャ、また卵焼き片面しか焼いてない！」

「……両面焼きたいなら自分でやって」

掘っ立て小屋の中、テーブルの上の食事に文句を付けたセシルスをアラキアが睨《にら》む。

粗末なテーブルに並んだ食事は二人分で、それぞれ色違いの食器に配膳されている。お互いのものを区別するため、食器棚には色違いの食器がいくつも並んでいた。

まかり間違って、セシルスの食器を使うようなことは絶対に御免だった。とはいえ、セシルスは皿洗いもしないため、完全に触らないということもできない。

ましてや、今日は接触を最低限にとどめるというのも難しかった。

何故《なぜ》なら――、

「あー」

「――――」

「アーニャ、ほら、口開けてますから。あー」

そうせっつかれ、アラキアは苛立《いらだ》たしげにセシルスのフォークを掴《つか》んだ。それで彼の皿の卵焼きを突き刺し、雛鳥《ひなどり》のように餌を待つ口に文字通り突き込む。いっそ前歯をへし折る勢いだったが、セシルスは難なく卵焼きを歯で挟み取り、堪能する。

それだけ達者なら、食事の手伝いなんていらないだろうに、嫌がらせもいいところだ。

アラキアがセシルスの腕を焼いてしまったから、その傷が癒えるまでの嫌がらせ。一緒に暮らしているのだから、そのぐらいの面倒は見ろと命じられていなければ。

「はふはふ……ん、いい味してます。片面しか焼いてないことを除けばアーニャの料理の腕は大したものですよ。年単位で上達を知っている僕が保証しましょう」

「チシャならともかく、セシルスの保証……?」

「あ！　信用のない顔だ！　僕は物を見る目はあるんですよ、アーニャ。そうでなきゃ、古刀や名剣の目利きなんてできません。人を見る目もあります」

「……嘘《うそ》くさい」

吊《つ》った腕を動かせないので、セシルスは「えー」と左右に揺れて不満を表現。

それを無視し、アラキアはさっさと食事兼拷問を済ませようと、出来《でき》立てで熱々の料理を次から次へとセシルスの口へ運ぶ。そのことごとくをうまく処理され、不愉快。

そんな殺伐とした朝食のひと時が過ごせるのも――、

「しかし、今回もヨルナさんの反乱は失敗に終わりましたか。まぁ、そもそもどこまで本気でやる気だったのか閣下共々怪しいところではありましたけど」

「……死んだ、鹿人《しかびと》が原因」

「ええ、そうそう。カオスフレームは訳ありの方々が行き着く受け皿ですから遊び半分でつつけば相応の返礼があって然《しか》るべき。巣穴に手を入れたら指がなくなるなんて考えなくてもわかるでしょうに」

けらけらと笑い、セシルスがあっけらかんと今回の謀反を総評する。ただ、その話にアラキアが目を伏せると、セシルスは「おや」と眉《まゆ》を上げた。

「どうしました、アーニャ。何か気になることでも？」

「ヨルナ、強かった」

「ですねえ。いやぁ、今回もあのカラクリがわかりませんでしたよ。いよいよ首も斬れるかなと思ったんですがしくじりましたし」

「あの、おかしな力もそうだけど」

次々と形を変える都市と、壊れることを知らない圧倒的なヨルナの頑健さ。それらももちろん異常ではあったが、アラキアの心を揺さぶったのは彼女の在り方だ。

癪《しゃく》だが、戦いの最中はセシルスの言う通りに雑念を手放して戦った。しかし終わってみれば、指摘されたアラキアの揺らぎ——あの問題は解決していない。

何のために戦うのかと。そう言われ、ふとアラキアは思った。

「セシルス、なんで戦うの」

「——」

「……なに、その顔」

自分の問題に向き合おうとして、そう問いかけたアラキアにセシルスが変な顔をした。

しばらくして、それがセシルスの驚きの顔だと遅れて気付く。

その驚きの変顔のまま、セシルスは「いいえいいえ」と首を横に振ると、

「アーニャが僕の何かを知ろうなんて、そう言ってきたのが意外すぎて驚いたんです。もしかして子どもの頃から合わせて初めてじゃないですか？」

「――。聞かなくても、勝手に話すから」

「ですね。僕の食べ物の好みとか信念とか、花形役者としての心構えなんてのならいくらでも聞かせたはずですが、何のために戦うのときましたか。ははは」

「答えられない？」

「いえ、答えられますよ。――僕が、天剣を志すが故にと」

静かなセシルスの答え、そう応じる瞳《ひとみ》には静謐《せいひつ》さが宿っており、普段から人の二倍も三倍もうるさい人物である印象と一線を画する。

時折、セシルス・セグムントという男はこういう顔を見せることがある。

捉えどころのない、まさしく雷光のように実体のない、目の追いつかない性質《たち》を。

それはアラキアの終生の主人や、この国の皇帝であるヴィンセントに対しても感じることのある、常人と異なる域に立つものの特有の在り方とアラキアは感じる。

立ち位置も、見えているものも違うと、そう思い知らされる気がして。

「セシルス」

「はい？」

「死んで」

「なんでですか!?　今、質問に素直に答えてあげた恩義も何もない！」

その空気を霧散させ、やかましく騒ぐセシルスにアラキアは吐息をつく。ついてから、自分がわずかな安堵《あんど》を得ている気がして、アラキアは顔をしかめた。

アラキアが愛《いと》しく思う主人や、本質的にそれと並ぶだろう皇帝。そうしたものたちとセシルスを、同じ次元に見なくていいことへの安堵、だろうか。

それも十分、腹立たしい案件には違いなかった。

「それにしても、まだしばらくはアーニャ呼びのままで続きそうですねぇ」

「――。すぐ、撤回させる」

「そう言ってる間に、もう七年も過ぎちゃいましたけどね。はは」

気安い調子で笑い、セシルスがまた「あー」と口を開ける。その口に、アラキアは仏頂面のまま、焼き魚を骨も取らずに放り込んでやった。

その骨と身を器用に歯と舌で選《よ》り分《わ》けながら、帝国最強の剣狼《けんろう》が笑う。

――群れ成す剣狼の頂《いただき》たる存在は、はるか遠い天剣を思いながら、釣られて焼かれて食卓に並んだ魚を喰《く》らい、上機嫌に笑うのだった。

《了》

『緋色《ひいろ》連盟』

1

「——よいぞ。ならば、戦争とする」

手にした扇を高々と掲げ、鮮血のように赤い美女がそう堂々と宣言する。

彼女の周囲、その宣言を聞いたものたちは驚き、戸惑い、一部は熱狂していると反応は様々だが、一つだけ共通していることがある。

それは、反応したものたちがいずれも幼いということだった。

「——」

美女のよく通る美声を聞くのは、全員が十代の少年少女だ。

多少の年齢の散らばりはあるが、年若いことは共通している。加えて、子どもたちが戦に精通した立場ではなく、単なる街の少年少女であることも。

戦争と無縁とは言わないが、自ら戦場に立つこととは縁遠い子どもたち。そんな少年少女に『戦争』の開始を宣言し、あまつさえ背中を押そうとする暴挙。

冗談にしても悪質だと後ろ指を指されそうな所業だが、生憎《あいにく》と堂々と提案した当人に冗談を言った様子は微塵《みじん》もなく、後ろ指など指そうものなら、指した指を手首ごと落とされかねない暴君なのである。

ともあれ――、

「――戦争を始める。双方、十分に備えるがいい」

と、重ねて宣言する美女――プリシラ・バーリエルはひどく愉《たの》しげで、その暴言を撤回させる気にならないのは、残った腕の手首惜しさだけではないと、そんな様子を後ろから見守っていた鉄兜《てつかぶと》の従者は思うのだった。

2

――時は、プリシラの開戦宣言から数時間を遡る。

「プリシラ様！　大変であります！　もう僕の手には負えないであります！」

そんな甲高い子どもの叫びが、豪奢《ごうしゃ》な屋敷の全体に響き渡る。

規格外に声が大きいわけではなく、ちょうど屋敷の換気のためにあちこちの扉や窓を侍女たちが開け放っていたのが原因だ。

聞きようによっては切羽詰まった内容だが、発した声の主の見当がすぐについた侍女たちは一様に唇を綻ばせ、自分の仕事にあくせくと戻っていく。

だから、その高い声に首筋を掻《か》いて、重たい腰を上げたのは一人だけだ。

「やれやれ、今日も変わらずシュルトちゃんは元気で結構っと」

体を預けていたソファから起き上がり、億劫《おっくう》そうにそう言ったのは黒い鉄兜の男だ。

漆黒の鋼鉄で覆われた頭部と比べ、首から下の出《い》で立《た》ちの防御力は著しく低い。足下に至っては改造されたゾーリで、そのちぐはぐな印象が記憶に焼き付くこと請け合い。

もっとも、その奇抜な外見と裏腹に、彼が果たす役目の詳細を知るものは少ない。具体的に言えば、彼自身も自分の立場が何なのかイマイチ把握していない。

「姫さんにゃ道化って言われてるけど、給料出てんのかね？」

自分の主《あるじ》が、侍従に支払う給金をかなり弾んでいるのは知っている。そうしたところでケチケチする性格ではないし、あれでちゃんと侍女たちから慕われているのも、彼女が働きにきちんと報いる人物であると受け入れられているのが一因だからだ。

とはいえ、毎月の給料も口座に振り込まれるわけではないのだから、どこかでしっかりと手渡しが行われているはずだ。——ただ、自分はその覚えがなかった。

「物欲低めだし、小遣い欲しいって言ったらもらえるからあんま考えてなかったけど、もしかしてオレって今、まともな職歴も貯金もないヤバいオッサン……？」

思いがけない自己分析に気分を沈ませながら、男は迷いなく建物内の一室に向かう。

先の高い声の主の正体と、叫んでいた内容を鑑みれば目的地は一つ。そして案の定、その直感は間違いではなかった。

「頑張ってみたでありますが、みんな聞く耳を持ってくれないのであります！　このままだと、僕のせいでプリシラ様の、プリシラ様の手腕が……！」

「ふむ、妾《わらわ》の手腕が？」

「う、疑われることになるであります！　耐えられないであります……」

覗《のぞ》き込《こ》んだ部屋の中、しょんぼりと項垂《うなだ》れた小さな背中が見えた。

悔しげにミニマムな拳を握りしめ、可愛《かわい》らしく震えているのは桃色の癖毛を頂く少年であり、半ズボンがよく似合う屋敷の名物執事――シュルトだ。

その幼さ全開の姿と、ちょこまかと懸命に生きている様子を見ると、ついつい優しく構ってやりたくなる愛嬌《あいきょう》がある。屋敷の侍女たちにも例外なく愛されているのは、ただ単に年齢だけを理由にしたものではない、シュルト自身の人間性が理由だ。

ただし、侍女たちもシュルトへの愛情をそうそう表明することもできない。それは仕事の最中だからではなく、もっと別の根本的な理由。

それは――、

「いちいち仕草の愛《う》い奴《やつ》よな。その矮小《わいしょう》な身で、妾の在り方を案じるか」

そう言って紅の瞳《ひとみ》を細める屋敷の主《あるじ》、プリシラが彼を寵愛《ちょうあい》しているからだ。

煌《きら》びやかな椅子に座り、その肘掛けに頬杖《ほおづえ》をつくプリシラは膝の上に読みかけの本を置いて、健気《けなげ》なシュルトの訴えに耳を貸している。

これで意外なほど読書家であるプリシラは、自由な時間を読書に費やすことが多い。

書と触れ合う時間は彼女にとって聖域であるらしく、邪魔をしようものならその苛烈な弁舌の餌食に、悪ければ断頭台の露と消える恐れすらある爆弾である。

そんな聖域を侵すことも、シュルトに限《かぎ》っては例外なのだが。

「いや、案外、メイドさんたちもなあなあで見逃されてたりしねぇか？　そうすると、むしろ特別扱いなのは罵られるオレだけってことに」

「なんじゃ、稀《まれ》に聞く悪声がすると思えば、貴様か、アル」

「おっと、いけね」

廊下から部屋の中を覗《のぞ》く姿が見つかり、男——アルがへこへこと頭を下げる。

見つからないつもりもなかったが、時に寛容さが株価ぐらい大きく変動するのがプリシラのおっかないところだ。できるだけ、機嫌の見極めには時間をかけたかった。

幸い、プリシラはこちらの盗み聞きには触れずに顎《あご》をしゃくり、

「まさか、貴様も妾《わらわ》にこの世の終わりのような顔で報告でもあるのか？」

「それこそまさかだぜ、姫さん。シュルトちゃんみてぇにいつでも一所懸命って面、この兜《かぶと》なしでもオレがすると思うかよ」

「したところで、あの醜さでは妾の心は欠片《かけら》も動くまいよ」

「え！　プリシラ様、アル様のお顔を見たことがあるんでありますか!?」

「——」

プリシラとアルのやり取り、その中の一部にシュルトが過剰に反応した。

好奇心の赴くままに発言してしまい、シュルトはすぐに「あっ」と両手で口を押さえ、落ち着きのない自分のことをいたく反省した顔をする。

「もう、僕は本当にダメダメであります……！　綺麗《きれい》な声でしか鳴かない、虫さんみたいになりたいであります……」

「たわけ。虫など、妾の屋敷に置いておくものか。踏み潰されたくなくば、疾《と》くシュルトに羽化するがいい」

「成長するであります……！」

「慌ただしくていじらしいね、まったく」

のしのしと歩み寄り、アルは項垂《うなだ》れているシュルトの頭に後ろから手を置く。そうされて嫌がるのではなく、ちょっと嬉《うれ》しそうにするからこの幼子はあざとい。

周りの人間の好意を喰《く》らい、ぶくぶくと肥え太る未来を切に願ってしまう。

「で、今日のシュルトちゃんの嘆きは何の話よ。また姫さんの無理難題？」

「またとは何事か。そも、妾がいつシュルトに無理難題を提示した。シュルトがこうして嘆くのは、大概の場合『せるふ』であろうが」

「セルフ自縄自縛ってやつね。そりゃ確かに」

形のいい眉《まゆ》を震わせ、プリシラの可愛《かわい》い片言さにアルは苦笑する。

それからアルはシュルトに向き合い、「どったのよ」と首を傾《かし》げ、

「シュルトちゃんがぱたついてんのはいつものこったが、姫さんの手腕が疑われるってのは穏やかじゃねぇ。ちょいと聞かせてみてくれよ」

「それが、そのぅ……」

「——確か、今朝は侍女と一緒に街へやったはずであったな」

「——ドキっ！　であります！」

自分の小さな胸を押さえ、図星を突かれた反応をしたシュルト。

実際に驚いて「ドキっ」と言う人間を初めて見た感動がありつつも、アルは「街ねぇ」とぼんやり視線を窓の方へと向ける。

この場合、プリシラの言が示す『街』とは屋敷の直近にあるクルフナのことだ。

バーリエル邸に程近い場所にあるクルフナの街は、当然だがバーリエル領で最もプリシラの影響力が強い地であり、栄えている街とも言える。

正確には、プリシラが『栄えさせた』の方が適切だろう。

「ライプの爺《じい》さんが領主だった頃はかなりひどかったって話だし」

プリシラの亡夫であり、先代領主であったライプ・バーリエル男爵の専横は傍《はた》から見ていても清々《すがすが》しいくらい行き過ぎており、領民は身も心も擦り切れていた。

そこへ颯爽《さつそう》と現れ、善政を敷いて彼らを救ったのがライプの『愛妻』たるプリシラだ。

今にして思えば、あのライプの行き過ぎた傍若無人さも、後々のプリシラの人気を後押しするためにあったのだと言われたら信じてしまいそうになる。

もっとも、精神が壊れ、ほとんど寝たきり状態で死んだライプからすれば、そんな評価など耳に入れる価値もない暴論だろうが。

「シュルト、貴様、クルフナで何をした？」

「僕は……僕は、無力だったであります……！」

その細い両肩で担うには重たすぎる荷物を勝手に担っているシュルトが、プリシラの問いかけにきゅっと唇を噛《か》んでぽつぽつと答える。

それは今朝、シュルトが侍女の買い出しに同行したときの出来事だったのだが、要約したところ——、

「……つまり、姫さんのことで言い合ってる兄妹《きょうだい》のケンカの仲裁に失敗した？」

「で、あります……」

アルの要約に小さく頷《うなず》いて、シュルトが潤んだ瞳《ひとみ》で悔しがっている。

それを見下ろしながら、アルはどうしたものかと兜《かぶと》の継ぎ目を指でカチカチ鳴らした。

——シュルトの話によると、こういうことだ。

侍女とクルフナの街に向かったシュルトは、その途中で往来で言い合う少年少女と出くわした。ただの口ゲンカならシュルトも放っておいたはずだが、どうにもこの二人——兄妹だったらしいが、そのケンカの原因がプリシラのことだったのだと。

「お兄さんがプリシラ様のことを悪く言っていて、妹さんがそれに涙目で反論していたんであります。でも、言い合っている最中に妹さんが突き飛ばされて……」

「思わず割って入っちまったと。けど、シュルトちゃん見ても怯《ひる》まねぇなんて、その兄貴も大した度胸だな」

「――?」

不思議そうな顔をするシュルトだが、彼の所属は言わずもがなプリシラの従者だ。バーリエル領では有名人だし、クルフナで知らない人間だっていないだろう。そのシュルト相手にもプリシラの悪口をやめないとは、見上げた度胸の持ち主だ。

たぶん、世が世なら首を刎《は》ねられて死んでいる類《たぐい》の勇者だと思う。

「もちろん、いくら姫さんでもそんな暴挙は……」

「――クルフナにゆくぞ」

「って、待て待て待て待て！　落ち着け、姫さん！　そりゃダメだって！」

舌の根も乾かぬうちどころか、少なめの信用を言い切る前に立ち上がられ、アルが大慌てでプリシラの怒りを宥《なだ》めにかかる。

確かに、領民が領主を声高に批判するなんて馬鹿げた話だが。

「所詮、子どものしたことだろ？　その兄妹《きょうだい》だって、シュルトちゃんと大して歳《とし》が違わねえって話だ。な？」

「そうであります！　お兄さんも、僕よりちょっと上くらいであります」

「ほら！　それの首を刎ねるのはいくら何でも……」

「たわけ」

勢いよく止めにかかったアル、その喉仏にプリシラの扇の先端が当てられた。

途端、言葉を封じられ、直後にじりじりとした熱が喉仏を外から炙《あぶ》り、アルは「うぎゃあ！」と悲鳴を上げてひっくり返った。

「あぢ！　あぢゃぢゃぢゃ！　や、やりすぎじゃね!?」

「やりすぎなものがあるか。主人の意向も正しく汲《く》めぬとあっては、貴様の如《ごと》き道化を傍《そば》に置く道理も失《う》せよう。立場に胡坐《あぐら》を掻《か》くでない」

「胡坐って……」

「貴様が妾《わらわ》の傍に侍《はべ》ること、それを当然と思うな」

「ぬぐ」

炙られた喉を押さえながら、アルはプリシラの冷たく熱い視線に呻《うめ》く。

そんなアルの喉を焼いた扇を広げ、プリシラはそれで自らの口元を覆い隠すと、

「妾とて、貴様の案ずるような短慮に出るつもりはない。ただ、シュルトめが力不足と泣きついてきたのじゃ。動かねば、主《あるじ》の面目が傷付こう」

「……本音は？」

「退屈を紛《まぎ》らわすのと、妾への悪罵とやらが興味深い」

「さいですか……」

何ともプリシラらしい答えに納得し、アルはがっくりと項垂《うなだ》れる。それから、「あれ？」と周囲を見回して、

「そういや、シュルトちゃんはどこに――」

「アル様！　どうぞでありますー！」

「ごば⁉」

見当たらないシュルトを探した瞬間、真後ろから声がして振り向く。と、そのアルの顔面に正面から大量の水が浴びせられた。

見れば、息を切らしたシュルトが手にしていたのは廊下に飾られていた花瓶だ。そこから丁寧に花を抜いて、花瓶に残った水をアルに浴びせたのである。

ぽたぽたと、植物特有の味と匂いがする水を兜《かぶと》のあちこちから滴らせ、アルは「えーっと……？」と突然のシュルトの凶行に驚きつつ、

「なんで？」

「あ、アル様が熱がっていたので、すぐに冷やさなくちゃと思って……」

「なーるほど」

そのシュルトの答えにアルは頷《うなず》き、首の骨を鳴らしてプリシラを見上げ、

「ちょっと兜洗って拭いてくるから、時間もらっていい？」

と、主《あるじ》の出発を遅らせる旨を伝えたのだった。

3

「故に、妾《わらわ》がこうして直接出向いた次第である」

「――――」

腕を組んだプリシラの堂々たる宣言、それを前に硬直している相手を見て、アルは心の底から同情する。同情はしても、それ以上のことは何もできない。

止める力がなかったし、そもそも止めるつもりもなかったので。

「姫さんに意見するなんて命知らず、よっぽどじゃねぇとできねぇし」

第一、プリシラが従者とはいえアルの意見に耳を貸すことの方が稀《まれ》だ。

事実、花瓶の水で濡《ぬ》れた兜を洗い、綺麗《きれい》に乾拭《からぶ》きして戻ったアルのことを待ってくれてもいなかった。プリシラとシュルトが先に屋敷を出立したと聞いて、慌ててあとから追いかけてきたのだ。

その時点で、すでにプリシラは目的の相手の前に立っていたのだが――、

「あ、う……」

紅の視線に見据えられ、おどおどと目を彷徨《さまよ》わせるのは十三、四歳くらいの少年だ。

暗い色合いの赤毛にそばかすと、目立った特徴のない一般的な男子と言える。それが突然、領主に訪ねてこられれば萎縮だってするだろう。

それも、訪ねてきた理由が理由なのだからなおさらだ。

「太陽姫様……！　わあ、本物の太陽姫様だぁ！」

そうして青い顔をする少年の傍《かたわ》ら、口元に手を当ててぴょんぴょんと跳ね、興奮を隠し

切れずにいるのが、赤いお下げ髪の十歳前後の少女だった。

屋敷でのシュルトの話によれば、おそらくこの二人が問題の兄と妹——プリシラのことを巡り、言い合っていた件《くだん》の兄妹《きょうだい》だ。

「しかも、姫さんの悪口言ってたってのが兄貴の方なんだよな……」

プリシラの悪口を言う兄に、プリシラを擁護する妹が立ち向かい、そこにシュルトが加わって組まれた連合が敗北したという話だったはずだ。

これが立場が逆で、世の道理のわからない妹を年上の兄が窘《たしな》めたという構図なら問題にならなかっただろう。だが、そうではないとなると微妙なところだ。

微妙と言えば、少年の年齢も微妙である。プリシラはこれで意外と子どもに寛容だが、少年はその寛容の範疇《はんちゅう》に入るか際どいところに思えた。

いざとなれば——、

「領民を斬り捨て御免したなんて噂《うわさ》が広まるくらいなら、オレが体張って止めるっきゃねえか？　姫さんの説得、骨が折れるんだよなぁ」

実際は骨が折れるどころではなく、首が飛ぶの方が適切なくらいだ。

ともあれ、いざとなればいつでも飛び込める姿勢を保ちつつ、アルも昼下がりの一触即発が警戒される現場に足を踏み入れる。

すると、そのアルの姿に気付いたシュルトが「あ！」と声を高くして、

「アル様！　追いついてくれたでありますか！　あの、兜《かぶと》は大丈夫でありますか？　錆《さ》び

ついたり壊れてしまったり……」

「おお、平気平気、心配いらねぇよ。まぁ、もしホントに壊れちまったら、そのときはシュルトちゃんの貯金でオレに似合う新しい兜プレゼントしてくれや」

「新しい兜……でも、お帽子の方がいいかもしれないであります！　その方がオシャレでありますし、アル様のお顔も見られるであります！」

「好奇心丸出しなとこもシュルトちゃんのあざと可愛《かわい》いとこだねえ。……で、姫さんの方はどうなのよ。子どもたち、もう泣かすとこ？」

　アルの素顔に興味津々なシュルトを流しつつ、アルがプリシラに水を向ける。その言葉に、美しく苛烈な美女は「たわけ」と叱責を口にし、

「妾《わらわ》がそのような真似《まね》をするか。今、用向きを告げたところよ」

「用向きって、どんな風に？」

「妾を悪罵したと聞いたが、どのような雑言を並べたのかとな」

「そりゃご愁傷様……」

　陰口を本人に知られるだけでも気まずいのに、それを直接問《と》い質《ただ》されたとなれば気まずいなんて次元の話ではないだろう。ましてや、その相手が自分の暮らす土地の領主なのだから、生きた心地がしないに違いない。

「太陽姫様！　お兄ちゃんがひどいんです！　太陽姫様のこと悪く言って……叱ってください！　ダメじゃないって！」

そんな兄の心妹知らずで、事態の大変さがわからない少女がプリシラに直訴する。

　プリシラがそれを引き受けた場合、少年がただ叱られるだけで済まない可能性が高いのだが、それを少女にわかれと言っても無理な話だ。

「ふむ、妾《わらわ》の口から叱るか。なかなか趣深い提案じゃな。シュルトはどう思う？」

「う……それはその、僕がちゃんと言い返せなかったのが悪かったであります。だから、プリシラ様が言い返すのは、なんだかへんてこというか……」

「歯切れが悪いぞ。しゃんと言わぬか」

「ぼ、僕が頑張るところを、プリシラ様に見ててほしいであります！」

　プリシラの前で胸を張り、意を決したシュルトが顔を赤くして少年に向き直った。その様子をプリシラと並んで見ながら、アルは「おお」と感心する。

　この場をプリシラに任せてはいけないと、アルとは全く違う角度から同じ意見に達したらしいシュルト。彼は身長差のある少年を見上げて、

「お兄さんは、なんで妹さんに意地悪を言ったでありますか！　プリシラ様はとても綺麗《きれい》で可愛《かわい》いであります！　頭も賢くて……どこがおかしいでありますか！」

「そ、それは……」

「そうだよ！　お兄ちゃんったら、わたしがプリシラ様のこと褒めると、何言ってもそんなんじゃないって言って！　よく見てよ！　すごい綺麗！」

　シュルトの勢いに乗っかり、少女も兄に向かってプリシラの美貌《びぼう》をプレゼンする。

幼子二人に美貌を褒められ、揺れる少年の視線を受けるプリシラは身じろぎもしない。堂々と、その揺るがぬ炎のような美貌を惜しげもなく衆目に晒《さら》している。

ただ、プリシラを見る少年の視線に混じる感情は、どうやら前もって聞いていただけの話と違い、もう少し複雑な感情を孕《はら》んでいるように思えた。

有体に言えば、彼が抱いている緊張は領主へのものだけではなく、目が潰れるような美人を目の前にしたものでもありそうだ。

「そうなると、姫さんが嫌いってわけでもねぇみてぇだけど……あれかね。みんなが美人って言ってる相手を褒めない方が硬派みたいな、思春期特有の強がり」

「貴様のたとえはわからぬが、妾にはおよそ理由の見当がついた。——アル、貴様、兄弟姉妹の類《たぐい》は？」

「オレ？　一人っ子の長男坊だよ」

「ならば、貴様に言ってもわかるまいよ」

そうすっぱりと言い捨てられ、アルは思わずしょっぱい顔をした。もっとも、その表情は兜《かぶと》に隠され、他の誰にも見られることはなかったが。

「しかめ面などやめよ。貴様の陰気さは空気に香る」

「こっわ」

見えないはずの表情を看破され、怯《おび》えるアルを余所《よそ》にプリシラが前に出る。シュルトと妹の二人に詰め寄られ、哀れなぐらい追い込まれている少年が、またしても圧倒的な美貌《びぼう》と権力の存在を意識して萎縮した。

しかし——、

「貴様と妹、兄妹揃《きょうだいそろ》って赤い髪をしておるな」

「え……」

「妹の方は明るい赤毛、兄の方は暗い赤毛ではあるが、枠組みは同じであろう」

すっと伸びたプリシラの手が、硬直する少年の赤髪を指で梳《す》く。その仕草に少年は目を見張り、少女の方が「そうなんですっ」と声を跳ねさせた。

「赤い髪の子ってあんまりいないから、太陽姫様とおんなじで嬉《うれ》しいねって。なのに、お兄ちゃん、それにも怒って……」

「珍しい赤毛というだけで周囲の関心を買う。些細《ささい》なことであげつらわれたことも一度や二度ではあるまい。どうじゃ？」

「悪口、ってことですか？　はい。でも、そのときは……」

プリシラの問いかけに記憶を辿《たど》り、少女の視線が兄の方を向いた。

その視線の意図するところは明白で、プリシラが例にしたような赤毛を理由とした陰口には、これまでは少女の兄が反論していたのだろう。

ただしそれも、プリシラ・バーリエルという赤毛の『太陽姫』が現れるまで。

「——。ああ、そういうことか」

プリシラに遅れに遅れ、アルもようよう兄妹ゲンカの原因に思い至った。

つまるところ、兄のプリシラへの反感の理由は嫉妬《しっと》だ。

「元々、赤毛だのなんだのでからかわれたとき、妹を守ってたのは自分だった。それが姫さんの登場で、あっさりと立場が変わって……」

兄としての自任や矜持《きょうじ》、そうしたものがすっかり奪われた気持ちになって、プリシラを称賛する妹の言葉に反発した。そしてタイミング悪く、そこにシュルトが通りがかり、引けなくなったせいで事が大きくなったと、そういうことだろう。

「まとまってみると、わりと真相はすっきりしたもんだ。誰が悪いってわけでもねぇし、強いて言うなら間が悪い……いや、星が悪かったってとこだな」

「むむ、その様子だとアル様は何かわかったでありますか⁉」

納得して何度か頷《うなず》くアルの反応に、シュルトが小さな体いっぱいで反応した。彼はぴょんとアルの方へやってくると、その上着の裾を引っ張って見上げてくる。

「上目遣いがあざとい」

「――？　なんでありますか？　隠し事なんてズルいであります！　僕にも教えてほしいであります！　アル様のお顔も気になるであります！」

「ここぞと畳みかけてくんなぁ。つっても、大した話じゃねぇよ。こいつは……」

ちょっとした思春期の兄妹ゲンカ、なんて表現でアルはまとめにかかろうとした。

実際、これ以上話を引っ張って、あの妹思いの少年に恥を掻《か》かせるのも可哀想《かわいそう》だ。尋常ならざるプリシラの美貌と異様な雰囲気に、徐々に人も集まり始めている。

元々の兄妹《きょうだい》ゲンカの空気に中《あ》てられていた年少者が多いが、騒ぎが不必要に拡大してもっと人が集まってくると始末に負えなくなる。

アルの手元で問題を仕舞《しま》えるタイミング、ここらが潮時だ。

——そのときだった。


「——よいぞ。ならば、戦争とする」


不意に、それまでの会話の流れを全て焼き尽くす宣言が放たれ、場が支配された。

突然の開戦宣言を受け、当たり前だが張本人——プリシラ以外の全員が呆気《あっけ》に取られる。

もちろん、アルやシュルトだって例外ではない。

もっとも、いきなり戦争の当事者にされた兄妹の驚きはもっと上だろう。

顔を青くしていた兄は目も白黒させ、妹の方は純粋に理解を超えた発言をされて「え？え？」と声にならない声をこぼしている。

関係ないが、そうして慌てふためく姿は兄妹そっくりだった。

そして、それらの反応の一切に頓着しないまま、プリシラはその手に持った扇を音を立てて広げると、自分の声の届く全てのものに命じる。

抗《あらが》い難《がた》き炎のように何もかもを呑《の》み込《こ》み、全てを赤く染めるプリシラの在り方。

それを発揮すべき相手と場面か、アルは甚だ疑問に思いつつも口を挟まない。

それは——、

「——戦争を始める。双方、十分に備えるがいい」

そう宣言するプリシラの微笑が、横槍《よこやり》を入れるのが阻まれるほど美しかったからだ。

4

「一応聞いとくけど、なんで戦争ごっこ？」

「たわけ。ごっこなどと、貴様の一存で身勝手に陳腐化するではない。異なる意見を戦わせ、そこに武威が介在するならどうあろうと戦闘と言えよう」

「武威の介在ったって……」

「シュルトの言葉には、兄が先に手を出したとあった」

ざわざわと、『戦争』の準備が続けられる庭園を見下ろしながら、プリシラが後ろに控えるアルの疑問を切り捨てる。

些細《ささい》な兄妹ゲンカを発端とした騒動は、思わぬ形でバーリエル邸へ持ち込まれた。

それも文字通り、本当に『持ち込む』形になったのだ。

「————」

騒動の中心になった兄妹と、その友人知人である少年少女のことごとくが集められ、竜車に乗せられてバーリエル邸へと連れてこられた。そして、見慣れない領主の屋敷の景観と空気に圧倒される子どもらには、着々と『戦争』の手ほどきがされている。

　無論、本物の剣や盾を持たせた戦争ではなく——、

「木剣やら泥玉なんかでホッとしたぜ。姫さんならガチで真剣持たせねぇとも限《かぎ》らねぇ」

「扱い切れぬ道具など持たせても本領は発揮できん。あれらが戦士であるならともかく、兵士としての教育もされておらぬ身ではな」

「ちょっと訓練してたら武器持たせてた的な発言、炎上しそうで怖い」

「何故《なにゆえ》に唐突に燃える。意味がわからぬ」

　アルの軽口に形のいい眉《まゆ》を寄せ、プリシラが『炎上』の意味を問《と》い質《ただ》す。

　その質問は肩をすくめてやり過ごし、アルは言われるがままに『戦争』の準備に励む子どもたちを見下ろした。

　一応『戦争』というだけあって、陣営は二つに分かれている。すなわち、中核となった兄と妹のそれぞれを大将とした東軍と西軍だ。人数はきっちり十五人ずつだが、集まったのが兄妹《きょうだい》の友人らだけに、兄側の方が平均年齢が高い。男女比も兄側に男が偏っているので、下馬評では兄側勝利が堅いという。

　もちろん、妹側に男が一人もいないわけではないが——、

「頑張るであります！　みんなで力を合わせて、プリシラ様のすごさを証明してみせるでありますー！」

　と、ああして意気込むシュルトがそのうちの一人なので、勝利は難しかろう。

元々、シュルトは同年代の子と比べて成長が遅く、プリシラの確信犯的な誘導のせいでまともな素振りもこなせていない。戦力としては甚だ不適格。

微笑《ほほえ》ましくもあるが、痛々しいとも言える意気込みなのだ。

ただ、一方でそんな状況をプリシラがわかっていないとも考えにくくて。

「なんじゃ、またつまらぬ顔をしおって」

「だから、兜《かぶと》の向こう側を透視するんじゃねぇっての。オレがどんな面してるかなんて姫さんにわかりようがねぇだろ」

「一度も見たことがなければそうであろうよ。じゃが、そうではあるまい？」

「――っ」

叩《たた》いた憎まれ口を聞いて、プリシラが自分の唇にそっと触れる。

その仕草と桜色の唇に視線を誘導され、アルは以前、自分の素顔を見られたときのことを思い出して言葉に詰まった。

不可抗力だった。が、プリシラとアルとでは役者が違う。どれだけ虚勢を張ったところで、弱味《よわみ》を握られた気分は誰にも覆せるものではなかった。

「――何故に戦争か、と妾《わらわ》に問うたな」

てっきり、会話は終わらされたものと思っていたところだった。

押し黙ったアルの方を見ず、椅子に腰掛けたプリシラが頬杖《ほおづえ》をつきながらこぼす。その言葉にアルが片目をつむると、彼女は眼下の子どもらを見据えて、

「互いに譲れぬ意思があれば、親兄弟であろうと矛を交えねばならぬこともある。覚悟を問われる場とは、流れる血の濃淡に左右されるものではない」

「……わからなくもねぇけど、その覚悟って今問わなきゃダメか？　盛り上がってる妹ちゃんはともかく、兄貴の方はここまで大事になると思ってなかっただろうし」

「言ったはずじゃ。先に武威を示したのは、兄の方であると」

先と同じ理屈で意見を撥《は》ねられ、アルが仕方なしに己の首を掻《か》いた。

兄妹《きょうだい》のケンカの原因と、そうせざるを得なかった兄の気持ちはわかる。が、確かに手を出したことはいただけない。これは、その報いだというのか。

「でも、『戦争』やったって兄貴の方が勝ったら思惑外れんじゃね？」

「兄が勝てばそうであろうよ。だが、士気の高さは妹の側にある。加えて――」

「加えて？」

「妹の方には、妾《わらわ》の方から入れ知恵をした」

付け加えられた情報が、アルの中でも下馬評を覆すような爆弾だった。

正直、プリシラが合戦の戦術に通じているかどうかアルは知らない。知らないが、プリシラにできないことなどあるのかと、そんな過大な期待を抱いているのも事実。

そしてこの大胆不敵な緋色《ひいろ》の姫は、不思議とあらゆる出来事に愛されている。

それこそ――、

「――世界は妾にとって、都合の良いようにできておる」

そう標榜《ひょうぼう》する彼女の哲学を、まるで世界が一致団結して後押ししているように。

「……姫さんってもしかして、兄弟いる？」

ふと、プリシラのために吹いている風を浴びて、アルはそんな疑問を抱いた。

それはアル自身、自分でも思いがけずにポロっと出てしまった言葉だ。言ってから、自分の発言がプリシラの逆鱗《げきりん》に触れる可能性を思い、心が慌てたほどに。

しかし、そんなアルの心中を余所《よそ》に、プリシラは「唐突じゃな」と目を細め、

「何故《なにゆえ》にそう思った？」

「いや、マジで降って湧いた印象？　最初に兄妹ゲンカの理由に気付いてたっぽかったのもそうだし、あとは、あー」

「そこで躓《つまず》くでない。妾の気を惹《ひ》きたいのか？」

「……兄貴のやらかしに、厳しめだったから？」

思いつきを口にしたものだから、自分の中でもうまく言語化ができない。が、あえて言語化するなら、それが引っかかりの理由だったように思える。

思い返してみれば、最初にクルフナへ向かうと言い出したのも、自身の陰口を叩《たた》かれたことやシュルトの力不足が理由ではなく、兄妹ゲンカの詳細を聞いたときだったように思い出される。考えれば考えるほど、辻褄《つじつま》が合うではないか。

何より――、

「――――」

アルの推測を聞いたプリシラが、珍しく静かに口を噤《つぐ》んでいた。

まさかプリシラにも、自分の図星を突かれて押し黙るような可愛《かわい》げがあったのかと驚かされ、アルはその顔を拝んでやろうとちらと前屈《まえかが》みに覗《のぞ》き込《こ》む。

途端、伸びてくる扇の先端がアルの顎《あご》下にそっと宛《あて》がわれ、

「あぢゃぢゃぢゃぢゃぢゃ!?」

またしても、プリシラの灼熱《しゃくねつ》の制裁がアルの好奇心を焼き払った。

「なぐっ！　がっ、あ！　あっつ！　ちょ、姫さん!?」

「不埒《ふらち》な思惑で妾《わらわ》の顔を覗き見るでない。妾の美貌《びぼう》に欲情するのは男の常でも、それ以上を求むるなら相応の代価があろう」

「それで喉仏炭化させられてちゃお話にならねぇ……ああ、クソ！」

辛辣な対応に優越感も焦がされ、アルは喉を撫《な》でながらすごすごと引き下がる。

その引き下がるアルに、プリシラは小さく吐息して、

「兄弟なら大勢いた。兄も弟も、姉も妹もな」

「……へえ、想像つかねぇな」

先の質問への回答があり、アルはプリシラの家族構成を思って首をひねった。そのアルの答えにプリシラが「ふむ」と反応を入れ、

「想像がつかぬとは？」

「自分で兄弟いるか聞いといてなんだけど、姫さんは家族写真に大人しく収まるってタイ

プじゃねぇし、姉感も妹感もかなり弱めだからよ。どっちでもあるって言われて、頭の中でバグとかラグとかエラーとか起こる」

「ここぞとばかりに、大瀑布《だいばくふ》の向こうの言葉の『ばーげん』か」

　含み笑いして、プリシラが聞きかじりの言葉をうまく活用してくる。だが、アルもプリシラの言葉が孕《はら》んだ幾許《いくばく》かの郷愁、それに気付かないほど鈍感でもなかった。

郷愁、そう郷愁だ。プリシラも何かを懐かしむのだと、そう素直に驚かされる。

兄弟が大勢いたと、それら全てを過去形で語っていたことも。

「プリシラ様！　準備、万端に整ったであります！」

アルとプリシラの話が一段落したのと同時、眼下の庭園からシュルトの声が上がる。

見れば、『戦争』用の勇ましい武装をした子どもたちが庭の左右に展開し、それぞれの武勇を証明しようと意気込んでいる様子がよく見えた。

　元々士気の高い妹側の陣営はもちろん、最初は乗り気でなかった兄側の陣営も、いざ開戦を目前としてモチベーションを高めに持っている。

「こりゃ、荒れるぜ」

「それでこそ、焚《た》き付《つ》けた甲斐《かい》もあったというものじゃ」

　意外とワクワクしてきたアルの言葉に、プリシラも椅子から立ち上がって答える。そう発言したプリシラの横顔、一瞬だけ瞳《ひとみ》を過《よぎ》った感情がアルの心を捉えたが、それが何を意味するのか読み解く前に、プリシラは扇を正面に突き出して――、

「双方、死力を尽くすことじゃ。己《おの》が意志を譲れぬ同士、正しきを証明する術《すべ》は勝ち取る以外にない。——では、始めるがいい」

「——いくでありまーす!!」

緋色《ひいろ》の姫の高々とした号令を受け、子どもたちの甲高い雄叫《おたけ》びが空に木霊していく。

バーリエル邸を舞台とした『戦争』が始まり、兄弟姉妹がぶつかり合う。

それを見ながら、アルは先の引っかかりの答えらしきものをようやく掴《つか》んだ。

プリシラの横顔が見せた、ほんの微《かす》かなあれは期待だ。

——何か、自分の見たいものが見られるか、そう望む期待がそこにあったのだった。

5

「今日の乱痴気騒《らんちきさわ》ぎだが、あれはいったいなんだったんだ?」

酒気を孕《はら》んだ顔を赤くして、無精髭《ひげ》の浮いた顎《あご》を撫《な》でながら男はそう首を傾《かし》げた。

炎のように明るい赤毛の長身の男だ。軽鎧《けいがい》を脱いでシャツ一枚になった体は程よく鍛えられていて、常日頃のやけっぱちな態度とは印象を違《たが》える面がある。

もっとも、そうした印象を与えることを当人は望んでいないかもしれない。

——夜のバーリエル邸、日中も過ごしたバルコニーで夜空を仰ぎながら、アルはプリシラやシュルトではなく、その男と心躍らないひと時を過ごしていた。

特に待ち合わせたわけではない。たまたま、静かな夜を過ごす時間と場所がかち合い、互いに譲るでも避けるでもない間柄だっただけ。

時にはこうして、誰もいない露台で物思いに耽《ふけ》る時間が男には必要なのだ。

「ま、オレたちみてぇな年頃の男ってのは、色々と複雑なもんだわな」

「なに？」

「んにゃ、こっちの話。いつまで経《た》っても男なんて思春期だよね的な」

眉《まゆ》を顰《ひそ》めた男の視線に、アルはゆるゆると首を横に振って答える。

年齢を重ねれば年相応に悩みは増えるが、それが例えば己のこととなると根幹は大して変わらない。結局、死ぬまで問い続けることになるのだろう。

――いったい、己とは何者なのかと。そんな思春期みたいな悩みを。

「……まあいいさ。それで、答えてもらってないんだが？」

「ああ、姫さんの気紛れね。あれがなんだったのかって言われると、オレも微妙に把握し切れてねぇとこがあるんだがよ」

「太陽姫の一の騎士ともあろうものが、悠長な話だな」

「勘弁してくれや。前から言ってんだろ？　オレは騎士なんて柄じゃねぇんだよ」

「――――」

騎士と、冗談でもそう揶揄《やゆ》されるのがアルは嫌いだ。

騎士なんて職業の人間、片っ端から碌《ろく》なものではないと偏見を抱いてさえいる。自分にもプリシラにも、お互いの関係をそう装飾するつもりなんてないのだ。

そもそも、騎士がどうこうなんて話、アルだけでなく相手の方だって嫌いだろう。

なにせ――、

「『騎士の中の騎士』たるラインハルト・ヴァン・アストレア殿の父親なんだから」

「ちっ」

そう言われ、中年の男――ハインケル・アストレアが忌々《いまいま》しげに舌打ちする。

しかめ面と清潔感を欠いた無精髭《ひげ》、簡素な装いが印象を削《そ》ぐが、よく見れば整った顔立ちや赤い髪は、王国有数の有名人である『剣聖《けんせい》』と特徴を同じにしている。

実の親子なのだからそれも当然だ。――無論、複雑な親子関係なのは間違いない。

そうでなければ、息子と異なる陣営の主《あるじ》に仕えるなんて事態、そうそう起こり得るものではないだろう。

「――――」

無言になり、瓶に直接口を付けて酒を呷《あお》るハインケルは、現在はプリシラの陣営の一人として王選を戦う幕下に加わっている。とはいえ、彼に期待される役目が何なのか、それはアルにも測りかねているところがあった。

プリシラの意向だ。何の意味もない、ということは考えにくいが。

「オレの測れる器でも、考え方でもねぇからな」

「と言っても、そんな調子じゃ周りが困るだろう。プリシラ嬢が本気で王位を狙うなら、誰にも理解されない王であってもらっちゃ……」

「関係ねぇよ。——姫さんは、オレが何をしてでも勝たせるから」

バルコニーの手すりに寄りかかり、記憶に真新しいプリシラがもたれていた部分をアルはそっと手で撫《な》で、そんな決意を口にする。

と、アルの断言を聞いたハインケルが軽く目を見張り、

「意外だな。アル殿は王選の成り行きには興味がないと思ってた」

「おいおい、そりゃ言いすぎだろ。日々、ちゃんと頭悩ませてるって」

「……そうだな、言い換えよう。王選の成り行きに、自分が関与する必要はないと思っているんだとばかり。プリシラ嬢一人で、何もかもやり切ってしまうと」

「お」

探り探り言われたハインケルの推測に、アルは少しだけ驚いて声を漏らした。

思ってもみなかったことを言われたから、ではない。思いがけず、ハインケルがちゃんと周りを見る目を持っていたことを知ったことへの驚きだ。

——否《いな》、今日は二度もプリシラに兜《かぶと》の中の表情を見透かされたことを思うと、もしかしたら自分で思っているほどアルはポーカーフェイスではないのかもしれない。

「いや、若干その自覚があっからこんな兜被《かぶ》ってんだがよ？」

割り切って兜を被っているのに、それでも隠し切れない溢《あふ》れ出《だ》す感情。いっそ、流離《さすら》いの無頼漢なんかではなく、役者にでもなるべきだったかもしれない。

「やれやれ、これにもだんまりか。秘密主義者だな、あんたは」

「そりゃ一目でわかるだろ。最初に見せるはずの顔だって隠してんのよ、オレ。まぁ、オレの秘密なんて紐解《ひもと》いても、特に面白い情報なんか出てこねぇよ。強いて言えば」

「強いて言うなら？」

「オレとあんたは結構、似た者同士だと思うぜ」

　聞こえ伝わる情報だけでも、ハインケルの複雑な事情は何となく知れる。

『剣鬼』と呼ばれる偉大な父親と、史上最高傑作との呼び声も高い『剣聖《けんせい》』の息子。その間に挟まれた凪《なぎ》の世代であり、鬱屈した感情と立場に苛《さいな》まれる哀れな男。

　強烈な同情に値する。――偉大な肉親に怯《おび》える気持ちは痛いほどわかるから。

「……あんたに、俺の何がわかる」

「そう言われると思ったけども！」

　鼻面に皺《しわ》を寄せて、ハインケルが憎々しげに言い放つ。理解されないし、されたくもないという拒絶の姿勢、それを向けられアルは軽快に笑った。

　それから手すりに背中をもたせ、ぐっと夜空の月を見上げながら、

「オレの見たとこ、今日の『戦争』は姫さんの確認作業だったんじゃねぇかな」

「――『戦争』？」

「あんたの言うところの乱痴気騒《らんちきさわ》ぎさ。互いに譲れない意見を持ち合った同士、仲間を募って陣営に分かれ、武力を以《もっ》て訴えかける……『戦争』だろ？」

「くだらねえ……」

酒が深く入ってきたのか、ハインケルの言葉がやや汚くなり始める。酔えば酔うほど、凛《りん》とした誠実さと遠ざかるのが彼の酒の酔い方で、傍《はた》で見ている分には面白い。

アルは酒を飲まないので、自分の酔い方なんて把握していないが、酔った他人の醜態には十分以上に、酒を飲みたいという欲求への抑止力があった。

ともあれ、『戦争』に対するプリシラの意識をアルは確認作業と分析している。

「姫さんには見たいもんがあった。で、あの兄妹《きょうだい》のケンカを利用して、それを確かめてたってのがオレの推測」

「見たいものってのは……」

「生憎《あいにく》、姫さんが説明してくれなかったんで、オレも何とも。そもそも、オレの推測が頭っから間違ってる可能性だってあるしな」

「使えねえ。もう一本の腕落とされてでも聞いてこいよ」

「ホント口悪《わり》ぃな、酔っ払うと!? 腕が二本ある奴《やつ》にはわからねぇだろうけど、この腕は二本揃《そろ》ってる奴よりずっと大事だから！」

場合によっては殺し合いに発展しかねない暴言だが、ハインケルからの謝罪はない。

それは他人をどうでもいいと思っているからではなく、むしろその逆だろう。自分をどうでもいいと思っているから、自暴自棄というものは成立する。

事実として、自分の暴言が理由で決闘でも挑まれれば、ハインケルはそれを嬉々《きき》として

受け入れるに違いない。ただし――、

「『剣聖《けんせい》』の父親って知れた時点で、相手はすんなり剣を引くだろうけど」

「……ちっ」

アルの言葉を聞いて、ハインケルが視線を逸《そ》らし、再び舌打ちする。

どんな話を巡らせても、静かな夜のバルコニーでは同じ議題へ戻ってくる。――結局、己は何者なのかというその一点、誰も逃れられない。

「……見たいものって話だったが」

「うん？」

ぼんやりと夜空を眺め、それぞれ名前のついている星座に思いを馳《は》せているアルを、酒気を孕《はら》んだ静かな声が地上へ引き下ろす。

見れば、どこかとろんとした青い瞳《ひとみ》で、ハインケルは酒瓶の中のわずかに残った酒を見つめながら、

「アル殿にも、あるのか？　何か、見たいものが……」

「オレに興味持つなんて驚いた。あんたは家族にしか興味ねぇのかと思ってたよ」

「――っ」

それを言った途端、頬《ほお》を歪《ゆが》めたハインケルがアルに向かって酒瓶を投げた。

くるくると回転するそれを「おっと」と首を傾けて避けると、瓶は手すりを飛び越して庭園の方に落ちていき、一秒後には地面に当たって割れる音が響く。

そして、ハインケルはそれを見届けもせずに、神経を逆撫《さかな》でしたアルから逃れるように背を向け、バルコニーから立ち去ろうと——、

「——あるよ、オレにも」

その立ち去る背中に、アルが一言だけそう投げかける。

一瞬、ぴたりとハインケルが足を止め、振り返らないままアルの言葉に耳を傾けた。その素直な期待に苦笑し、さりとてそれ以上語れるものもなく、

「オレにも見たいものはある。姫さんの風呂場とか」

「ちっ！」

「今日、一番でかい舌打ち！」

そう茶化《ちゃか》して誤魔化《ごまか》したアルに、これまでで一番盛大な舌打ちが返された。

6

「あのお兄さんと妹さんが仲直りできて、本当によかったであります！」

「ふむ、シュルトはそう思うか？」

「はいであります！　さすがプリシラ様であります！　僕は誇らしいであります！」

喜色満面、一切の疑いない無垢《むく》な反応をするシュルト。そのあけっぴろげな純粋さにプリシラは片目をつむり、寝衣《しんい》の開いた胸元から扇を抜いた。

その扇の先端でシュルトの顎《あご》を持ち上げ、目を丸くする少年に横を向かせる。そうしてよく見える右頬《ほお》には、わずかな赤みが残っていた。

今日の『戦争』の名残であり、いわゆる名誉の負傷というものだ。

「戦傷を名誉などと、妾《わらわ》には自らの手落ちの証明としか思えぬがな」

「プリシラ様？」

「頬は痛むか？」

「少しだけ、ピリピリするでありますが、平気であります！　これも全部、勝つための作戦であります……！」

ぎゅっと小さな拳を固め、シュルトが犠牲を厭《いと》わぬ精神性を発揮する。

その頬の赤み以外にも、シュルトの体のあちこちには『戦争』で受けた傷がある。転んで擦りむいた膝や、打たれて痣《あざ》になった背中、他にも色々あるだろう。

傷付けば痛みがあり、涙を流したくもなる。実際、シュルトも涙を流していた。

しかし――、

「此度《こたび》の一件、妾を発端としたことじゃが、妾を恨むか？」

「――？　僕が、プリシラ様をでありますか？　全然、ありえないであります！」

「――――」

「むしろ、プリシラ様のために戦えてよかったであります！　あそこでビクビク震えて動けない方が、僕は痛いより怖かったでありますから……」

そうシュルトは俯《うつむ》いて、自分の少ない勇気を称賛している。彼らしい反省とも言える一方で、その体の傷と同様に痛々しいとも言える姿勢だ。

そして痛痒《つうよう》なことに、これはシュルトが特別変わっているわけではない。

名も知らぬ誰しもに起こり得る、ある種の『熱病』であるのだ。


「――――」


日中の『戦争』を終え、湯浴《ゆあ》みを済ませたプリシラの姿は寝台の上にある。自分の寝衣《しんい》に着替えたシュルトが部屋にいるのは、彼を抱いて同衾《どうきん》するのが日課だからだ。

小さく愛らしいこの少年は、プリシラにとっては替えの利かない抱き枕だった。

ただし、シュルト自身は抱き枕だけの役割で満足していない。その表れが、今日の『戦争』で証明されたものだとプリシラは考える。

――『戦争』と称した兄妹《きょうだい》ゲンカ、それはプリシラの睨《にら》んだ通りに決着した。

すなわち、プリシラが入れ知恵をした妹陣営の勝利であり、シュルトもそれには少なからず貢献したと言える。盛大な討ち死にで、相手を困惑させるという意味で。


「素振りの成果が出るかと思ったでありますが、甘かったであります……もう、右も左も敵だらけで、めちゃめちゃにされてしまったであります」


一番槍《やり》と言えば聞こえはいいが、シュルトの場合は最初の犠牲という方が適切だ。

ともあれ、突出したシュルトが最初に叩《たた》かれ、妹側の士気はかなり危うくなり、反対に兄側の陣営の士気と勢いは増しに増した。そのまま一気に優勢になる兄側の陣営に、妹側

の陣営は抵抗空《むな》しく追い込まれたが――、

「やっぱり、お兄さんはお兄さんであります」

ニコニコと笑ったシュルトの言葉通り、兄の敗因は兄であったことだった。

『戦争』の最後、妹側の陣営はことごとく倒れたが、大将である妹の下に辿《たど》り着《つ》いたとき、兄は勝利を目前に妹をくだすことを躊躇《ためら》った。

プリシラの入れ知恵が発動したのはその瞬間で、それで『戦争』は決着だ。

「勝利条件は大将の陥落……なれば、たとえ最後の一人になろうと、相手の大将首を落とした側の勝ち。勝算は、最後の刹那にしかない」

その点、あの妹はプリシラの言葉をよく聞き入れ、勇気を奮ったと言える。

プリシラの入れ知恵の内容は単純明快――『兄は最後にお前を殺すのを躊躇う。そのときに兄を刺せ』という、それだけのものだった。

そして実際、プリシラの読み通り、決着はその形に落ち着いた。

ただし――、

「最後、自分を刺した妹さんを、お兄さんが味方のみんなから庇《かば》っていたのがすごかったであります。プリシラ様の言った通り、仲直りできたでありますから！」

無邪気なシュルトの喜びほど、最後の状況はほのぼのしたものではなかった。

妹の策で兄という大将を倒され、勝利を目前にした兄側の残党は当たり前だが負けを認めようとしない。結果、彼らの怒りは妹へ向けられたが、それを真っ向から庇ったのが兄だった。——元々、兄妹《きょうだい》仲が良いから起こったのが今回の事態だ。妹が悪者にされる状況を兄は望まないし、皆から責められて怯《おび》えた妹も、自分を守ってくれる兄への尊敬と愛情を再確認した。それが結論だ。

「——」

その結論を見届けても、プリシラはいくらか晴れない黒雲を胸に抱えていた。

過程の全てを的中させたわけではないが、決着はおおよそ想像通りの流れを辿った。それでも、プリシラの中では結論も二択ではあったのだ。

すなわち、自分の入れ知恵が実を結ぶか、それとも否《いな》か。

推測は的中し、兄の躊躇いを妹が刺し、勝利を得た。——否、妹が得たのは勝利ではなく、確信だったというべきだろう。

それは兄が、疑いようもなく妹を愛しているという証《あかし》だ。

疑似的なものではあったが、あれは『戦争』だった。人の死は偽物で、受けた傷も浅い深いはあれど『戦争』だ。

その気になればプリシラには、人の生き死にのかかった本物の戦争でも、今日と同じように大勢の人間を狂奔させ、戦場へ誘《いざな》うことができる。

それこそ無邪気で無知で、信じることを力とするシュルトのような民を扇動して。

その力と責任と、立場と美貌《びぼう》が自分にあることをプリシラは自覚していたし、今日の結果はそれを補強したと言える。

なのに、自分の内にある晴れない雲が雨を降らすのは何故《なぜ》なのか——、

「……やっぱり、見間違いじゃなかったであります」

「む？」

ふと、思惟《しい》に耽《ふけ》るプリシラの隣でシュルトが声の調子を落とした。

いつでも朗らかなシュルトだけに、その反応が珍しく、プリシラの意識もそちらへ向く。

すると、シュルトが自分の頬《ほお》を両手でこねながら、

「プリシラ様、なんだか寂しそうだったであります」

「寂しそう？　妾《わらわ》が？」

「僕には、そう見えたであります。……あのお兄さんと妹さんのこと、ちょっと寂しそうに見守ってたなって、思ったであります」

しゅんと視線を落として、シュルトがプリシラを案じるように呟《つぶや》く。もしかするとこの幼子は、自分が兄妹《きょうだい》ゲンカをうまく仲裁できなかったせいで、プリシラを思い煩わせる結果になってしまったと、そう自分を責めているのかもしれない。

だが、それはシュルトの思い過ごしであるし、それ以前に——、

「——ふは」

「ぷ、プリシラ様⁉」

そっと口元に手を当てたが、それでも抑え切れずに弾む息がこぼれた。それはプリシラも意図しなかった笑みであり、シュルトがもたらしたものだ。

プリシラの胸中、晴れずにいた黒雲の正体を言い当てた、シュルトの功績。

「妾が寂しがっていたなどと、よくも、よくも……」

「わ、わ、わ……や、やっぱりおかしかったでありますか!? 僕の勘違いで……」

「いいや、言葉の選び違いはあれど、褒めて遣わす」

慌てふためくシュルトの額に扇を当てて、プリシラはその動揺を封じると、微笑《ほほえ》みと共に一言告げて幼い従者をねぎらった。

その一言にシュルトは目を丸くし、それから安心したように胸を撫《な》で下《お》ろしている。

愚かで無知で、それ故に無垢《むく》であるシュルトは、曇りのない緋色《ひいろ》の瞳《ひとみ》でプリシラの、灼《しゃく》熱《ねつ》で燃え続ける緋色の姫の心中を見通したのかもしれない。

「シュルト、貴様が抱いた妾への感慨、誰にも口にするでないぞ」

「プリシラ様が、寂しそうにしていたことでありますか?」

「寂しそうにしていたなどと、妾は決して認めはせぬが……邪推を抱かれるのも面倒じゃからな。口を噤《つぐ》むよう命じる。——瞳に赫炎《かくえん》を封じた妾の従卒」

ぱちくりと、赤い瞳を瞬かせるシュルトは一拍置いて、「はいであります」と頷《うなず》いた。

その答えを聞いて、プリシラは自分の豊かな胸の上に手を置き、そこにわだかまっていたはずの暗雲、それが徐々に雲散していくのを感じていた。

何とも小憎たらしいことに、シュルトの見立ては半分正しく、半分間違っている。

兄を想《おも》う妹と、妹を想う兄との『戦争』、その決着がもたらしたものはプリシラの思惑通りであり、一方で期待通りのものではなかった。
兄妹《きょうだい》の情や想《おも》い、愛なんてものは様々な要因の前に光を失い、温《ぬく》もりと輝きは翳《かげ》っていくものと、そう断じることもできないのなら――、

「――足りなかったのは妾《わらわ》か、それとも兄上か？」

同衾《どうきん》し、腕の中で寝息を立てる幼子の頬《ほお》をつつきながら、胸の中から散っていく雲の一《ひと》欠片《かけら》にそんな問いかけを放つ。

当然ながら、答えはない。聞く機会も、すでに失われて久しく、しかし――抱いた疑念の答えは、あるいは遠からずもたらされるような予感があった。

忘れ、遠ざけられたままでいられればそれでもよかった。

だがしかし、今一度、その予感がこの胸の内の灼熱《しゃくねつ》から蘇《よみがえ》ることがあるなら、きっと答えは自分の下にもたらされることになるだろう。

何故《なぜ》なら――、

「――この世界は、妾にとって都合の良いようにできておる」

《了》

短編集とＥｘの利点を活かし、外堀を埋めていく作戦……！　シノビ汚い！　と思わずにぜひとも思惑に乗っていただけると、リゼロをさらに楽しめるかなと！

もちろん、本編をより楽しむため以外にも、この一冊でちゃんと楽しめるお話と思っておりますので、色んなキャラの色んな顔を満喫してくれれば作者冥利《みょうり》に尽きます！

『Lugunican Papers』では、これまであまり触れてこられなかった、王選候補者を外から覗《のぞ》いたお話を描きました。当たり前ですが、候補者が身近でない人々の方が圧倒的に多いわけで、そうした人々の彼女らへの印象、その人となりを知っている読者の目線で落差を楽しんでもらえると、作者の狙い通りといったイメージです！

『Sword Identity』は、最近作者の中で熱が高い帝国を舞台にしたお話。本編では敵役として登場するキャラたちですが、彼ら彼女らにはそれぞれの物語があり、それぞれの思いや理想がある。そのぶつかり合いを見届けて、本編の方も楽しんでいただけたら、こちらとあちらで二倍楽しめる内容になると思います！

『緋色連盟』はプリシラ陣営の、意外な仲の良さが描かれた一本かなと。このお話に留《とど》まらず、プリシラは書いていて非常に楽しいキャラなので、読者の皆様の中で彼女への印象がどうなっていっているか、お聞かせいただけたら嬉《うれ》しいですね。

さて、それぞれのお話に触れている間に紙幅も限界、謝辞へ参りたいと思います。

担当Ｉ様、本編30巻との同時進行で、今回もありがとうございました！　作業工程が被《かぶ》らないようスケジューリング、命拾いしました！

福《ふく》きつね先生、今回の素晴らしいイラストの数々、ありがとうございました！　堂々のカバーイラストに可愛《かわい》らしい挿絵の数々と、眼福の極みです！

デザインの草野《くさの》先生、本編と並行して二冊のお仕事、お疲れ様です！　並べて見劣りしないさすがの仕事人！　今回も、大変楽しませていただきました！

月刊コミックアライブでは、花鶏《あとり》先生＆相川《あいかわ》先生の四章コミカライズが連載中。リゼロを楽しみ尽くすなら、短編集だけでなく、コミカライズも要チェックです！

そして、ＭＦ文庫Ｊ編集部の皆様、校閲様や各書店の担当者様、営業様と大勢の方々のお力をお借りして、今回の本も刊行できました！　いつもお世話になっております！

それから、本編のみならず短編集まで追ってくださる熱心な読者の皆様へ、地球上の全部の愛を込めて、ありがとうございます！

短編集も巻数を重ね、色んなエピソードを描いてきましたが、それでもまだまだ書きたい物語は尽きません。本編共々、今後ともお付き合いいただければ幸いです！

では、この巻ではここでお別れを！　また次の、どこかのあとがきでお会いしましょう！　さようなら！　そして、ありがとう！

２０２２年5月《次は何を描こうか、期待とやる気に胸膨らませながら》

Re: Life in a different world
from zero

ルルララ

「たたた、大変だよ、ルルララ！　僕たちが次回予告をするようにって、モーガン編集長からのお達しが！」

「……っと、焦りすぎ」

「そりゃ焦りもするよ！　僕たちがちゃんと仕事できるかどうかで、この一冊の価値だって決まってくる……ああ、今からモーガン編集長が鷲鼻を真っ赤にして怒るのが目に浮かんで……って、痛い！　ルルララ!?」

「……んなに、弱気にならない」

「だからって、固まった筆の先で刺すのはやめよう!?　死んじゃうから！」

「……やく、次回予告」

「うう、わかった、わかったよ。そうだね、やってやろう！　僕たちは報道記者と絵描きなんだ。むしろ、この役目は僕たちの本業みたいなもんじゃないか！」

「……の意気、がんば」

「頑張る！　じゃあ、まず最初のお知らせだけど、この短編集7と同時発売で、本編の30巻が発売されてるんだ。スバル殿やエミリア様の大冒険、堂々の大台だね」

「……くさんの絵が見れて、嬉しい」

「だね！　これだけでも大満足だけど、なんと次なる31巻は九月の発売が予定されてるんだ。気の早い

話だけど、どんな絵が見られるかワクワクしてくるよ。……取材したら、聞かせてもらえたりしないかな？」

「……っと、内緒の話」

「うーん、残念だけど九月を待つしかないや。あ、でも、すぐにでも楽しめるお知らせもあるよ！　なんと、『劇場版 異世界かるてっと～あなざーわーるど～』が絶賛公開中！　エミリア様やスバル殿、他にもたくさんの人たちの活躍が見られるらしいね。きっと、ルルラが描きたくなる人も……」

「～～っ！」

「……言うまでもなかったね。おっとっと、ルルラの耳に入るか不安だけど、大事なお知らせはまだあるんだ。毎年恒例の誕生日企画、『Re：ゼロから始めるエミリアの誕生日生活２０２２』が、新宿と名古屋、群馬に鹿児島と四ヶ所で開催！　詳しいことは、公式サイトを見てもらえれば！」

「……ミリア様の衣装、毎年可愛くて、好き」

「あ、戻ってきた戻ってきた。そして、ちょうどお知らせも全部完了！　な、何とかやり遂げられたね……ちゃんと、誤解されずに届いたかな？」

「……っと大丈夫。私も、絵で応援する」

「うん、ありがとう。君がいなくちゃ、僕は何もできないから……痛い！　なんで⁉」

「……からなくていいから、教えない」

MF文庫J

Re:ゼロから始める異世界生活 短編集7

2022年 6月25日 初版発行
2024年 9月10日 再版発行

著者 長月達平

発行者 山下直久

発行 株式会社 KADOKAWA
〒102-8177 東京都千代田区富士見2-13-3
0570-002-301（ナビダイヤル）

印刷 株式会社 KADOKAWA

製本 株式会社 KADOKAWA

Printed in Japan ISBN 978-4-04-681478-4 C0193

●お問い合わせ
https://www.kadokawa.co.jp/（「お問い合わせ」へお進みください）
※内容によっては、お答えできない場合があります。
※サポートは日本国内のみとさせていただきます。
※Japanese text only

◆◇◇

【ファンレター、作品のご感想をお待ちしています】
〒102-0071 東京都千代田区富士見2-13-12
株式会社KADOKAWA MF文庫J編集部気付「長月達平先生」係 「大塚真一郎先生」係 「福きつね先生」係

あとがき

Re:ゼロから始める異世界生活、短編集7巻！　お付き合いありがとうございます！

作者の長月達平《ながつきたっぺい》&鼠色猫《ねずみいろねこ》でございます！

久しぶりの短編集となりました今巻、楽しんでいただけたでしょうか？　最近は本編を進めるのに忙しく、短編集はずいぶんなご無沙汰《ぶさた》となっておりました。

もちろん、番外編を収録した短編集というのは本編あってのものですが、作者的には番外編だからと手も気も抜くつもりはなく、全力と情熱を傾けた内容です。

なかなか本編では悲惨な目に遭い続けるスバルなので、彼が命を落とさず、落とした命を拾い直さずに進める話も貴重ですからね！　まぁ、今回の短編集ではスバルの出番が少ないので、そのアドバンテージもあまり活《い》かしていないのですが！

さて今回、短編集に収録した内容は本編七章で突入したヴォラキア帝国編、そちらをより楽しむためのお話編成となっているのにお気付きでしょうか？

一つ目のお話である『Lugunican Papers』こそ王選候補者全員にスポットを当てた物語ですが、二つ目の『Sword Identity』と三つ目の『緋色《ひいろ》連盟』は、ヴォラキア帝国とプリシラ陣営にそれぞれ焦点を合わせたものとなっています。